옥상에서 만나요

옥상에서 만나요

정 세 랑
소 설 집

창비

차
례

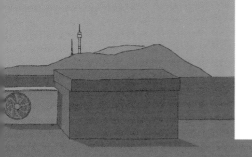

웨딩드레스

44

그 드레스는 2013년 7월, 캐나다데이 세일 기간에 밴쿠버의 작은 창고에서 픽업되어 한국으로 수입되었다. 디자이너 드레스이긴 하지만 신인 디자이너의 드레스라 할인 폭이 컸다. 가격표에 붙은 가격은 15000달러, 최종 할인가는 3500달러였다. 사이즈는 4. 하지만 살짝 크게 나온데다가 끈 조임으로 조절할 수 있어서 55에서 77까지 입었다.

1

드레스는 한참을 선택받지 못했다. 화려하지 않은, 기하학적인 선의 드레스였다. 수제 레이스도 비즈나 시퀸도 없어서 마치 종이

접기로 만든 것처럼 보였다. 숍에서 괜히 들여왔나, 하고 후회를 할 즈음 첫번째 여자가 그 드레스를 골랐다.

"영화나 드라마에서 보면 드레스를 입고 나올 때 특수효과 넣어주잖아요. 갑자기 더 예뻐 보이게. 그거 거짓말인 거 알고 있었지만 정말 아무 효과 없네. 그냥 나네요."

여자는 화장도 머리도 하지 않고 찾아와서는 아주 건조한 표정으로 거울 속의 자신을 바라보았다.

"아까 것 다시 입어보시겠어요?"

"아뇨, 이걸로 정할게요."

"최초로 입으시는 거예요. 아시죠? 드레스 수명은 일곱번 안팎이 끝인 거."

숍에서 여러번 강조했지만 여자는 특별히 인상 깊어하는 것 같지 않았다.

2

"너무 조이지 말아주세요. 쉽게 기절하는 편이라……"

두번째 여자는 긴장하면 종종 미주신경성 실신을 하는 체질이었다. 그래서 드레스를 볼 때 디자인도 디자인이지만, 코르셋 부분이 얼마나 숨 쉬기 편할지를 따졌다. 여자에게 조이는 옷은 도움이 될 리 없었다. 상대적으로 가슴통이 여유있게 나온 수입 드레스 위주로 찾다가 그 드레스를 골랐다. 그럼에도 그렇게 편하진 않았다.

몇번의 위기가 있긴 했지만 기절하지 않고 무사히 식을 치렀다. 식이 끝난 뒤 드레스를 벗으며 들이켠 숨이 달콤했다. 이제 살겠다, 여자가 자기도 모르게 중얼거리자 도우미 분이 웃었다.

후에 드레스와 코르셋을 입은 여자들이 나오는 영화를 볼 때마다 숨은 쉬고 있는 건지 신경이 쓰여서 내용에 집중할 수가 없었다. 배우들은 저걸 얼마나 오래 입고 견뎌야 했을까, 정말 저 시대에 살았던 사람들은 대체 어떻게 살았을까, 자꾸 딴생각을 했다.

한명이 기절하는 장면이 나오자 여자는 그럼 그렇지, 하고 납득해버렸다.

3

결혼할 계획이 전혀 없었는데, 스카프를 잃어버리는 바람에 결혼하게 되었다.

그냥 스카프가 아니었다. 운명의 스카프였다. 세번째 여자는 그 스카프를 한 날이면 칭찬을 잔뜩 받았다. 색상과 무늬, 크기와 소재가 여자에게 완벽하게 어울렸다. 바탕색은 하늘색이었다. 어떤 모양으로 매도 톡톡하게 살아 있었다. 원피스에도 블라우스에도 티셔츠에도 다른 매력으로 어우러졌다. 그래서 외근처가 여러군데였던 날, 어디서였는지도 모르게 그 스카프를 잃어버리자 매우 상심하고 말았다.

똑같은 스카프를 다시 사려고 했지만, 구매한 지 3년이 지난 후였으므로 백화점에서도 인터넷 쇼핑몰에서도 구할 수가 없었다. 같은 무늬의 다른 색상은 남아 있었는데 그건 여자가 원하는 스카프가 아니었다. 해외 직구 시도는 실패했다. 여자는 결국 포기했고 옷장을 다섯번 열면 세번 한숨을 쉬었다.

포기하지 않은 건 여자의 남자친구 쪽이었다. 여러통의 국제전화와 간절한 이메일들로 남자는 똑같은 스카프를 구매하는 데 성공했다. 한달 동안 온 유럽 사람들을 귀찮게 하며, 남자는 자신이 여자를 얼마나 사랑하는지도 깨달았다. 그래서 북악스카이웨이 팔각정에서 스카프와, 두 사람이 데이트했던 거의 모든 장소에 혼자 다시 가서 사진을 찍고 편지를 써서 만든 앨범으로 프러포즈했다.

여자에겐 다른 계획이 많았다. 하고 싶은 일들이 많았고, 해외 연수도 계획되어 있었다.

"네가 원하는 대로 살게 해줄게. 그러기 위해 끝까지 노력할 거야."

그 말을 믿을 수밖에 없었다.

"근데 왜 스카프가 두장이야?"

"혹시나 또 잃어버리면 속상할 테니까."

"너무하잖아. 날 뭘로 보는 거야."

남자는 여자가 감동해서 울 줄 알았는데 전혀 울지 않아서 조금 섭섭했지만 넘어가기로 했다.

여자가 그 드레스를 고른 이유는 아무 장식이 없기 때문이었다. 여자는 하늘색 스카프를 거즈로 덮고 조심스럽게 다려, 벨트 모양으로 접었다. 드레스와 스카프는 원래 세트였던 것처럼 어울렸다.

4

네번째 여자는 결혼 한달 전부터 남자친구와 함께 살기 시작했다. 전셋집을 구하면서 날짜가 애매하게 떴던 것이다. 휴가도 내지 못하고 두번의 이사와 결혼 준비를 하기란 쉽지 않았다.

그 와중에 싱크대가 문제였다. 습기를 이기지 못하고 썩어들어간 합판 싱크대 아래에서 끊임없이 바퀴벌레가 나왔다. 한국 바퀴벌레가 맞나 싶게 커다랬다. 방역업체를 불렀더니 싱크대를 통째로 갈지 않으면 안될 거라고 했다. 전에 살던 사람들을 원망하고, 외국에 있다며 전화를 잘 받지 않는 집주인을 욕하면서 약을 쳤다. 그러거나 말거나 남자친구는 청첩장을 나눠준다는 핑계로 새벽까지 들어오지 않는 날이 더 많았다. 여자는 눈에 보이지 않을 때에도 바퀴벌레의 존재를 느낄 수 있었다. 하는 수 없이 일부러 야근을 했고, 일찍 퇴근한 날은 까페에 가서 시간을 보냈다. 집에서는 잠만 겨우 얕게 잤다. 잠결에도 입을 벌리고 자지 않으려 곤두선 노력을 하면서…… 그 큰돈을 들인 집에 들어가기 싫다니 어처구니없는 상황에 너무 화가 났다. 바퀴벌레 문제를 나 몰라라 하는 남자에게도 화가 났다. 그런 상태에서 자잘한 결혼 준비를 혼자서 맡아 하다가, 결혼식 이틀 전에 터지고 말았다.

"지난 한달 같은 날들이 이어지느니 여기서 멈추는 게 낫겠어."

남자는 그제야 사태의 심각함을 깨달았고 썩은 싱크대를 맨손으로 뜯어내며 사과했다. 여자는 잠을 깊게 자지 못해 상한 얼굴로 드레스를 입었다.

5

다섯번째 여자는 어렸다. 스물세살이었다. 모든 것은 어른들이 결정했다. 나이 차가 많이 나는 남자 쪽 집안에서 서둘렀는데 흔히 말하는 '알아주는 집안'이었으므로 여자의 부모는 아직 졸업도 하지 않은 딸의 결혼에 동의했다.

"어리고 깨끗하지."

그런 말을 들었을 때는 기분이 이상했다. 피부 이야기를 하는 걸까, 그게 아니라면…… 마음속에서 의문들이 부글거렸지만 아직 표면까지 떠오르진 않았다.

6

여섯번째 여자의 목덜미에는 타투가 있었다. 아래에서 위로 향하여 머리 쪽을 가리키는 화살표와 '나이트메어 머신'(Nightmare Machine)이라는 장난스러운 문구였는데, 숍에서 시험 삼아 머리를 업스타일로 틀어올리자 아주 잘 보였다. 그 모습을 지켜보던 남자 쪽이 돌연 비난을 해왔다.

"너는 그거 할 때 결혼할 생각은 하나도 안했냐? 진짜 보기 싫어. 철들었으면 레이저로 지우든가 했어야지."

스물다섯살에 한 타투였다. 한번도 후회한 적이 없었다. 원래는 업스타일을 하지 않거나 파운데이션으로 가릴 셈이었지만, 남자의 갑작스러운 짜증에 그 온건한 계획들을 버리기로 마음먹었다.

"내 몸에서 제일 마음에 드는 부분이야. 지금은 너보다 마음에 들거든?"

2주 동안의 팽팽한 신경전 끝, 식장에 들어가기 직전에 여자는 마지막으로 거울을 돌아보았다. 역시나 멋진 타투였고 드레스와도 잘 어울렸다. 내 몸은 내 거야. 결혼을 한다고 해도 내 몸은 내 거야. 내 마음대로 할 거고 다들 보라고 해.

44명의 여자 중에 가장 멋진 워킹으로 입장했다.

7

어느 쪽 친구가 더 많이 오는지 내기를 했다. 신랑 쪽도 자신이 없지 않았는데 신부의 압승이었다. 사진을 두번에 나눠 찍어야 할 정도였다. 일곱번째 여자는 사람을 좋아했고 파티를 좋아했고 결혼식도 해본 중 가장 큰 파티라고 생각했다. 드레스는 그 파티에 잘 어울렸다.

부부는 스무번가량 집들이를 했는데, 집들이를 끝내고 나니 다음 이사가 다시 찾아왔을 정도였다.

8

여덟번째 여자는 칼럼니스트였다. 여자는 결혼해서 사는 삶에 어느정도 익숙해졌을 때 혼잣말을 했다.

"이제 환멸에 대해서는, 웬만큼 쓸 수 있겠군."

9

대학원생이었던 아홉번째 커플은 원래 혼인신고만 하고 살려고
했다. 둘 다 식에 대한 환상이 전혀 없었고 실용적인 성격이었다.
그간의 저금으로 학교 앞에 투룸을 구해 깔끔하게 꾸몄다. 만족스
러웠다.

그러나 그렇게 2년을 사는 동안 양가에서 폭격이 끊이지 않았다.
어떻게든 식은 꼭 해야 한다는 것이었다. 여자의 어머니가 울고 남
자의 아버지가 소리를 질렀다. 두 사람은 지고 말았다. 두 사람이
상의해서 생략했던 그 모든 과정을 결국 다 해야만 했다. 자포자기
상태로 드레스를 골랐다.

여자는 고전문학 전공자였는데, 고전문학 속 영웅들이 대다수
고아인 것에 대해 다시 생각해보았다. 고아들만이 진정으로 용감
해질 수 있다고 말이다.

10

위약금을 물고 드레스 대여를 취소했다. 혼전 건강검진에서 발
견된 질병 때문이었다.

11

열한번째 여자는 최대한 많은 것을 누리고 싶었다. 웨딩플래너의 제안들을 웬만해선 거절하지 않았다.

12

열두번째 여자는 최대한 아무것도 하고 싶지 않았다. 심지어 결혼반지조차 원하지 않았다. 평소에 가느다란 실반지도 할까 말까했다. 돌출된 부분이 있는 반지는 세수할 때 얼굴을 긁고, 니트의올을 잡아챌 터였다. 내내 빼고 있다가 외출할 때 특별히 찾아 낄것 같지도 않았다. 취향과 성향의 문제였다.

"하지만 다이아는 꼭 했으면 좋겠구나."

시어머니로서는 며느리 될 열두번째 여자가 도무지 이해가 되지않았다. 살면서 다이아를 살 수 있는 기회는 다시 없을 텐데 말이다. 열두번째 여자는 취향은 확고했지만 고집은 세지 않았으므로적당히 타협하기로 했다. 열심히 조사해 종로에서 가장 저렴한 가게를 찾아냈다.

"제일 작고, 제일 등급이 낮은 다이아몬드면 돼요."

종로의 귀금속점 사장은 열두번째 여자가 매우 가난한 신부일거라고 오해해버렸다. 그리하여 여자가 반지를 찾으러 왔을 때, 두단계 등급이 높은 다이아로 만든 반지를 자랑스럽게 내놓았다.

"그렇게 등급이 낮은 다이아는 국내에서 도저히 찾을 수가 없었어요."

여자는 어떤 오해가 있었는지 금방 간파했고, 반지를 찾으러 간 날 옷차림이 가난해 보여서 다행이라고 생각했다.

여자가 그 드레스를 고른 것도 반짝이지 않아서였다.

13

열세번째 여자는 신부 대기실에 들어온 사촌언니를 반겼다. 사촌언니는 팔짱을 끼고 사진을 찍으면서 속삭였다.

"결혼생활 안에서 너를 변호해줄 사람은 없어. 너밖에 없어. 그게 안되면 언니한테 전화해."

사촌언니는 변호사였다. 열세번째 여자는 의아했으나 이후 이어진 결혼생활에서 언니의 말뜻을 이해했다. 열세번째 여자 말고는 아무도 열세번째 여자의 안위를 고려하지 않았다. 수없는 요구를 해올 뿐이었다. 스스로를 지킬 사람은 스스로밖에 없었다.

다행히 아직 사촌언니의 도움이 필요하지는 않다.

14

열네번째 여자는 재혼이었다. 한번만 더 해보기로 했고, 꽤 희망적이었다. 성격이 잘 맞는 사람과는 어떻게 다를지 확인하고 싶었다. 각자의 성격은 결혼이라는 기계를 굴러가게 하는 핵심부품과 비슷하지 않을까, 생각했다. 애초에 맞지 않으면 굴러가지 않는다. 작동하지 않는다. 이번에는 굴러가야 할 텐데.

아니면 뭐 어쩔 수 없지만. 작업복을 입듯 드레스를 입으며 여자는 가볍게 생각했다.

15

"언니, 결혼생활은 어때요?"

"굴욕적이야."

친한 후배가 물어왔을 때 그렇게 대답한 열다섯번째 여자는 놀라고 말았다. 반사적인 대답일 뿐이었는데 그 대답을 곱씹으니 불명확했던 감정들이 갑자기 명확해졌다.

"가장 행복한 순간에도 기본적으로 잔잔하게 굴욕적이야. 내 시간, 내 에너지, 내 결정을 아무도 존중해주지 않아. 인생의 소유권이 내가 아닌 다른 사람들에게 넘어간 기분이야."

"하지만 형부가 잘해주잖아요? 좋아 보였는데."

"남편이 문제가 아니야. 내가 제도에 숙이고 들어간 거야. 그리고 그걸 귀신같이 깨달은 한국사회는 나에게 당위로 말하기 시작했지."

"당위로요?"

"응, 갑자기 모두가 나에게 '해야 한다'로 끝나는 말들을 해. 성인이 되고 나서 그런 말 듣지 않은 지 오래되었는데 대뜸 다시."

"예를 들면요?"

"남편과 나는 같은 시험에 붙었잖아. 그런데 가족들이 내게만 '살살 다닐 직장을 들어가야 한다'고 말해. 왜 나는 살살 살아야 하지? 왜 그게 당연하지? 왜 나한테 그렇게 말해도 된다고 생각하지? 굴욕적이야."

거기까지 말하고 열다섯번째 여자는 입 밖으로 말해서 더 분명해지는 것들을 잠시 가만히 헤아렸다.

16

열여섯번째 여자는 그 드레스를 입고 알코올중독자와 결혼했다. 남자가 계단에서 굴러떨어져 머리가 깨지고, 치료를 받았다 재발하고, 퍽치기를 두번 당해 한번은 입원하고, 두번째 치료가 실패하고, 겨울에 길에서 자다가 입이 돌아가서 다시 입원했을 때 더이상은 못하겠다고 생각했다. 사람이 아니라 병 탓인 걸 알면서도 더이상은.

"아마 다음에 소식을 들으면 부고겠지."

이혼 수속이 끝나고 여자가 말했다. 남자는 대답하지 않았다.

"길에서 죽지 마."

결혼생활은 지옥이었지만 그 말은 진심이었다.

17

열일곱번째 커플은 애주가들이었다. 술값이 너무 많이 들어서 결혼했다. 여전히 식비보다 주류비가 더 많이 들지만 집은 따뜻하고 안전하고, 서로밖에 다른 술친구는 특별히 원하지 않는다. 두 사람은 근사한 주류 장식장도 샀다. 온도를 칸칸이 맞출 수 있다. 애주가일 뿐 폭음은 하지 않고, 애초에 튼튼한 간을 타고났다. 튼튼한 간의 유전자를 언젠가 아이들에게 물려줄 것이지만 임신 중 금주해야 할 걸 생각하면 여자는 아직 엄두가 나지 않는다.

18

청첩장을 주는 날이었다. 친구 다섯명을 불러 저녁을 사줬는데 한 사람은 동성애자였다. 갑자기 그애가 불쑥 말했다.

"나는 이제 결혼식 안 가. 축의금도 안 낼 거야."

반쯤 웃으며 한 말이었지만 진심이 섞여 있었다.

"그래도 오긴 와야지."

"야, 넌 내지 마. 아님 기분만 내게 오천원만 내."

집에 오는 길에 열여덟번째 여자는 세상이 얼마나 불공평한지를 심각하게 생각했다. 축의금 같은 사소한 문제부터 시작해 훨씬 큰 문제로 이어질 것이다. 결혼은 겉의 포장을 걷어내면 결국 법의 문제, 제도의 문제, 보호의 문제이니 말이다. 여자의 친구는 너무나 불공평한 상황에 놓여 있었다. 혼인평권에 관련된 뉴스를 따라 읽을 때마다 한숨이 나왔다.

"생활동반자 보호법이 빨리 통과되어야 할 텐데. 요즘은 내가 원했던 것도 사실 결혼이 아니라 법의 보호를 받는 동거가 아니었나 싶더라고."

결혼한 지 가장 오래된 친구가 말했을 때였다.

"근데…… 나는 사실 결혼이 하고 싶어. 그 사람이랑 보란 듯이 식도 올리고 싶어. 가족들이랑도 교류하고."

동성애자인 친구가 머쓱해하며 털어놓았다.

"뭐? 왜? 결혼 완전 피곤하고 촌스러운데. 싫은 친척이 두배로 생기는 거라고."

기혼자들의 반응은 하나같았다.

"몰라, 내가 촌스러운 환상이 있나봐. 나도 좀 해보고 싶어하든가 할게. 동거도 좋고, 시스템 안에 들어가는 것도 좋지만 일단 외치고 싶어. 우리 둘이 계속 함께하기로 정했다고. 그 결정으로 우리 둘이 고립되는 게 아니라 연결망 속에 놓이고 싶고."

"그렇구나, 내가 잘못 생각했다."

처음 말을 꺼낸 친구가 고개를 끄덕였다.

"내가 내 특권을 못 봤네. 결혼제도가 산산이 무너져내리고 교체되길 바랐는데…… 언젠가 결혼이, 아무도 안해도 되지만 모두가 할 수 있는 그런 게 되면 좀 다를 수도 있겠다. 미안해."

"네가 왜 미안해?"

"몰라, 미안해."

결혼식 날 신부 대기실에 있을 때, 다른 친구들은 왔는데 그 친구는 나타나지 않았다. 그게 신경 쓰였다. 친구의 우울을 감지한 지 좀 되었다. 변화가 없는 사회는 아니지만, 변화가 느린 사회라서 친구가 지쳐간다는 걸 느끼고 있었다. 오지 않는다 해도 섭섭해하지 말아야지. 여자는 마음먹었다.

친구는 사진을 찍을 때에 나타났다.

"늦어서 미안."

"아니야, 와준 것만 해도 고마워."

잠깐 손을 잡았다 놓았다. 장갑 위로 감촉이 오래 남았다.

19

프리랜서인 여자는 출근하는 남편 앞에서 문어 춤을 추었다.

"비켜. 이 타꼬야끼야."

"뭐라고, 어떻게 그렇게 한마디로 나를 토막 칠 수 있어?"

남편이 퇴근할 때는 어떤 춤을 출지 고민해볼 참이었다.

20

결혼한 지 3년이 되었을 때, 스무번째 여자는 자기도 모르게 생각했다. 내가 내 부모에게 속았나? 이것이 당연한 삶이라고 오랫동안 속아서 똑같은 삶의 궤도를 선택해버렸나?

21

결혼한 지 3년이 되었을 때, 스물한번째 여자의 남편은 빈정거렸다.

"그렇게 매사 우울해서 어떻게 사니? 차라리 약을 먹어라, 응?"

여자는 대수롭지 않게 받아쳤다.

"내 우울은 지성의 부산물이야. 너는 이해 못해."

22

"이렇게 추운 날에는 발가벗고 안고 있는 게 최곤데."

여자는 실수로 너무 크게 말해버렸다. 골목에 둘만 있는 줄 알고서. 지나가던 사람이 흠칫했고, 두 사람은 얼굴이 화끈거렸다. 번화가에서 멀지 않은 어두운 골목이었다.

"그럼 우리 결혼할까?"

"결혼하고 무슨 상관이야?"

"그래도 결혼하면 굳이 애써 만나지 않아도 겨울 내내 껴안고 있을 수 있지 않을까?"

"그럴까?"

그래서 두 사람은 결혼을 했다. 여자는 전자책 유저였고 남자는 스님처럼 옷이 없었다. 덕분에 아주 작은 집에서 매일 껴안고 있을 수 있었다.

맨살과 맨살 사이의 온기, 그것을 위해.

23

결혼의 여러가지 속성에 대해 미리 알았던 편이지만, 이토록 빚잔치가 될 줄은 상상하지 못했다. 빚을 기억하느라 드레스의 디자인 같은 것은 하얗게 잊고 말았다.

24

"어머, 임신한 거야?"

엠파이어 라인의 원피스를 입었을 뿐인데 거래처 사람이 물어왔다. 결혼하고 해를 넘기자, 여자는 그런 질문들을 자주 받기 시작했다. 사람들이 얼마나 쉽게 선을 넘는지 새삼 놀라웠다. 당신은 나에게 그런 질문을 던질 만큼 가깝지 않아요, 하고 대답하고 싶은 걸 매번 참았다. 사실 아무도, 가족도 그만큼 가깝지 않다고 여겨왔다. 여자는 타고난 개인주의자였다. 그런 여자에겐 일가친척들이 덕담이랍시고 명절마다 하는 말들이 징그럽게만 느껴졌다. 왜 다른 사람의 생식과 생식기에 대해 그렇게 편하게 이야기하는 것인지 기이할 정도였다.

더 좌절할 때는 젊은 세대의, 충분히 개인주의자가 될 기회가 있었던 세대의 사람이 비슷한 말들을 할 때였다. 오래간만에 만난 친구가 기성세대의 언어를 그대로 답습하여 여자의 프라이버시를 심각하게 침해하는 말들을 할 때, 여자는 마음속 리스트에서 그이의 이름을 지웠다. 너는 이제 그만 만나야 하겠구나, 질린 채 생각했다.

친척도 친구도 아무도 만나고 싶지 않았다. 사람들이 이래서 이민을 가는 걸까? 눈을 뜨면 모르는 사람들로만 가득한 도시였으면 했다.

25

마트 앞에서 크게 싸웠다.

"와, 홈패션 배우고 싶어. 수강료도 안 비싸고 좋다."

여자가 마트 문화센터의 수업 소개 게시판을 보다가 말했을 때, 남자가 쏘아붙였다.

"요리부터 배워."

한번은 그냥 넘어갔다.

"쉽게 하는 이탈리아 요리, 이거 배울까?"

"좀! 한식부터 배워 좀! 밑반찬부터."

두번은 넘어갈 수 없었다. 둘 다 일하는데 식사 준비를 여자가 하는 건 여자의 자발적인 기여일 뿐이었다. 남자가 뭔가 크게 착각하고 있는 게 분명했다. 차분하게 반박해야 했지만 여자도 쌓였던 게 많았다.

"다시 말해봐, 씨발새끼야."

격론 끝에 남자는 마트 앞에서 울었다. 여자는 별로 미안하지 않았다.

26

남자가 잠결에 실수로 여자를 때렸다. 팔꿈치로 눈두덩을 힘껏 친 것이다. 여자는 멍이 들었다.

"미안해, 정말 미안해. 좀비 꿈을 꿨어."

남자는 공포영화를 잘 못 보면서도 즐겨 보는 편이었다. 이해할 만한 일이었지만 여자는 화가 났다. 3일쯤 화가 풀리지 않았다.

4일째가 되어서야 여자는 깨달았다. 여자는 화가 난 것이 아니었다. 두려운 것이었다. 그때까지 인식하지 못했지만 두 사람 사이엔 압도적인 힘의 차이가 있었다. 나중에 남자가 머리를 다치거나 치매에 걸리면 어떡하지? 성격이 변해서 때리고 목을 조르면 어떡하지? 최악의 상상들이 연이었다.

27

여자의 친척이 성당에서 하는 예비부부 수업을 추천했고, 곧이어 남자의 친척이 절에서 하는 수업을 추천했다. 종교가 없는 여자는 당황스러웠다.

"네? 결혼을 절대 안하실 분들이 결혼에 대해 하는 말을 들으러 가라고요?"

어렸을 때부터 저런 애였지,라는 뒷말을 듣고 말았지만 여자로서는 도무지 납득되지 않았다.

28

평소에 입던 잠옷들을 다 빨아서, 오래 입지 않았던 노란 티셔츠를 꺼내 입었다. 남자가 멍한 얼굴로 말했다.

"어렸을 때 제일 좋아했던 인형이 노란 하마 인형이었는데……"

여자는 저도 모르게 남자의 등짝을 후려쳤다. 남편을 때리면 안되는데 연상작용이 너무 기분 나빴다.

29

한 이불을 덮고 자는 것에 처절하게 실패했다. 결혼 두달 만의 일이었다.

"안되겠다. 이불은 각자 덮자."

둘 다 돌돌 말고 자는 스타일이라 어쩔 수 없었다.

"우리는 한 이불 덮는 사이가 아니네."

농담을 했지만 여자는 솔직히 침대도 따로 쓰고 방도 따로 쓰고 싶었다. 가벼운 수면장애가 있기 때문이었다. 옆에 누운 사람의 체온이 건강에 아주 좋다는 기사를 보고 포기했다.

30

여자와 남자는 르 꼬르동 블루에서 만나 결혼했다. 지인들은 두 사람에게 초대받기만을 손꼽아 기다렸다. 둘은 손님들 앞에서 요리 경연을 했다.

31

주말이 좋았다. 따뜻한 빵 위에 차가운 잼.
각자의 노트북을 무릎에 펼치고 샤워를 건너뛰었다.

32

두 사람은 결혼 전에 임신중단시술을 받은 적이 있다.

33

남편이 문득 임신중단시술을 받은 적이 있냐고 물어왔다.

34

어릴 때부터 성실했던 서른네번째 여자는, 결혼 적령기에 곁에
있던 사람과 쫓기는 마음으로 결혼했다. 몇년이 지나고서야 이 숙
제는 사실 하지 않아도 되는 숙제가 아니었을까, 의문이 찾아왔다.
다섯살 아래 여동생과 통화하다가 여자는 그런 이야기들을 했다.
 "스무살 넘으면 어른인데 너무 아이 같은 마음으로 살았던 것 같

아. 입을 모아 내가 부족한 존재라 해서 정말 부족한 줄 알았어. 결혼을 해야 어른 취급받는 건 너무 이상하지 않니? 그래서 착각한 게 아닐까, 꼭 해야 하는 숙제로. 너는 나처럼 생각하지 마. 요즘 비혼 이야기 많이 나오는 거 반갑고, 나도 이런 시대를 기다릴걸 그랬다 싶어."

"언닌 가진 게 있어서 쉽게 말하는 거야."

"그래? 속 편한 소린가?"

"모르겠어. 나도 이 생각 저 생각 많이 하는데, 사회가 너무 기혼자 중심인걸."

"사회는 바뀔 수도 있어. 생각보다 빨리."

"어쨌든 지금은 숙제를 해오지 않은 학생에게 지나치게 가혹한 옛날 선생님 같잖아."

"손바닥을 때리려나?"

"깡패처럼 뺨을 안 때리면 다행이지."

35

서른다섯번째 커플은 신혼 내내 저녁마다 나라 걱정을 했다.

"신혼부부가 나라 걱정하느라 섹스할 시간이 없네."

"이게 출산율 저하의 이유군."

36

차를 타고 가다가 라디오에서 가부장적 문화에 대한 이야기가 나왔다. 운전을 하던 남자가 여자에게 물었다.

"그래도 당신은 나랑 결혼해서 다행이지? 나는 전혀 가부장이 아니잖아."

"글쎄."

"나처럼 가부장이 아닌 사람이 어딨다고?"

"당신 한 사람으로 결정되는 게 아니야. 예를 들어 지난 제사 때 생각해봐. 나는 조퇴하고 가서 아홉시간 일했지. 당신은 퇴근하고 와서 한시간, 절 몇번 하고 과일 집어먹고 사촌동생들이랑 논 게 다잖아."

"그럼 두 사람 다 조퇴했어야 했다고?"

"내 말은 그런 시간들이 계속, 평생에 걸쳐 쌓인다는 거야. 쌓이다 보면 큰 차이가 나는 거고. 생각해보면 이상하지 않아? 당신 할아버지 제사잖아? 난 만난 적도 없는 분이야. 왜 효도를 하청 주는데?"

"하청이라고까지 말하면……"

"아홉시간 일한 며느리들은 제사 지낼 때 아무도 절도 안하고 뒤에 멀뚱멀뚱 서 있지."

"몇년 전에 며느리들도 절하는 걸로 바꿀까 했었는데 큰어머니 무릎도 안 좋으시고……"

"어쨌든 그게 가부장제야. 당신 눈에는 안 보여도 내 눈에는 보여. 내 눈에만 보이는 게 아주 많아."

두 사람은 말없이 라디오 패널들이 하는 이야기를 들으며 집으로 돌아왔다.

37

평생 비혼 커플로 살려고 했다. 하지만 한 사람이 유학을 가게 되면서 배우자 비자를 받기 위해 혼인신고를 할 수밖에 없었다. 그러자 엄마가 그간 어떻게 참았는지, 식까지는 바라지 않으니 촬영만이라도 하라고 집요하게 설득했다. 효도하는 셈치고 드레스를 빌려 대충 촬영을 했다. 엄마는 그 사진을 단체 채팅창에 뿌리는 모양이었다.

출국 전 송별회 겸 친구들을 만났는데, 그 이야기를 토로하니 다들 결혼 축하를 해와서 떨떠름했다. 하려고 한 게 아니야, 축하를 받으려고 한 게 아니야, 설명하기도 좀 그랬다.

그런데 한 친구가 슬며시 속삭였다. 여자와 비슷하게 오래 동거 중인 친구였다.

"야, 나도 공무원 아파트 당첨 확률 높이려고 곧 신고할 거야."

"너도?"

"심란해하지 마. 실리가 걸려 있었잖아."

우리가 어쩌다가, 하고 둘이서만 웃었다.

38

여자의 아버지는 국회의원이었다. 남자의 아버지는 장군이었다. 축의금을 내기 위한 줄이 식장이 있는 층을 넘어 회전계단을 타고 이어졌다. 화환이 너무 많이 들어와서 리본을 떼고 꽃을 치우고 리본을 떼고 꽃을 치우고를 몇번이나 반복했다. 꽃은 어딘가에서 재활용될 것이었다.

신부 대기실에 앉아 있는데 문이 잠깐 열렸을 때 밖에서 누가 하는 말이 들리고 말았다.

"이런 결혼식은 처음 봐. 양쪽 집안 다 한 재산 챙기겠구먼."

그런가, 그게 본질인가. 여자는 아득하게 생각했다. '화환은 정중하게 거절합니다'라는 문구를 청첩장에 쓰려 했을 때 아버지가 지우게 한 게 새삼 다시 떠올랐다.

39

사랑했고, 사랑하는 사람들이 가장 편하게 함께 있을 수 있는 방법이라 결혼했다. 두 사람 다 이타적이고 온유한 성격이었다. 그래서 다른 사람들이 견디기 힘들어하는 결혼의 어떤 부분들도 상대적으로 쉽게 견뎠다.

다만 여자에겐 새로운 두려움이 생겼다. 여자는 지나칠 정도로 자주 남자의 죽음에 대해 떠올렸다. 남자의 기분 좋은 팔도, 피부도 언젠가 죽어 없어질 거란 게 이상했다. 이 아름다운 몸이 썩게 된

단 말인가? 어떻게 그런 일이 벌어지지? 스스로의 죽음에 대해서
는 자연스럽게 받아들인 편이었는데 남자의 죽음에 대해선 좀처럼
그러지 못했다. 가끔 남자가 지나치게 느리게 숨을 쉬며 잠을 잘
때, 코밑에 손을 대어보곤 했다. 잠버릇이 시끄러운 사람이었다면
더 안심했을 것이다.

"왜 그런 생각을 하는지 모르겠네. 아주 나중의 일일 거야."

남자가 말했다.

"자기는 왜 그런 생각을 안해? 불행은 보이지 않는 모퉁이 너머
마다 서 있다가 지나가는 사람을 놀래키고, 인생은 그 반복일 뿐이
라고 누가 그랬어. 그 말이 맞는 거 같아. 우리 둘은 이제 불행 공동
체가 된 거라고."

"평안하게 끝까지 잘 사는 사람들도 아주 없진 않잖아?"

"그런 경우라 해도 평균수명을 생각해서 일곱살쯤 어린 남자를
사랑할걸."

여자는 푸념했고, 교통사고 블랙박스 영상을 보지 못하는 사람
이 되었다.

"하여간 어두운 생각 좀 하지 마."

남자는 간단하게 말했다. 여자는 그럴 수 있으면 좋겠다고 생각
했지만 쉽지 않았다. 어두워. 사랑은 어두워. 가족이 된다는 건 어
두워. 어두운 면은 항상 있어. 아이를 낳으면 설마 그 아이의 죽음
까지 두려워하게 되는 것일까? 여자는 잠이 오지 않는 밤이면 누운
채로 늘어날 두려움을 헤아려보았다.

40

마흔번째 여자는 폐백이 점점 길어지자 조바심이 났다. 하객들에게 아직 인사를 하지 못했는데 지나치게 오래 계속되었다. 여름이었다. 관리를 안했는지, 식장에서 빌려주는 장옷과 머리장식엔 수백명의 몸 비린내가 배어 있었다. 속이 안 좋아졌다. 여자는 절을 하고, 덕담을 듣고, 대추와 밤을 받아내고…… 그것을 수십번 반복했다. 덥고 메슥거려서, 안 그래도 지쳐 있었는데 쓰러지기 직전이 되어버리고 말았다.

하지 말걸. 폐백 같은 거 하지 말걸. 드레스만 입고 끝낼걸. 이게 아닌데. 내가 이걸 왜 한다고 했더라? 사람들은 이제 다 갔겠지? 동창들도, 직장 동료들도, 가까운 사람들도, 어려운 사람들도 모조리 가버렸을 것이다. 연회장에 제대로 인사를 오지 않은 여자를 욕했을지도 모른다. 여자는 낙심하고 말았다.

문득 상에 잔뜩 차려진 음식 모형들이 기이하게 느껴졌다. 모형을 앞에 두고 나는 진짜 이걸 왜 하고 있지? 전통 혼례를 선택한 것도 아닌데 어정쩡하게 왜? 제일 좋아하는 소설이 『필경사 바틀비』면서!

결혼을 통해 스스로에게 관습에 순응하는 면이 있다는 걸 인정한 여자는, 자주 '이것이 관습일 뿐인가?' 검토하는 사람이 되었다. 의미를 두지 않는 행동은 되도록 하지 않는 사람이.

41

스팀다리미가 고장나서 다림질을 하는 동안 자꾸 물이 샜다. 그저 물이 샜을 뿐인데, 왈칵 울고 말았다. 다리미에 조그맣게 '이 제품은 누수 방지 테스트를 통과한 제품입니다'라고 쓰인 스티커가 붙어 있는 게, 그렇게 서러웠다.

"호르몬 때문인가?"

여자는 달력을 쳐다보았다. 물이 새는 다리미가 인생에 대한 은유처럼 느껴졌다. 눈물 방지 테스트를 통과한 인생입니다, 그런 스티커가 붙어 있어도 끝내는 울게 된다.

42

국제결혼이었다. 혼인신고가 어찌나 복잡한지 여자는 서류 때문에 고생고생을 했다. 겨우 그 지난한 과정을 끝내고 나니 가족들이 귀국해 식을 올리라고 난리였다. 무려 명동성당에서 식을 올리게 되었다. 한마디도 알아듣지 못하는 남자를 데리고 교리 수업을 들어야 했다. 남자에게 소곤소곤 통역해주려 했는데 뒷자리 커플이 "쉿!" 하는 바람에 약간 빈정이 상해버렸다.

식 당일은 드레스를 입고 무릎을 꿇었다 일어섰다 하는 게 여간 힘든 게 아니었다. 굳을 대로 굳은 남자는 일어설 때마다 여자의 드레스를 정리해주었다. 의식적으로 하는 행동이 아닌 것 같았다. 긴장 상태에서 무심결에 여자를 살피고 있었다. 여자는 그게 무척 고마웠다. 남자의 나라가 아니었다. 남자의 언어가 아니었다. 남자의 종교가 아니었다. 남자의 가족과 친구들은 아주 적은 수가 참석해 있었다. 한국에서의 결혼은 오로지 여자를 위한 것이나 다름없었다. 남자는 그 와중에 여자의 드레스 자락을 챙겼다. 여자는 사랑을 느꼈다.

그래서 너무 긴장한 남자가 결혼서약의 "I will honor you"를 "I will horror you"로 잘못 읽었을 때도 좋지 않은 예감 같은 건 느끼지 않았다. 너는 나를 무섭게 하지 않아. 너는 나를 언제까지고 무섭게 만들지 않을 거야.

애초에 영어권 외국인이 아닌데 영어로 서약을 하게 한 쪽이 나빴다고, 웃어넘겼다.

43
커피를 좋아했다. 커피를 마시면 기운이 나고 세배 정도 똑똑해지는 기분이었다.

새벽같이 일어나 미용실에 갔다가 식장으로 이동하느라, 결혼식 날 아침엔 커피를 한잔도 마시지 못하고 말았다. 아, 누가 커피 한잔만 줬으면. 하지만 커피는 이뇨작용을 활발하게 만들 거고, 드레스를 입었다 벗었다 하며 화장실에 가기는 귀찮았다. 여자는 꾹 참았다.

"신부님께는 다과와 음료를 제공합니다. 지금 가져다드릴까요?"

예식장 직원이 들어와 단순한 메뉴판을 보여주며 물었다.

"에스프레소요."

여자는 자기도 모르게 대답했다. 다과는 일괄로 마카롱과 에끌레르가 나오는 모양이었다. 마침내 직원이 다시 쟁반을 들고 나타났을 때는 식이 시작하기 30분 전이었다. 손님들이 슬슬 얼굴을 비추기 시작했다. 여자는 그 작은 에스프레소 잔을 향해, 구원을 향해 손을 뻗었다.

여자가 예상하지 못했던 것은 장갑이었다. 장갑이 지나치게 마찰이 없는 소재였다. 작은 에스프레소 잔이 뱅글, 손가락 사이에서 돌아 드레스의 왼편 엉덩이에서 허벅지까지 커피가 쏟아지고 말았다. 도우미 분이 비명을 질렀다.

친구들까지 한꺼번에 달라붙어 물수건으로 처치하고, 다행히 준비되어 있던 처리제를 바르고, 허리 뒤에 달린 장식을 앞으로 옮겨 달았다. 그래도 티는 났지만 어쩔 수 없었다.

"그놈의 커피."

포토그래퍼는 여자를 한 방향에서만 찍어야 했다.

44

드레스는 특수 세탁을 거쳐 지난 재난의 흔적을 거의 지울 수 있었지만 그래도 그림자처럼 희미하게 남은 부분이 있어서, 본식 드레스로는 수명을 다했다는 판정을 받았다. 바로 폐기된 것은 아니고 드레스 까페로 헐값에 재판매되었다.

3만원 안팎의 대여비를 내고 한복이나 이브닝드레스, 웨딩드레스를 입어볼 수 있는 까페는 등장한 지 꽤 되었다. 한동안 유행이 주춤하는 듯싶더니, 외국인 관광객들이 한복을 입고 근처의 고궁에서 사진을 찍는 게 코스로 정립되어 근래 이용객이 더 늘었다. 실내 스튜디오도 한층 화려해졌다. 조명을 활용한 가짜 창문, 시트지로 만든 대리석 기둥, 사시사철 꽃이 핀 매화나무, 골동품 경대, 스티로폼 기와를 얹은 한옥 담.

대개는 한복을 고르기에, 드레스는 한구석에서 선택을 받지 못하고 숨이 죽은 채 걸려 있기만 했다. 그 드레스를 고른 건 방학을 맞아 가장 친한 친구들과 함께 사진을 찍으러 온 고등학생이었다.

"와, 이것 봐. 예뻐."

"그거 입게?"

"응, 우리 친척언니 얼마 전에 결혼했는데 이거랑 비슷한 거 입었다?"

"그럼 다 같이 웨딩드레스 입을까?"

드레스 까페 직원이 착용을 한명 한명 도와주었다. 드레스에 비해 몸피가 작아서 약간 헛돌았지만 끈 없는 브라를 몇개 받쳐 넣으니 가까스로 지탱이 되었다.

"나 꼭 이런 드레스 입고 결혼할 거야."

"우리 결혼할 나이까지 계속 이대로면 좋겠다. 부케는 다른 친구들 주지 말고 꼭 우리끼리 주기로 하는 거 어때?"

"나는 절대 결혼 안할 건데?"

"절대 안한다고?"

"절대 절대 안한다고?"

"그럼 네가 마지막으로 받고 끝내버리면 되잖아."

"그러네. 간단하네."

네 사람은 깔깔 웃으며, 수명이 다한 웨딩드레스들을 입고 탈의실을 나섰다.

효
진

냉장고 아래 칸에서 재료를 꺼내고 있을 때, 평소 나를 싫어하던 선배가 위 칸을 갑자기 여는 바람에 날카로운 모서리에 찍혀 이마를 다쳤어. 누군가 급히 건넨 냅킨으로 찢어진 부위를 누르고 있다가 나도 모르게 울고 말았어. 조용히 운 것도 아냐. 왈칵 울었어. 서른명이 복작거리는 주방에서 소리를 죽이지 않고. 겉껍질이 떨어져나가 속살이 드러난 크루아상처럼 서러웠어. 그날만은 그 선배도 잘해주었지만, 문을 벌컥 여는 행동의 저 바닥에는 분명 적의가 있었다고 생각해. 의식적이든 무의식적이든 말이야. 금방 떠나버릴 외국인, 무책임한 외국인, 질 나쁜 외국인, 그런 취급을 받으면서도 언제나 모른 척 웃고 있었으니까. 진짜로 웃지 않는 걸 들켜버려서 더 미움받았으니까.

적의에 대해 생각해. 적의에 오래 노출되고도 괜찮은 사람은 여기든 거기든 없을 거야. 그 나쁜 입자들을 씻어낼 수 있는 샤워 비슷한 게 있다면 좋겠다고도 생각해. 간편한 에어샤워 같은 것.

울면서 만든 베리타르트의 맛을 두고 컴플레인이 걸려오진 않았어. 슈거파우더로는 거의 모든 걸 덮을 수 있지. 사람들의, 관계의 가장 저열하고 싫은 부분까지도 말이야. 그리고 그날 퇴근하면서 너를 떠올렸어. 내가 다친 이마의 그 부분은 언젠가 네 얼굴에 무지개가 맺혔던 부분.

내가 너를 떠올릴 때, 항상 너의 옆 이마엔 무지개가 맺혀 있어. 두장의 유리가 맞닿은 틈이 프리즘처럼 무지개를 만들어냈지. 학교 앞의 별로 예쁘지도 않은 까페였는데 유리창이 가끔 그렇게 재주를 부렸어. 관자놀이에 무지개가 있다고 내가 말하자, 너는 아주 조심스럽게 눈을 옆으로 굴렸어. 마치 그러면 볼 수 있을 것처럼. 그러지 않으면 무지개가 사라지고 말 것처럼. 사진을 찍어주고 싶었는데 몇년 전의 휴대폰 카메라엔 좀처럼 잡히지 않았어.

지난번에 통화하다가 너는 말했어. 내가 꼭 네 머릿속에만 있는 인물인 것 같다고. 너도 여기 오고 나도 거기 가고 그저 몇달 보지 못했을 뿐인데 그런 기분이 든다고 했어. 나도 도쿄도 정말로는 없는 게 아닐까 가끔 이상한 상상을 한다고. 멋대로 도쿄를 없애지 마, 하며 나는 웃었지.

우리가 여기 처음 왔을 때는 가난한 여행자였고, 나는 너 없이 다시 와 여러번 신분이 바뀌었지만 너와 함께 갔던 곳을 지나면 그

때의 날짜와 날씨 같은 것들이 마음속에 자막처럼 지나가. 그런 곳들에 남자친구들과도 몇번이나 갔지만 희한하게 최초의 기억만이 떠오르지. 사실 그건 서울에서도 마찬가지였어. 그래서 남자친구들이 대대로 너를 버거워하나봐. 우린 어째서 이렇게 슬프도록 스트레이트일까. 이렇지 않았다면 남자친구들, 하고 복수로 말해야 하는 극적이고 피곤한 인생을 살지 않아도 되었을 텐데.

아무도 너만큼 파츠가 맞지 않아, 내가 말했을 때 너는 다시 확인했어. 피 에이 알 티 에스, 그 파츠? 하고 물었지. 자주 쓰는 표현인데 그렇게 되물으니 작고 견고한 부속품이 된 것 같았어. 조금 모양이 다른, 하지만 나란히 들어가는 파츠.

네시간을 잔다고 말하니까 너는 믿을 수 없어했지. 자정에 들어와서 새벽 4시에 다시 일어나 나가는 나의 매일매일을. 우리가 함께 살 때는 먼저 일어난 네가 가끔 내 코밑에 손가락을 대거나 맥박을 체크하고는 했으니까. 내가 너무 죽은 것처럼, 깨어나지 않으려고 마음먹은 사람처럼, 태어나지도 않은 것처럼 잔다고 싫어했잖아. 잠은 점점 더 가벼워지는 것 같아. 덮지 않은 것처럼 가벼운 차렵이불 같아져.

6시까지 나는 긴자의 타르트 가게로 출근해. 사람들이 줄을 서서 사 먹는 곳이야. 80년대부터 유명했는데 최근에는 사실 조금 주춤하고 있어. 다이칸야마라든지 체인점이 도무지 어울리지 않는 세련된 동네에 무리하게 진출했다가 철수해야 했거든. 지점장들의 권력투쟁과 암투가 보통이 아니야. 내가 일하는 지점도 지점장이 그새 세번이나 바뀌었어.

한껏 아기자기하게 꾸며놓은 매장 안쪽에는 서른명이 북적대는 주방이 있어. 뜨거운 공기 때문에 모두 고생인데도 분위기를 따지자면 싸늘해. 실수를 하면 그날은 말이 없다가 다음 날 지점장이 부르지. 바보 같은 짓을 했을 때 즉시, 바로 위의 선배가 혼낸다면 차라리 나을 것 같아. 며칠 전에는 2주도 안된 신입사원이 무단결근을 하더니 전화가 왔어. 더이상 못 견디겠다고 하더라. 위염, 장염, 과호흡으로 그만두겠다고 했어. 사람이 계속 바뀌고 있는데 어쩌면 이런 식으로 80년대부터 지금까지 해온 걸지도 몰라.

오전 근무가 끝나고 3시까지는 가부키초의 스페인 식당에서 에끌레르를 만들어. 에끌레르는 스페인 디저트도 아니고 심지어 마스터도 칠레에서 유학했다고 하니 약간 정체를 알 수 없어. 아무래도 마스터의 부수입용 소일거리인 것 같아. 나는 에끌레르만을 위해 고용된 셈인데, 제과학교 학생을 구한다기에 지원했지만 외국인이라 처음에는 자리를 얻지 못할 뻔했어. 그래도 이제는 아르바이트 세곳 중에 가장 잘해주셔. 특히 자영업의 쓰디씀에 대해 자주 이야기해주고 계시지. 얼마나 쉴 수 없는지, 근근이 유지되는지 말이야.

에끌레르를 만들고 나면 제과학교에 가. 현장에서 은퇴한 교수님들의 강의는 과학적이라기보단 직관적인 편이야. 소금이 들어가면 케이크 스펀지가 빨리 탄다기에 어떤 원리인지 물었더니, 풀장보다 해수욕장에서 피부가 더 빨리 타지 않느냐는 어이없는 대답이 돌아왔지. 그런 말을 들으려고 비싼 돈을 내고 다니는 건 아니야, 이 영감탱이야, 하고 속으로 투덜대지만 그래도 많이 배우고 있어. 내가 못생긴 걸 구워낼 때면 혹독하게 지적해주거든. 자네, 지금 그 슈크림빵 못생겼지만 귀엽다고 생각하고 있지? 전혀 귀엽지 않아. 엄청 기분 나쁘게 생긴 빵이야. 나 교수님들 성대모사 완전 똑같이 할 수 있는데 네가 몰라서 아쉽다.

수업이 끝나면 복어집에서 일해. 나를 포함해 아르바이트생이 여섯명인 가게인데 복어가 잘 팔리지 않아서 요즘은 장어 요리도 팔고 있어. 간판의 '복어 전문'이 좀 어색하게 되어버렸지만 손님이 없는 것보다는 나으니까. 수조 속에 장어가 더 많아졌더니 복어들이 적응을 못하고 당황해하는 것 같아. 매일 복어 사진을 찍는 게 요즘의 취미야. 복어는 얼굴이 꼭 어린아이 같아서 표정이 보이거든. 다른 아르바이트생들은 처음엔 날카롭게 굴었는데 요즘은 좀 나아졌어. 오봉 때 대신 일해주고 추석 때 다시 부탁하는 그런 관계가 나쁘지 않다는 걸 깨달은 것 같아. 사장님은 잠시만 다녀가서 가게가 한산할 때는 주방장 아저씨가 늦은 저녁을 챙겨줘. 한국 사람들도 카레 먹어? 하고 물었을 땐 웃고 말았어. 일본 사람들은 왜 인도 사람들보다도 카레에 자부심이 클까.

남자친구도 복어집 아르바이트생이었어. 지금은 학교가 바빠져서 그만뒀지만, 우리 둘만 외국인 아르바이트생이었지. 남자친구는 베이징에서 왔어. 네 머릿속에서 도쿄가 희미해진 것처럼 나에겐 가본 적 없는 베이징이 먼지로 지어진 도시야. 이야기로만 듣는 베이징은 점묘화 같아. 언젠가 가보게 된다면 달라지겠지. 국제변호사가 되고 싶어서 여기 왔대. 나는 제과학교 때문에 프랑스어를 공부하고, 남자친구는 영어와 스페인어를 공부하다가 서로 싸울 때는 일본어로 싸우지. 그럴 때면 여기서 뭘 하고 있나 싶어. 남자친구는 한국을 별로 좋아하지 않아서 한국어를 배울 생각이 없고, 나도 중국어는 '칭다오 세병 주세요'밖에 못해. 남자친구가 나중에 베이징에 가서 살 생각이 있냐고 물었을 때, 퇴근해서 집에 왔는데 식탁 위에 칭다오 세병만 있어도 되냐고 되물었더니 막 웃더라.

남자친구의 이름엔 버드나무가 있어. 버드나무는 한국어로도 일본어로도 중국어로도 발음이 크게 다르지 않아. 그 발음이 좋아서, 남자친구의 약간 길고 흰 얼굴이 좋아서, 안경이 잘 어울려서, 자다가 작은 지진이 있을 때면 명치 부분을 단단하게 안고 눌러줘서, 우울해할 때면 판다 동영상을 보여줘서, 대충 그런 이유로 좋아해. 중국인들은 어쩐지 판다에 대해서 쿨할 것 같았는데 그렇지도 않더라. 어두운 방에서 모니터만 빛내며 판다 동영상을 무한 반복해서 보고 있는 남자친구를 보면 가끔 짠해. 그런 날은 힘든 일이 있었던 날이거든. 너도 힘들구나, 그게 우리 관계의 바탕인 거 같아.

내가 사는 방은 도로변 건물의 5층인데, 내진설계 때문에 조금 큰 트럭만 지나가도 흔들려. 피곤한데도 좀처럼 잠들 수가 없어. 여전히 못 믿겠지? 그렇게 죽은 듯이 자던 내가 자꾸 깨. 그런 밤에는 여러가지를 생각해. 고등어 낚시를 나갔다가 참다랑어떼를 잡았다는 뉴스 속 어부 아저씨들이 계속 럭키하기를 바라기도 하고, 병뚜껑이 목에 걸려서 죽었다는 테네시 윌리엄스의 마지막 기분을 가늠해보기도 하고, 뜻은 잘 모르지만 「Iko Iko」를 부르기도 해. 특히 가을에는 돼지풀 알레르기가 심해서 더 못 자. 숨을 못 쉬겠어. 서울에선 없었는데 도쿄에 아마 돼지풀이 더 많은 거겠지. 이름도 안 예쁘고 생긴 것도 안 예쁜데 꽃가루를 엄청 날리나봐. 어차피 고생할 거면 조금 분위기 있어 보이는 풀이었으면 해. 하고많은데 돼지풀이라니.

아르바이트가 세개면 어떻게든 잠들어야 하기 때문에 한두가지 방법을 체득했어. 아무 상관이 없는 단어들을 연달아 생각하면 다시 잠들 수 있을 때가 있어. 이를테면 단추, 래브라도 레트리버, 오간자, 쇄빙선, 고무나무, 분무기, 그리스정교회, 줄자, 파인애플, 열풍기, 나방, 슬리퍼…… 연관성이 없고 패턴이 없어야 해. 그러면 뇌가 지루해지는지 잠들어.

그래도 잠들지 않으면 피곤한 발에 새 신을 신는 상상을 반복적으로 하는 거야. 아주 푹신한 새 신이어야 해. EVA 아웃솔에 라텍스 인솔이라서 신는 순간 신음이나 탄성이 나올 정도로 편한 종류 말이야. 그런 신발을 상자에서 꺼내 처음으로 신는 상상을 계속 계속하면 좋은 꿈을 꿔. 혹시나 잠이 잘 오지 않으면 해봐.

너도 그러니? 밤늦게 오는 연락, 이젠 잘 없잖아. 아빠만 여전해. 술에 취해서 새벽에 메시지를 보내지. 워낙에 그런 사람이니까. 내 이름을 효도 효에 다할 진으로 지은 것부터가 이기적이지 않아? 신생아에게 그런 명령어를 입력하다니 너무하잖아. 자발적으로 효도할 마음은 전혀 생기지 않는 이름이야. 심지어 효나 진이 항렬자인 것도 아냐. 오빠한테는 항렬자를 써놓고 나는 새로 지었어. 아빠 때문에 메신저 프로그램을 지웠다 다시 깔았는데, 그러고 보니 무음 기능이 있더라.

아빠는 술만 먹으면 '사방 백리 안쪽의 남자만 진짜 남자'랬어. 나머지들은 뼈대가 약하고 피가 흐려 계집애나 다름없다는 게 일관된 주장이었지. 오빠에게라면 몰라도 계집애인 나한테 그런 얘기를 해봐야 어쩌란 건지, 자라는 내내 그랬지.

너를 한번도 고향집에 초대하지 않은 건 아빠 때문은 아니야. 아빠는 손님 대접은 또 잘해. 그보다는 재미도 없고 풍경이 빼어난 것도 아니고 특산물도 없는 동네여서였어. 심지어는 외식을 할 수 있는 식당이 두세군데밖에 안되었는데 모조리 맛이 없었어. 가장 오래된 가게는 동태찌개집이었는데 맛도 맛이지만 가끔 고기 안쪽이 차가울 때가 있었어. 경양식집의 돈가스는 부직포 행주를 씁는 것 같았고. 가끔 친구들이랑 동네를 가장 먼저 뜨는 사람이 그식당들의 문을 열어젖히고 더럽게 맛없다고 외치고 떠나자고 약속할 정도였어. 그런 약속을 다섯번쯤 했지만 떠날 때가 되어선 다들 말없이 떠나거나 아예 떠나지 못했지. 볼거리가 하나쯤은 있지 않겠냐고? 아, 오래된 절이 하나 있긴 했는데 고려시대에는 꿋꿋하게 삼국시대 불상을 만들고 조선시대에는 꿋꿋하게 고려시대 불상을 만들어서 미술사적으로 의미는 있다더라. 절 뒤의 절벽에 부조로 새긴 관세음보살의 얼굴마저 대자대비함과는 거리가 멀게 완고했어. 여차하면 크게 혼낼 것 같은, 무언가를 끝없이 거부하는 표정이었지.

어릴 때 나는 내내 소포만 기다렸어. 서울로 시집을 간 이모들이 사촌들이 다 읽은 전집을 보내줄 때마다 과자 세트도 보내줬거든. 서울에 흩어져 살던 세 이모는 각자 다른 과자점에서 오래가는 쿠키 박스를 골랐어. 무슨무슨 당이라는 오래된 가게도 있었고 프랑스 장군의 이름을 딴 가게도 있었고 당시엔 유행했지만 지금은 없어진 체인점도 있었어. 가끔은 남대문 수입상가에서 샀을 외국 과자들도 있었고. 방학이 되면 서울에 직접 가기도 했어. 이모들과 아빠가 크게 싸우기 전까지는 말이야. 서울에 가지 못하게 된 후로는 소포를 더 간절히 기다렸어. 책도 반가웠지만 열자마자 쿠키를 맛별로 하나씩 골라뒀지. 아빠와 오빠가 쿠키 몬스터처럼 먹어치울 테니까 미리 확보해둬야 했어. 종이박스가 아니라 양철 캔이면 내 차지였기 때문에 그 예쁜 통들은 보물이 되었어.

이미 먹은 지 한참 된 과자의 맛을 복기하면서, 자랄수록 어떻게든 서울에 가겠다고 반복해서 결심했어. 어느 순간부터는 사투리도 쓰지 않았어. 혀가 먼저 서울에 갈 준비를 했던 것 같아. 다행히 재수하지 않고 한번에 붙었지. 재수를 하면서, 집에만 있으면서 그 동네에 머무는 건 상상하기도 싫었기 때문에 절박했거든.

그런데 대학에 보내주지 않겠다고 했어. 내내 준비하고 지원하고 논술과 면접을 보러 서울에 다녀온 것까지 다 봐놓고는 아빠가 딴소리를 했어. 돈 때문은 아니었어. 물론 버거운 돈이긴 하지만 아빠는 할아버지가 물려준 벽돌공장 터가 비싸게 팔려서 여유가 있을 때였거든. 오빠만 해도 부족함 없이 두시간 거리 대도시에서 대학생활을 하고 있었고. 오빠보다 공부를 잘했던 게 아빠의 어딘가를 자꾸 건드렸던 걸 몰랐던 건 아니지만 그렇게까지 나올 줄이야. 아무래도 서울은 아닌 것 같다, 통학할 수 있는 학교로 내년에 다시 봐라, 그보다 대학을 꼭 가야 하겠냐. 나는 구운 머랭처럼 하얗게 굳어서 앉아 있었지. 울며불며 패악을 떨어볼까 했는데 그럴 힘도 나지 않았어. 아빠가 어깃장을 놓기 시작하면 끝도 없다는 걸 알고 있었으니까. 아빠의 눈에 내가 온전한 한 사람이 아니란 걸 터득한 지는 벌써 오래여서 결국 오빠한테 전화를 걸었고, 소환되어 온 오빠가 나 대신 싸웠어. 건성으로 싸웠는데도 아빠를 설득해 냈어. 오빠의 결정적인 한마디는 '남들이 흉본다'였지. 어릴 때 내내 때리고 괴롭혔던 걸 그 설득으로 갚았다고 생각해.

집을 떠나면서 나는 명절에도 돌아가지 않는 애가 되겠다고 마음먹었어. 띄엄띄엄 돌아갈 때마다 마음이 누그러지기는커녕 거기가 내 집이 아니란 것만 더 확실해졌어. 스무살 때부터 나의 끝없는 불효가 시작된 셈이야. 입학하자마자 너를 만나서, 너와 같이 살면서 완벽한 파트너까지 얻었지. 내 목표는 두가지였어. 하나는 서울의 가장 탁월한 디저트들을 한번씩 먹는 것. 계절 따라 꽃처럼 피었다가 사라지는 가게들을 놓치지 않고 추적해서 대표 메뉴와

숨은 메뉴를 다 먹어보고 기억하겠다고 말이야. 나머지 하나는 아빠가 그렇게 무시하는 타 지역에서 서울로 몰려든, 포장지가 다르고 알맹이가 다른 남자애들을 모조리 만나보는 것이었어. 만나보고 맛보기. 나는 그렇게 팔도 컬렉터가 되었고, 너는 계획적이었던 건 아니지만 경험 없는 남자애들만 계속 만나서 체리 컬렉터가 되었으니 우린 정말 딱 맞는 콤비였다고 생각해.

내가 가장 많이 좋아했던 남자애는 섬에서 온 아이였구나. 근이가 자란 곳은 전복 양식장으로 유명한 섬이었고 거기서도 가장 큰 양식장집 아들이랬지만 처음엔 전혀 몰랐지. 나는 근로장학생이라 도서관 출입구에서 추위에 떨고 있었고, 너는 논술 과외를 하며 학생들이 800자짜리 길쭉한 원고지를 채우는 동안 졸곤 하던 2학년 때였어.

근이를 만난 건 학기 초였어. 아직 익숙하지 않은 시간표를 착각해서 수업에 늦었는데, 횡단보도 가운데 하필 맨홀 뚜껑이 있었고 키튼 힐의 뒷굽이 딱 끼어버렸지. 중심을 잃은데다 당황해서 어정쩡하게 서 있는데 뒤에서 오던 근이가 그걸 빼주었어. 속도를 멈추지도 않고 아주 빠르고 단호한 손으로 굽을 빼주고는 그대로 가버렸지. 어찌나 효율적으로 움직였는지 5미터 바깥에서 내게 닥친 작은 재앙을 미리 알아챈 것 같았어. 눈이라도 맞추고 생색이라도 냈다면 반하지 않았을 텐데 한번 쳐다보지도 않고 가버렸어. 감사 인사도 제대로 듣지 않고 말이야. 어쩐지 그게 좋았어. 생색의 시옷

자도 모르는 넓고 차가운 어깨가, 헤어라인이 명확한 목덜미가. 보폭이 큰 아이였기 때문에 나는 겨우 근이가 들고 있던 책 제목만을 확인할 수 있었지. 학교 도서관 도장이 찍혀 있어서 얼른 봤거든. 좀 멋진 책이면 좋았을 텐데 당시 유행하던 가벼운 자기계발서였어. 그래도 대출 정보를 조회할 수 있었던 게 어디야. 네 명이 그 책을 대출 중이었지만 남자 이름은 근이뿐이었기 때문에 이름과 과와 학번을 알 수 있었어. 그 과 다른 사람을 통해서 근이의 시간표를 알아냈고 교양 강의를 같이 들으며 우리는 천천히 근이를 포획했지. 한 학기를 통째로 쏟아부은 작전이었어.

웅, 용, 근 같은 너무 수컷 이미지를 풍기는 이름은 싫다고 투덜거리면서도 너는 함께 그물을 쳐줬어. 매번 근이와 가까운 자리를 확보했고, 나 대신 조별 과제를 함께하자고 시큰둥하게 말을 건넸지. 근이는 아마도 여전히 우연하게 친해졌다고 믿고 있을 거야. 발표를 같이해서, 나이가 같아서 친해졌다고 그렇게.

휘적휘적 사라지던 뒷모습만큼이나 앞모습도 보기 꽤 괜찮았고, 잘생긴 얼굴에서 나오는 어마어마한 사투리가 더 매력이었어. 나는 그때 이미 사투리가 오히려 어색하게 들렸는데, 근이는 전혀 고치지 않았어. 그후의 직업 선택을 생각하면 근이야말로 사투리를 일찍 고쳤어야 했는데 말이지. 근이는 뭘 해도 자연스러운 사람이었어. 너는 근이의 그런 면에 대해서 억눌린 데나 뒤틀린 데가 없다고, 사랑받고 속 편하게 자라서 그렇다고 했지. 나같이 오류가 많은 여자애는 그렇게 내부구조가 단순한 남자애를 만나는 게 맞을 거라고도 했어. 오류가 많다니, 살짝 발끈하면서도 틀린 말은 아니라고 생각했던 기억이 나.

니는 지금 이해를 하나도 못허고 있다아. 교수님 말씀을 듣기는 허냐. 깝깝하다아. 근이가 말하는 것도 좋았고, 네가 근이 흉내를 너무 잘 냈기 때문에 그것도 끊임없이 우리를 웃게 했어. 근이가 방학 때 아버지 차를 몰래 타고 나왔다가 빗길에 전복시켜버렸을 때도, 그 상황에서 서울에 있는 나에게 전화해 우쩐다냐아, 우쩐다냐아, 하고 노래 부르듯이 길게 말했기 때문에 참지 못하고 웃어버렸어. 어떻게 근이와 관련된 모든 일에는 즐거울 수 있었을까. 기본적으로는 돈 때문이었을까? 근이 지갑엔 반으로 접히지 않을 만큼 현금이 많이 들어 있었잖아. 언제나 두꺼웠지. 5만원권이 나오기 전이라서 더 그랬겠지만 놀라울 만큼 두꺼웠어. 전복은 비싸니까. 비싼 조개니까. 돈이 있다고 누구나 주변에 베푸는 건 아닌데 근이는 정말 기분 좋게 돈을 썼어. 전복의 안쪽 같은, 그런 무지개 같은 분위기가 근이에게 있었어. 조개껍데기 돈을 쓰는 것처럼 호쾌했지. 가난한 친구들을 매일 거둬 먹이면서도 보답을 바라거나 치사하게 군 적은 한번도 없었어. 우리가 먹고 난 자리에는 조개 무덤이 생길 것 같았잖아. 바구미가 생긴 묵은쌀만 먹다가, 근이와는 포식을 했으니.

근이가 방 앞에 찾아왔던 겨울날이 기억나. 왜 마음이 상해서 먼저 돌아왔는지 기억은 잘 안 나지만 근이가 찾아올 걸 알고 있었던 건 분명해. 첫날은 끝까지 문을 열어주지 않자 돌아갔는데, 그다음 날에 와서는 택시에서 내리지 않았어. 추워서 서 있을 수 없으니까 택시 미터기를 올리면서도 그냥 앉아 있었던 거야. 있는 집 자식이란, 기가 막혀서 문을 열어줄 수밖에 없었어. 네가 없는 주말이었어.

근이와 사귀면서부터 과자를 만들었어. 이미 머릿속에는 서울 과자 지도가 대강 완성된 다음이었고 직접 만들고 싶었지. 황학동에 갔다가 외국인 가족이 쓰다가 버리고 간 듯한, 나보다 나이가 많아 보이는 조그만 전기오븐을 구한 게 시작이었어. 팬이 너무 작아서 쿠키 한상자를 구우려면 다섯번쯤 구워야 했어. 토스터보다 조금 큰 오븐이었지. 심지어 전압이 맞지 않아서 오븐만 한 변압기를 써야 했고 아무래도 썩 맛있게 구워지진 않았지만 그래도 열심이었어. 근이와의 기념일 전날엔 서울 시내 전철역 곳곳의 물품보관함에 과자와 선물들을 숨겨놓았어. 다음 날 손을 잡고 보물찾기를 할 수 있도록. 대학로에서 을지로로, 을지로에서 신촌으로, 신촌에서 여의도로, 여의도에서 노량진으로, 노량진에서 강남으로, 강남에서 잠실로. 지금 만드는 것들과는 차이가 많이 나는 형편없는 것들이었지만, 그래도 근이는 잘도 먹었어. 다른 사람은 주지 않고 혼자 다 먹겠다고 했는데 그 말이 듣기 좋았어.

근이에게 주려고 만들었다가 실패한 것들을 너는 다시 포장해서 네 남자친구들에게 주곤 했지. 직접 만들었다고 거짓말을 했는데 잘도 먹혔어. 대신 뒷정리를 같이해주었는데 사실 그건 한 사람이 해도 충분한 일이었지만 꼭 둘이 함께했잖아.

근이는 군대를 갔고, 전역해서는 호주에 갔어. 호주에 같이 가자고 했을 때는 도저히 그럴 수 없었어. 대학도 겨우 왔는데 무슨 어학연수. 몸만 오라고 해도 도저히 그럴 염치는 없었어. 골드코스트라 했어. 근이답게 낙천적인 지명을 골랐구나 싶었어. 써핑을 배운다고도 했고 캠핑을 간다고도 했고 호주의 유명한 배우를 봤다고도 했고 롤러코스터를 탔다고도 했어. 인터넷 전화는 반박자쯤 느려서 성가셨고 한번쯤 가야지 했지만 결국엔 가지 않았어. 근이가 돌아왔을 때 나는 직장인이었고 근이가 취직 준비를 할 때는 다시 대학원을 다니다 말다 하는 중이었어. 대학원 때부터는 너와도 따로 살았잖아. 방은 반토막이 되었고 오븐도 고장나서 버렸어. 그사이 언젠가부터 근이와 나는 헤어져 있더라. 서로 다른 사람을 만났어. 맨홀에 낀 굽을 빼주는 정도의 귀여운 일은 언제나 일어나고, 근이는 좀처럼 집요한 타입이 아니었으니까. 억눌리지도 뒤틀리지도 않은 사람이 집요하기란 쉽지 않아, 그치?

그래도 자주 만났어. 계절이 바뀔 무렵에, 애인이 바뀔 무렵에 한번씩. 너도 기억하는 언젠가는 다음 날이 면접이라 해서 너희 집에 갔지. 근이 눈썹이 무성해 보여서 깎아달라고 말이야. 나는 눈썹이 거의 없다시피 하니까 그러면 그랬지 깎을 일이 없어서 눈썹칼이 낯설었어. 갑작스러운 방문에 너는 웃다 못해 짜증을 냈지만 근이의 눈썹을 공들여 깎아주었어. 그저 모양만 잡아주었을 뿐인데 근이의 눈매는 훨씬 깔끔해 보였지.

그 면접은 물론 통과하지 못했고, 2년이 더 걸렸구나. 근이가 이마 제모를 받고 나서 됐으니까. 나는 약간 좁은 듯한 그 이마도 좋아했는데 평범하게 넓은 이마가 되고 나서야 근이는 아나운서가 될 수 있었어. 나중에 대머리라도 되면 진짜 아깝겠네, 근이가 전화해서 그렇게 말했을 때 너무 서울말이라서 놀랐어. 대학 시절 내내 고치지 않았던 사투리를 드디어 완벽하게 고친 건데 이상하게 그게 싫었어.

가장 좋아했던 남자애가 텔레비전에 나온다고 해서, 그 이유만으로 돌아가지 않는 것은 아냐. 나는 굉장히 여러가지로부터 도망쳤거든.

그전에 석사논문을 썼어. 너는 마침내 묶여 나온 내 논문을 열심히 읽고 나서는 웃기다고 그랬어. 웃기면 안되지, 하면서도 비전공자가 끝까지 읽어줬다는 것만으로도 기뻤어. 그렇구나. 나는 웃긴 논문을 썼구나. 들개가 나오고 아주 오래전에 죽은 사람의 훼손된 시신이 나오고 역병을 이용하는 정치인들이 나오고 달력과 달력에서 누락된 것에 대한 논문이었어. 다행히 전공자들에게는 웃기게 읽히지 않았는지 학회에서 몇번 발표하기도 했어.

그런데 그즈음 분위기가 별로 안 좋아졌달까. 가끔 불안정한 사람들이 대학원에 들어올 때가 있잖아. 전공에 상관없이 과마다 한 명씩 꼭, 병원에 갔어야 했는데 대학원에 와버린 케이스. 우리 과에도 그런 사람이 들어온 거야. 약간 과하게 들떠 있다는 느낌을 주는 여자애였는데, 술을 자기 주량보다 많이 마시는구나 정도가 첫인상이었어. 그리고 그해가 다 가기도 전에 그 후배는 교수들 사이를, 교수와 조교들 사이를, 선후배 동기 사이를 굉장히 복잡한 선으로 이간질했어. 교수 임용과 장학금 수령 결과가 바뀔 정도로 어마어마한 작업이었던 모양인데 애초에 악의가 있어서 벌인 일이면 빨리 탄로가 났겠지만 그저 자기 안의 불안을 사방에 던진 꼴이어서 꼬리가 늦게 붙잡혔어. 불안정한 사람 한명이 할 수 있는 가장 파괴적인 행위였다고 할까. 나도 큰 타격을 입은 사람 중 하나였어. 그런 거짓말은 거짓말로 밝혀지고 나서도 이상한 효력을 발휘하잖아. 사람들은 지쳤고 그 어떤 것도 회복할 의지가 없었어. 덕분에 살이 몇 킬로쯤 빠졌지만 사실 너무 흔한 일이지. 분명 지금도 어디서 똑같은 상황이 벌어지고 있을걸.

그리고 그때 만나던 사람 집에 인사를 드리러 갔다가 그 사람과 헤어졌지. 시기가 가까이 겹치네. 한국에서 마지막으로 만났던 사람이었구나. 근이를 좋아했던 것만큼 좋아하진 않았어도 좋은 사람이라고 생각했어. 큰 회사에 다녀서 늘 바쁘고 피곤해했지만, 성실하고 다정해서 괜찮지 않을까 했어. 아버지는 일찍 돌아가시고 어머니만 계셨는데 인사를 하러 오라고 해서 꽤 긴장한 채 찾아갔지. 그 집에 막 들어섰을 때의 풍경은 내가 예상했던 것과는 좀 달랐어. 장식대 없이 바닥에 바로 놓인 텔레비전 앞에 개지 않은 요와 이불이 도롱이벌레가 벗어놓고 간 껍질 집처럼 놓여 있었거든. 만약 그 이불이 개여 있었다면 상황이 달라졌을까 가끔 생각해보는데 그랬을 것 같진 않아. 그 사람 어머니는 완충이 될 만한 인사도 제대로 하지 않고 바로 돈 문제를 꺼냈거든. 자기가 꼭 받아야 하는 용돈의 액수와 우리가 마련해줘야 하는 주거환경에 대한 이야기였는데, 나는 꼭 끼는 트위드 투피스를 입고 식탁에 앉아서 자세를 고칠 때마다 의자에서 나는 소리에 불안해했어. 얼마 동안 난방을 하지 않았는지 스타킹을 신은 발가락이 얼다 못해 아팠어. 정말로 날 만나고 싶었다기보다는 아들이 모아둔 돈은 자기 것이라고 확실히 하고 싶어 전전긍긍했던 것 같아. 좋은 회사에 다니는 아들이 왜 나 같은 대학원생과 만나는지 모르겠다고 거의 직접적으로 말했어. 곤란한 얘기들이 계속 이어지는데, 그 사람은 신경도 쓰지 않고 옆에서 휴대폰 게임을 했어. 뽀롱 뽀로롱 하는 효과음도 줄이지 않고서. 도망쳐야겠다, 돌아와서 혼자 있게 되자마자 입 밖으로 그 말이 나왔어.

그대로 반대방향으로 뛰고 싶은 본능을 누르고 천천히 헤어졌다고 생각했는데 그 사람에겐 그렇지 않았나봐. 그 점잖던 사람이 웬 인터넷 싸이트에 내 이름과 얼굴을 다 공개하며 자기 집이 가난하다고 홀어머니를 대놓고 무시하면서 도망간 여자라고 글을 올리기 시작했거든. 가난하기로 치면 나도 가난하고 사실 내가 도망친 건 가난보다 좀더 어둡게 끈적이는 어떤 것으로부터였는데 나는 무슨무슨 녀라고 유행하는 비속어들로 요약되어버렸어. 그 사람은 새벽에 전화해 돌아와달라고 울면서도 매일매일 글을 올리더라. 욕설이 섞인 게시물과 간절한 전화 사이의 간극이 더 소름 끼쳤어. 이름이 흔해서 그나마 다행이라는 생각이 들었지. 일단 전화번호를 바꾸고 이사를 갔어. 혹 학교로 찾아오거나 할까봐 겁났고, 캠퍼

스에서 비슷한 사람이라도 보면 가슴이 내려앉았던 게 기억나. 경찰에 더 기대가 없던 시절이었고⋯⋯ 그러고 보니 그때 밥을 먹고 나면 자주 토했는데 아무래도 위험했었나. 갑자기 마른 연예인들이 텔레비전에 나오면 턱 옆에, 귀 아래에 튀어나온 부분이 있거든. 나도 그때 그 부분이 불룩 나왔었는데 토하는 사람들의 특징인 거 같아. 그런 연예인들은 조금 걱정하게 돼.

너는 그 사람을 처음 만나보고 나서 애는 엄청 쓰는데 재미있는 말은 한마디도 못하고 어딘가 열등감이 있을 것 같다고 싫어했는데⋯⋯ 네가 만나본 내 남자친구 중에 제일 싫다던 그 말을 왜 제대로 듣지 않았을까. 하여튼 그땐 너무 바닥이어서 너한테도 자세히 못했던 얘기야.

처한 상황 모두에 진저리를 치고 있을 즈음 학회에서 만난 일본 교수님이 방문 연구원으로 오지 않겠느냐고 연락을 해오셨어. 하루도 생각해보지 않고 가겠다고 했어. 그렇게 효율적인 성격이 아닌데 준비를 어찌나 착착 해나갔던지 몰라. 그런데 그렇게 수월할 리가 없잖아.

출국을 일주일 앞두고 아빠한테 전화가 왔어. 할아버지 할머니가 동시에 편찮으셔서 간병을 하던 엄마가 먼저 나가떨어질 판이었거든. 마지막으로 집에 갔을 때 요즘엔 요양원도 있고 요양 보조금이란 것도 있다며 이러다 엄마가 암이라도 걸리겠다고 대들었다가 아빠한테 뺨을 맞고는 다시 가지 않았었는데, 정말로 암에 걸렸다고 했어. 다행히 아주 초기이고 예후도 좋은 종류라 해서 곧 안도했지. 그런데 그다음 말이 문제였어. 이제 나더러 내려와 집안을 꾸리라는 거야. 어차피 제대로 돈을 버는 것도 아니고 공부도 분수에 맞게 해야 한다며 살림을 하고 간병을 하라고 했어. 너무 당연해하고 당당해하는 아빠의 목소리가 끔찍했고, 다 멈추고 내려가기엔 내가 그만큼 엄마를 사랑하지 않는다는 것도 깨달았어. 똑같이 나와 살아도 오빠는 애틋해하고 나는 원망했던 엄마였으니까 사실 공평하다면 공평한 일이지만. 다음 달에 내려갈게요, 하고는 그다음 주에 비행기를 탔어. 두시간의 비행이 끝나고 하네다공항에서 수화물을 찾으며 내가 느꼈던 안도감에 대해 죄책감을 가져야 할까. 더 멀리 날아갔다면 더 큰 안도감을 느꼈을까.

방문 연구원이었지만 연구는 열심히 하지 않았어. 다음 논문이 어쩌면 내 안에 없는지도 모르겠다는 생각이 들었어. 나는 서울에 처음 갔을 때처럼 이번엔 도쿄의 과자 지도를 그렸지. 너 없이 나혼자. 내가 케이크 사진을 찍어 보내면 너는 당뇨를 걱정했어. 괜찮아. 딱 한번씩만 먹어. 윤곽이 대충 잡히고 나면 그것도 훨씬 덜 먹고. 서울에 있을 때보다 6킬로그램이 늘었지만 여전히 표준 미달인걸. 몸의 어떤 부위가 다공성인지 다 새어나가나봐.

유학생들 모임에서 제과학교 이야기를 들었을 때, 처음에는 전혀 생각이 없었어. 그런데 자꾸 떠오르는 거야. 나는 계속 도망치고 도망치고 도망치는 인간인데 그러면서도 줄곧 좋아해온 건 단것밖에 없지 않은가 했어. 태어난 곳으로부터, 소속된 모든 집단으로부터, 제대로 된 관계로부터 도망쳐왔어. 남아서 싸우는 사람들도 있다는 걸 알아. 남보다 못한 가족들과도 어떻게든 연을 이어가려고 애쓰고, 처음 하기로 마음먹은 일을 끝까지 해내고, 지옥 같은 회사를 개선시키고, 성격이 안 맞는 애인과 다투고 다퉈서는 안정적인 관계에 다다르지. 그런 사람들을 좋아해. 그런 사람들처럼 살고 싶었어. 그런데 나는 그러지 못하고 끊임없이 도망쳤어. 위기의 순간이 오면, 핑글 돌아서 뒤도 돌아보지 않고 도망쳤지. 정말은 위기의 순간이 오기도 전에 도망친 걸지도 모르고.

불러주신 교수님한테 죄송했고 서류 문제로 몇번 한국에 오가야 했지만 결국 제과학교에 입학했어. 우리 반에서 내가 나이가 제일 많아선지 한중일 가리지 않고 동생들이 인생 상담을 해왔지만 웃는 얼굴로 거절하곤 했어. 계속 도망친 사람이 무슨 상담을 해주긴 해줘, 그게 내 솔직한 마음이었어. 그런데 타르트 가게에서 아르바이트를 시작하고, 눈 감고도 베리타르트를 만들 수 있게 된 다음에 조금 바뀌기 시작했어.

혹시 나의 특장은 도망치는 능력이 아닐까? 누구나 타고나게 잘하는 일은 다르잖아. 그게 내 경우에 도주 능력인 거지. 참 잘 도망치는 사람인 거야. 상황이 너무 나빠지기 전에, 다치기 전에, 너덜너덜해지기 전에 도망치는 사람. 타이밍과 속도를 조절해서 도망치는 사람. 똑같은 타르트를 삼백개쯤 만들었을 때, 스스로에게 살짝 너그러워졌어. 마음 안쪽에 베리타르트의 어떤 궁극적인 완성형을 그릴 수 있게 되었을 때 말이야. 가게에서 파트를 바꿔 다른 맛의 타르트를 만들라고 시키면 혹시 이 평정심도 무너질까? 궁금하네.

그리고 오백개, 천개를 만들었을 때는 최초로 도망치기로 마음 먹었던 때가 언제인지 기억해냈어. 초등학교 2학년 때였어. 시골 학교였기 때문에 선생님들과 학생들의 사이는 유난히 가까웠는데, 딱 한 사람만 그런 분위기를 못 견뎌 했어. 가면을 쓴 것 같은 얼굴로 걸어다니는 남자 선생님이었지. 어느날 그 선생님이 심부름을 시켰어. 과학실에서 알코올램프를 가지고 오라고. 나는 그 선생님 반도 아니었고 종례도 끝난 후였지만 그래도 가져다줬어. 그걸 건네니까, 교실엔 나랑 그 선생님밖에 없었는데, 선생님이 심지를 빼고 램프 병에 든 알코올을 마시기 시작했어. 아무 말 없이 내 눈을 똑바로 보면서. 나는 어렸고 당황했지만 그게 내가 봐서는 안될 장면인 건 알고 있었어. 대충 인사를 하고 집으로 돌아와서는 그 오후엔 아무것도 못했던 기억이 나. 한동안은 그 선생님만 보이면 피해다녔어. 학년이 올라가고 그 선생님이 전근을 가면서 잊을 수 있었지만, 고등학교에서 메틸알코올에 대해 배우면서 문득 다시 떠올랐어. 알코올램프에 든 게 메틸알코올이 아니라 에틸알코올이었구나. 아니면 눈이 멀고 죽어버렸겠지, 하고. 더 나이가 들어서는 아마 과학실 담당 선생님에게 먼저 들은 게 있었겠거니 싶었고.

직접 가지러 갔어도 되었을 텐데. 내가 가길 기다렸다가 마셔도 되었을 텐데. 그 선생님은 그러지 않았어. 상처를 주고 싶었던 거라고 생각해. 인생은 아주 불행한 거라고 아홉살짜리 아이에게 각인시키고 싶었던 거라고 말이야. 잔인하고 이상한 어른이었지. 만지지 않았지만 만진 것만큼 나빴어. 보이지 않는 곳에 흔적을 남긴 거야. 나는 그때부터 도망쳤던 것 같아. 예고된 불행으로부터 도망쳤어. 만약 도망치는 걸 멈추면 알코올램프보다 더 나쁜 걸 마시게 될지도 모른다고, 나도 모르게 스스로 암시하게 되어버렸던 거야.

어딜 가도 보이는 부분만 달콤할 거라고 생각해. 무지개 퀼트로 장식된 가게 안쪽 주방은 스테인리스스틸이지. 마감이 좋지 않은 산업용 냉장고 문으로 이마를 찧는 선배들은 하와이에도 헬싱키에도, 세상 가장 친절한 사람들의 도시라 해도 분명 있을 거라 확신해. 그래도 어떤 휴지기가 필요했어. 타르트 반죽의 휴지기처럼, 사람에게도 그 비슷한 게 필요하지 않을까? 아, 휴지기를 모르는구나. 반죽을 잘 식히지 않으면 구멍이 나. 처음 일하기 시작했을 때 구멍을 몇개나 냈는지 몰라. 단계마다 15분씩 냉장고에서 식히지 않으면 축축 늘어져서 백 퍼센트 구멍이 나버려. 적당히 차가운 곳으로 도망쳐 잠시 숨을 고르는 것, 거기서 얻는 것들은 분명히 있어.

남자친구? 글쎄, 남자친구…… 남자친구로부터는 당분간 도망치지 않을 것 같아. 너는 남자친구 사진을 보자마자 근이를 닮았다고 했어. 그리고 근이가 나랑 꼭 닮은 여자애랑 결혼했다고도 했지. 너희 둘은 대체 뭘 하는 거냐며 화를 냈지만 각자의 일관된 취향일 뿐일 거야. 지금 남자친구가 좋아. 좋아해. 남자친구는 요리를 제법 잘해서 내가 돌아오는 시간에 맞춰 중화요리 육첩반상을 차려놓을 때가 있어. 불 맛이 중요하다고 방을 구할 때는 4구짜리 가스레인지가 있나 없나 엄청 따지더라고. 전기 인덕션만 보면 치를 떨어.

그따위 걸로는 요리할 수 없다나. 내가 짜장밥을 한번 해줬을 때 이런 건 개밥이라고 해서 그날 죽자 사자 싸웠는데, 그다음부터는 자기가 도맡아서 요리를 해. 편하게 된 셈이긴 하지. 아, 그래서 6킬로그램이 늘었나. 그래도 불과 요리에 대한 집착 말고는 괜찮은 애야. 질투도 잘 안한달까. 가끔 한국에서 친한 오빠들이 전화를 걸어오는데 내가 오빠, 하고 반갑게 전화를 받으면 남자친구가 막 웃어. 오빠가 어린아이들 말로 가슴을 뜻하는 '옷빠이'랑 발음이 비슷하거든. 남자친구가 막 웃으면서 너는 너한테 없는 걸 그렇게 반갑게 부르는구나, 그러는 거야. 난 중국어를 분명 욕부터 배우게 되겠지만 같이 도망치기에는 좋은 파트너야. 짐 싸라고 하면 중국식 요리 칼만 챙길걸. 그 칼로 당근 꽃도 만들더라. 대단해.

오랜만에 길게 통화했다, 그치? 나도 갈지자걸음을 제대로 했지만 너도 참, 소설이라니…… 하긴 같이 살 때 새벽마다 그렇게 키보드를 기글기글 긁더니만. 손톱으로 치니까 그런 소리가 나지. 자판이 남아나질 않았잖아. 시끄러웠냐고? 이제 와서 하는 말이지만 엄청 시끄러웠어. 손톱 말고 손가락으로 좀 치라고. 소설이 되면, 음, 특별히 보여줄 필요는 없어. 그런 것쯤 아무렇지 않을 만큼 신경 줄이 굵어졌나봐. 인터넷에 사진이 돌아다니는데 소설쯤이야.

그보다 베리타르트를 직접 만들겠다니…… 그냥 내가 보내주는 게 낫지 않나? 비행기에 아이스박스 태워서 보낼게. 굳이 직접 만들겠다면, 딸기 씨부터 깨끗하게 빼야 해. 씨가 있으면 안 예뻐. 빨간 딸기를 기본으로 블랙베리, 블루베리, 라즈베리, 프랑부아즈를 넣어. 프랑부아즈는 나무딸기로 만든 리큐어야. 반죽에는 소금을 한꼬집 넣는 거 잊지 말고. 필링을 크림치즈로 할지 아몬드크림으로 할지 커스터드로 할지 마음을 정해. 부풀지 않게, 바삭하게 타르트 지를 굽고 필링을 넣은 다음 딸기를 올려서 다시 구워야 해. 레시피는 있니? 어디서 얻은 레시피니? 막 만드는 거 아냐.

아무래도 못 미더우니까 영상통화를 켜고 해. 그래, 각도 좋다. 내가 여기서 같이 봐줄게. 응, 얼굴 좀 괜찮아졌지? 그봐. 나도 도쿄도 잘 있다니까.

알다시피, 은열

이 이야기는 어떻게 끝나는 걸까, 버스가 터널에 들어설 때 입안으로 중얼거렸는데 터널을 벗어날 때쯤 깨닫게 되었다.

망했다.

'이야기'라고 말해버린 시점에서 이미 끝나버린 거다, 내 논문은.

모든 망한 논문의 시작이 대개 그렇듯이, 나 역시 나만 들을 수 있는 역사의 속삭임을 들었다고 믿었다. 이거다 싶었다. 그들을 역사의 수면 위로 끌어올리기 위해 버거운 등록금과 솔거노비 같은 조교생활을 버텼다고 믿었고, 징검다리처럼 내 앞에 놓이는 사료들을 믿었고, 엉킨 오색실 같은 운명을 믿었고, 하여간 학자가 믿어서는 안되는 것들을 통째로 다 믿었다. 주변에서 몇마디 우려의 말들을 해줬던 듯도 한데 전혀 듣지 못했다.

처음의 미세한 스파크는, 관계사 세미나를 위해 가왜(假倭)에 대한 자료를 조사하다가 발견한 한 구절에서 발생했다. 가왜란 고려 말부터 조선에 걸쳐 수탈에 지친 백성들이 거짓으로 일본계 해적인 척하며 약탈과 방화를 저지른 경우를 칭하는 말로, 드문드문 남아 있는 관련 사료를 찾는 게 쉽지 않은 일이었다. 그러다 그 한 구절을 발견한 것이다.

가여운 백성이 산과 바다와 계곡에 모여 거짓으로 왜적이라 칭하니, 한탄할 뿐이다. 이와는 달리 은열(隱熱)과 그 휘하의 무뢰한들은 실제 왜인과 청인들을 끌어들여 서쪽 섬들을 잠식하여 그 위세가 두려울 정도다.

—『청도문집(清刀文集)』

청천강 하구 박천 출신 무장 청도 이병연의 문집 일부였는데, 다른 내용을 찾기 위해 건성으로 넘겨보던 차였다. 은열이 누구인지 그때는 몰랐다. 그저 전근대 시대에 국경을 뛰어넘어 다국적 집단을 이뤘다는 그 무뢰한들에게 흥미를 느꼈을 뿐이었다. 이른바 최초의 아시안, 이른 시기의 코즈모폴리턴에 대한 가벼운 감탄에 가까웠다. 하지만 그 작은 탄성은 곧 기나긴 여정이 되었고 두번의 여름과 한번의 겨울이 지나갔다. 모든 취미생활을, 심지어 밴드 연습까지 딱 접었다. 건우 선배가 미친 듯이 전화하고 찾아오고 분통을 터뜨렸지만, 수가 없었다. 은열, 나의 은열. 오래전에 죽고 없는

자에 대한 친밀감은 이상할 정도로 밀도가 높아서 머릿속에 음악
조차 흐르지 못하고 멈췄던 시기가 있었다.

은열은 고아였다. 그냥 고아가 아니라 홍경래의 난에서 살아남
은 고아였다. 고아들을 모두 이끌던 고아였다. 나는 가끔 홍경래의
어깨 위에 앉아 있는 어린 은열을 생각한다. 물론 절대 그랬을 리
없겠지만, 이건 결코 역사적인 상상이 아니지만, 상상 속의 씰루엣
은 점점 더 세밀해진다. 이쯤 되면 망상이다. 내 머릿속에서, 당시
로선 진보적이고 파격적이었던 가치들을 조용히 빨아들이는 소녀
가 떠나질 않는다. 그렇다, 소녀다. 여러가지 정황으로 보아 은열은
여성이었던 걸로 보인다. 홍경래의 난이 끝나고 가담자 2983명 중
여자와 아이를 뺀 1917명 전원이 일시에 처형당했다. 그때 은열은
여자였을까, 아이였을까. 정확한 생몰년을 모르니 그 가운데쯤이
라고 생각해버린다. 고아들의 맏언니. 과부들의 맏딸. 후에 은열이
섬을 중심으로 활동한 것은 홍경래가 섬에서 다시 봉기하리라 믿
었던 당시 민중들의 바람과 어떤 연관이 있지 않을까?

간절히 은열에 대해 쓰고 싶지만, 이 논문은 격추당할 것이다. 지
도교수님이 안식년이라 그나마 여기까지 왔을 뿐이다. 벌써 석사
5학기, 결론은 한달째 한줄도 쓰지 못했고 어쩌면 아예 포기해야
할지도 모르겠다. 그들이 누구인지 나보다 더 많이 아는 사람은 존
재하지 않을 테지만, 그래서 내가 외롭고 그들은 더욱 외로워지지
만, 이 이야기는 아무 곳으로도 가지 않는다. 요 며칠째 나락으로
떨어지는 마음으로 저녁마다 건반이나 만지작거렸다. 디지털 건반

의 부자연스러운 잔음을 사실은 좋아한다.

　은열의 이름이 사료에 처음 등장하는 것은 그들이 원산을 거점으로 활동하기 시작했을 무렵의 기록에서이다. 황해도를 떠나 원산으로 간 것은 항구도시여서이기도 했을 것이고 전통적으로 자유로운 풍토 때문이기도 했을 것이다.

　요즘 서경의 기강이 엉망인지라, 포 부근보다 못하다. 원산에서는 시정잡배가 어린 도적들의 두목인 은열에게 모욕적인 언행을 하려다 그 아우들에게 몰매를 맞았다. 그 아우들이 나아가 반상을 불문하고 아녀자를 험하게 대하는 자는 가만두지 않으리라 하니, 관에서 방을 붙인 것보다 백배 나으렷다. 기강이 어디까지 흐려지면 한낱 도적떼가 도를 논하는가.

― 서경 유생 기영훈의 소(訴)에서

　원산을 중심으로 활동하던 그들이 해상활동을 시작한 것은 일본의 사료에서 드러난다. 특히 대마도의 도주가(島主家)인 소(宗)가 쪽에서 조선 조정에 보낸 답신이 눈길을 끌었다. 은열의 세력에 합세한 넷째 아들 소시로(宗四郎)의 거취에 대한 조선 조정의 추궁에, 소가는 "우리 사남 소시로는 지난가을 말에서 떨어져 죽었으며, 이미 장례를 치른 지 오래라 뼛가루뿐이지만 원한다면 그것이라도 증거로 보내겠다. 현재 조선의 관세미를 약탈해 가는 바다 도적들은 대마도와 전혀 관계가 없으며, 시로와 닮은 이가 있다는 말

알다시피, 은열　71

은 익히 들었으나 우연의 일치로, 양자 간의 오해가 불거지는 것에 대해서는 상당히 아쉽다"는 요지를 부드럽게 풀어 써서 보냈다.

분명 소시로의 장례는 이미 치러진 상태였지만, 대마도 측 사료에서조차 모순이 발견된다. 시로가 가족 사당에 안장된 것은 그로부터 23년이 지난 후였고, 그해는 공교롭게도 시로와 은열이 함께 사망했다고 추정되는 해이기도 하다. 심지어는 죽었다는 시로가 쓴, 한참 뒤의 날짜가 적힌 글이 떡하니 가족 문집에 등장하기도 하니 숨기려고 크게 애쓴 것 같지도 않다. 전근대 한일관계에서 언제나 독자적이고 대담한 노선을 보여온 대마도니 어쩌면 그리 놀랄 일이 아닌지도 모른다. 무엇보다도 당시 은열과 그 무리의 행동 반경은 대마도에서 식수와 식량을 보급받지 않는 이상 불가능했다고 여겨진다.

소가의 시로는 왜 해적이 되었을까? 시로가 은열에게 합류했다는 사실은 분명하지만, 왜 합류했는지에 대해서는 남아 있는 것이 없다. 당시 일본 본토와 조선의 관계가 나빠질 대로 나빠졌던데다, 대마도 역시 독자성을 점점 잃어가는 중이긴 했다. 그렇다 해도 극적인 선택이 아닐 수 없다. 어쩌면 사남이어서? 이야기 속엔 언제나 삼남까지만 나온다. 어떤 이야기에도 나오지 않는 사남의 충동이었는지도 모르겠다. 자신만의 이야기를 만들고 싶었을지도.

그도 아니면 은열에게서 어떤 비전을 엿보았기 때문은 아닐까?

비전, 혹은 복사뼈.

시로를 쫓으면서 어째선지 나는 돛대 그물에 앉아 있는 은열, 달빛, 복사뼈의 이미지를 되새겼다. 이미지는 되새김질을 통해 점점 강해져서 어느새 그 해안의 바람 냄새가 나는 것 같다. 소금기 묻은 머리카락 사이로 은열의 눈이 보일 듯하지만 보이지 않고, 시로를 부르고 함께 가자 제안하는 목소리 역시 멀다. 옷깃의 색은 살아 있는 생물처럼 자꾸만 변한다. 하늘은 밤이었다가 새벽이었다가 정오였다가 한다. 하지만 단 하나, 복사뼈만은 생생하다. 마르고 뼈가 튀어나온 발이지만 어딘지 섬세한 구석이 있다. 그 위의 복사뼈, 설명할 수 없는 방식으로 아프게 아름다운 복사뼈…… 거기에 이르면 절망하고 만다. 대학원에 진학해서 얻은 게 페티시뿐이라니, 자기모멸감을 느낄 수밖에. 학자로서의 재능은 이렇게나 함량 미달인 걸까.

시로가 본 것이 실제로 무엇이었는지 알 수 없지만, 어쨌건 시로와 대마도의 정규 훈련을 받은 병력이 합세하면서 은열의 무리는 새로운 국면을 맞게 된다. 일단은 내륙 깊이 조세 운반로를 습격하는 일에는 더이상 연루되지 않았으며, 해상 운송로에서 일어난 몇 건의 사태에는 책임이 있어 보이나, 표면적으로는 일단 선박 보호 사업에 뛰어들게 된 것이다. 일종의 경호업체를 시작했다고 보면 될 것 같은데, 수수료를 받고 민간 선박을 보호해주는 일이었다. 후반에 이르면 심지어 관의 의뢰까지 받게 된다.

하지만 은열의 무리를 해상 무장세력으로만 보기에는 충분치 않다. 특히 조창량(趙滄梁)과 그를 따르는 연희 집단이 합류하면서 성격이 복합적으로 변모한다. 창량과 은열의 만남은 현재의 강소

성 남경에서 이루어졌는데, 아주 생생한 자료가 남경박물관에 남아 있다. 창량의 일대기를 그린 열한폭의 병풍 중 한폭이 둘의 만남을 그리고 있는데 그림과 시를 종합하자면 대충 이렇다.

뭇 여인들이 창량을 사랑해 그가 지날 때마다 감귤 따위를 던졌는데 중앙로를 지나고 나면 한 수레더라. 오만해진 창량은 창극이 끝날 때마다 다른 여인을 안아 원성이 자자했으나, 원성보다 사랑이 더 컸다. 그러던 어느날 바깥 바다에서 온 은열이라는 자가 있어, 키가 6척이고 창량보다도 수려하여 더 많은 귤을 받았다. 창량이 전해 듣고 호기심과 분을 이기지 못해 무대에서 내려오자마자 분장도 지우지 않고 은열을 찾아갔는데, 그날 이후 열패를 인정하고 수년 동안 여인에게 다가가지 않았다.

사모하는 공자에게 귤 따위의 작은 열매를 던지는 것은 강남의 낭만적인 전통이다. 잘못 맞으면 아야, 하는 망상을 잠깐 하긴 했지만 설마 온 힘을 다해 강속구를 던지지는 않았을 것이다. 어쨌든 여기서 주목해야 할 부분은 은열이 남성으로 그려졌다는 점인데 여러 정황으로 보았을 때 은열이 집단 내의 우두머리 직책을 이르는 이름일 가능성이 없는 것은 아니나, 그보다는 편의상 남장을 했다고 보는 쪽이 타당하다. 그러므로 창량이 "수년 동안 여인에게 다가가지 않았다"는 로맨틱한 거짓이 된다.

꽤 매력적인 방식으로 자기파괴적인 행동을 하여 남경을 자주 분란에 빠뜨렸던 창량은, 은열을 만난 후로 활동 반경을 넓히는 동시에 예인으로서 정점에 오르게 된다. 지금으로 치면 전에 없던 레퍼토리와 함께 해외 투어에 성공한 셈인데, 스캔들도 없이 동아시아 사람들의 눈물만 쏙 뽑아내던 이 시기의 창량은 병풍에 거의 신선처럼 그려져 있다. 그대로 인생을 마무리 지을 수 있었다면 좋았겠지만, 역대 인기 유랑 연예인을 기록한 『낭랑기(狼郎記)』에 따르면 창량은 은열과 시로가 죽고 난 3년 후의 가을, 고향으로 돌아가 부유한 염상(鹽商)의 외동딸을 유혹했다가 살해당하고 만다. 그것이 색을 밝히는 옛 버릇이었는지 아니면 자해에 가까운 옛 버릇이었는지는 이제 와선 알 수 없다.

알 수 없을뿐더러, 사실 알고 싶어하는 것도 나 하나 아닐까? 아무도 궁금해하지 않고 아무래도 상관없다고 생각하는 과거일 뿐이다. 무덤 속의 실 보풀 같은 것을 들고 보물이라고 말하는 스스로가 한심하다. 게다가 내가 찾은 이 모든 편린들은 논문보다는 한중일 아이돌 총출동 합작 드라마용으로 더 적합하지 않은가 싶은 것이다. 궁색하게 논지를 이끌어나갈 중심점을 찾다가, 그들 집단이 삼국의 고아들을 흡수했다는 점을 강조하며 혁신적인 민간 사회복지단체였다고 밀어붙여보려고까지 했다. 헛소리도 그런 헛소리가 없다. 그들은 어디까지나 무법 단체였고, 각종 무법 행위에 가담할 때는 매번 다른 언어를 쓰고 타국의 옷을 입어 삼국 관계를 악화시키기 일쑤였다. 모범적인 아시안은 아니었던 셈이다.

갱신되지 않는 문서 파일을 들여다보다가 절망하여, 망했을 때

가장 먼저 떠오르는 사람인 건우 선배한테 전화를 했다.

"정효야, 너 없는 일년 반 동안 정말 많은 일들이 있었어."

밴드는 정확하게 말하면 더이상 밴드가 아니었다. 건우 선배를 제외한 나머지 멤버들은 정신 차리고 취직을 하거나, 정신을 못 차리는 바람에 혼전 임신으로 결혼을 하거나, 버티고 버티다 군대에 끌려간 상태였다.

"멤버가 없다니? 나한테는 연말에 공연할 거라고 연락한 거 아니었어?"

"할 거야. 보컬은 지금 얘기 중이고, 나머지 멤버들도 금방 구해질 거야."

밴드는 건우 선배가 유일하게 꾸준히 해온 일이었다. 일이라고 부를 수 있다면 말이다. 나는 가끔 건우 선배가 반자본주의 요정 비슷한 게 아닐까 의심하는데, 건우 선배 같은 타입들이 부잣집에 태어나 집안의 재산을 조금씩 사회로 돌려보내며 축적의 고도화를 막는 것처럼 행동하는 사례를 종종 목격했기 때문이다. 성실하지 않은가 하면 그건 또 아니지만 어째서인지 손대는 사업마다 망했다. 미니 골프장, 기타가게, 빈티지 스쿠터 튜닝숍을 거쳐 가장 최근에 말아먹은 것은 수제맥주집이었다. 차라리 아무것도 하지 않고 건물주 같은 걸 하면 나을 텐데, 끝없이 일을 벌인다는 점에선 약간 존경하게 되기까지 했다.

밴드 역시 아주 망하지 않았을 뿐, 한번 부상한 적이 없었다. 어쩌다 뜰라 치면 불운이 찾아왔다. 인디 씬의 소문을 조금이라도 아는 보컬이라면 건우 선배한테 걸려들지 않았을 텐데, 대체 누가 걸려든 걸까 거미줄을 구경하는 마음으로 궁금해졌다.

……외국인이었다.

국제어학원에 교환학생으로 온 이케다 타케루. 히로시마 출신의 스물일곱 청년이었다. 처음 소개받던 날, 나도 모르게 '너의 청춘도 여기서 끝났다'는 동정을 담아 쳐다보는 바람에 건우 선배가 테이블 밑으로 발을 밟았다. 전반적으로 그루밍에 힘쓴 게 느껴졌고 모자와 체크무늬 아이템, 생지 팬츠와 사슬 액세서리로 차려입은 감각에 깍쟁이가 아닐까 했는데 인상과는 달리 살짝 푼수 기가 있었다.

"저 한구크 사람이에요, 진짜애요."

평소에는 발음 좋으면서 일부러 관객들을 웃기기 위해 받침을 미끄러뜨렸다. 건우 선배와 짝짜꿍은 또 얼마나 잘 맞는지 드림 시어터 곡을 하자며 신나 했다.

"드림 시어터는 그냥 귀로 들어! 그걸 왜 직접 하려고 그래? 그러니까 다른 멤버들이 다 도망갔지!"

내가 진절머리를 내건 말건 타케루는 귓등으로도 듣지 않고, 내친김에 외국인 멤버 두명을 더 데리고 왔다. 베이스는 대만에서 온 오샤완이 치게 되었는데, 모두가 뿔테를 쓸 때 크지 않은 은테 안경을 쓰고 있어서 어쩐지 대만 청춘영화의 조연처럼 보였다. 시차를 두고 호주에서 온 케이제이가 늦가을에 플립플롭을 끈 채 나타났고, 못 미더워 보이는 첫인상과 달리 드럼 실력은 나쁘지 않았다. 케이제이는 항상 온몸으로 본다이비치 출신 써퍼임을 드러냈는데, 듣다보면 비행기도 타지 않고 파도에 떠밀려 온 것처럼 느껴졌다.

"야, 이건 뭐 환태평양 밴드다?"

신이 난 건우 선배는 밴드 이름을 각국 출신 멤버들에게 설명하느라 정신이 없었다. 나름 유구한 역사를 자랑하는 우리 밴드의 이름은 'R. dashifi'라고 쓰는 알다시피 밴드였다. 소개할 때 "알다시피, 밴드입니다" 하는 말장난을 위해 고른 회심의 이름이었으나 생각보다 재미있지도 않고 알아듣는 사람도 적었다. 새 멤버들도 역시 돌아가며 고개를 갸웃거렸다.

의외로 한국어 실력들은 나쁘지 않았다. 사례가 쌓이니 건우 선배보다 나은 게 아닐까 싶을 정도였다.

사례1.

건우 선배: 어이, 완, 이제 오는 거야? 안 그래도 네 얘기 하고 있었어. 호랑이는 못 되겠는데?

완: 허랑이가 아니라 량반 아니야?

사례2.

건우 선배: 야, 이 노래 하자니까 왜 말을 안 들어. 이 너구리 똥자루야.

타케루: 그 노래 바름 너무 어려워서 안해. 그리고 난쟁이. 난

쟁이 똥자루! 너구리 쪽이 더 마음에 들지만.

사례3.
건우 선배: 저것 봐, 고라니떼가 날아간다!
케이제이: 노노, 고라니는 사슴 같은 거야. 쳐건 고니. 버드는 고니. 바보 건우.

건우 선배의 다소 창피스러운 한국어 실력이 새 멤버들을 급히 성장시켰는지도 모르겠다. 덕분에 이것저것 조금씩 단어는 습득했지만 외국어 능력이 전반적으로 느는 일은 없었다. 다만 상황에 꼭 맞는, 꼭 그 나라 말로만 해야 하는 농담들은 몇개 알게 되었다.

어쩌면 은열들과 시로들과 창량들도 그렇게 농담을 했을지도 모른다는 생각을 했다.

창량과 그 무리들이 구주에서 강호까지 이르는데, 마을마다 최고의 희언(戲言)으로 후한 대접을 받으니 남아나는 그릇이 없고 길마다 사기 파편이더라. 못하는 노래가 없었고 못하는 나라 말이 없었다.

——『구주희언집(九州戲言集)』

부스러지는 종이 너머로 그들은 즐거워 보인다. 보지 못했으니 보인다고 말하면 안되지만 즐거워 보인다. 귀한 손님을 대접할 때는 그릇을 한번만 쓰고 깨버리는 것이 당시 일본의 풍습이었는데, 거의 사신단과 비슷한 접대를 받은 듯하고 이 시기에는 전문 연희단의 성격이 더 강했을 성싶다. 밤이 새도록 노래와 이야기, 횃불 아래의 비단 무대…… 어쩌면 그렇게 즐거웠기 때문에, 계속 같이 살자고 마음먹었는지도 모른다. 그 여정을 끝으로, 그들은 정착생활을 시작한다. 막연히 서도(西島)라고 기록된 그곳은 경작이 가능한 본섬을 포함하여 네개의 섬으로 이루어져 있었다는데, 매화도인 듯도 장산도인 듯도 보길도인 듯도 하고 아니면 아예 다도해 인근일 가능성도 있다. 관군의 탄압이 있기 전까지 6년 반 동안 그곳에서 꾸준한 정착생활을 영위했는데, 그 기간 동안은 그들의 외부 활동에 대해 어느 나라 사료에도 남아 있는 것이 없다. 대마도 소가의 문집에 남아 있는 시로의 짧은 글이 당시의 평화로움을 짐작게 한다. 이상향에 대한 짧은 의견을 적어놓은 글이라 구체적인 생활상 같은 것은 알 수 없지만, 내용을 대충 옮기자면 "윤회의 바퀴가 셀 수 없이 거듭 돌아 본래의 육(肉)과 혼(魂)이 먼지만큼도 남지 않을 때까지, 함께 있고 싶은 이들과 함께 있다면 그곳이 극락이다" 정도인데 만족감이 엿보인달까. 행복했는지 물어보고 싶다. 게다가 원본을 그대로 옮긴 필름엔 시로의 글에 덧붙여 세필로 "나도 그렇게 생각해(我如想之)"라고 적혀 있었다. 그 다른 필적이 은열의 것이 아닐까 잠깐 두근거려 하고 말았다.

알다시피 녀석들과 지내는 것도 즐겁다. 같이 살 수 있을 것 같다. 사실상 같이 사는 것만큼 많은 시간을 함께 보내고 있기도 하다. 연말 공연이 다가오고 있었지만, 연습은 느슨하고 주로 먹고 마시느라 저녁이 다 갔다. 완은 다국적 전동공구 회사에 다녔는데 진상 팀장에 대한 스트레스를 요리로 풀었고, 타케루는 최근 싱가포르 애한테 차였다고 실연 감성에 한껏 빠져 있었으며, 케이제이는 드럼을 치지 않을 때는 레인스틱을 흔들며 노래 부르는 걸 좋아했다. 박자 감각만큼 음정도 좋다면 좋을 텐데 그렇지는 않았다.

내내 즐겁다가 딱 한번 불쾌한 일이 있었는데, 어느 저녁 케이제이가 맥주를 마시다가 갑자기 내게 키스를 하려고 했던 것이다. 아무 맥락 없는 키스였고 나는 반사적으로 몸을 뺐다.

"효니, 그건 그냥 프렌들리 키스였어."

케이제이는 항변했고, 나는 내가 쿨하지 못하게 보수적으로 행동했나 잠깐 멍하니 자기점검에 들어갔다. 오샤완이 중식도를 도마에 탕, 하고 신경질적으로 내리치며 케이제이에게 소리를 지르기 전까지는.

"개똥 같은 소리 하지 말고 오늘은 집에 가!"

그건 내가 했어야 하는 말이었다. 어떤 점검 없이도 바로 튀어나와야 하는 말이었는데 나의 어딘가는 엉망으로 억눌려 있었던 모양이었다. 화를 내야 할 때에도 이상한 제어장치가 작동하다니. 케이제이가 민망해하며 연습실을 나갔고, 너무 취해 상황 파악을 못하는 타케루가 "오레니 츄, 오레니 츄" 하면서 신나게 따라나섰다. 건우 선배는 초저녁부터 곯아떨어져서 아무 도움도 되지 않았다. 다음 날 케이제이가 진지하게 사과해왔으므로, 새 드럼을 구할 일은 없었다. 뭐, 미풍양속의 기준은 사람마다 다르니까 친구끼리 가볍게 키스하는 그런 팀도 어딘가엔 있을 것이다. 내가 아니고 우리 팀이 아닐 뿐.

조선 조정이 은열의 섬을 공격하면서 내세웠던 명목도, 그들이 "미풍양속을 해치는 무리"라는 것이었다. 가호를 확실히 구분하지 않고, 혼인 또한 하지 않은 채 이루어졌던 공동체 생활을 가만히 둘 수 없었을 것이다. 마침 근대적 영토 개념이 슬슬 싹트기 시작한 참이었고 좋은 본보기이기도 했다. 산적일 때도 해적일 때도 토벌하지 않다가 전근대의 가장 강력한 체제인 가족에서 벗어나니까 토벌해버렸다. 자유연애가 그들을 파괴해버렸다니 헛웃음이 나온다. 은열은 그렇게 학살 속에서 태어나 학살 속에서 죽었다. 그 부분에 다다르면 먹 냄새가 피 냄새처럼 느껴져 책을 덮고 만다.

학살이 끝나고, 사랑의 증거처럼 아이들이 남았다고 전해진다. 반복되는 이야기다. 은열의 아이도 있었는지는, 또 은열이 마지막까지 사랑했던 사람은 누구였는지는 알 수 없다. 시로일 수도, 창량일 수도, 혹은 전혀 다른 사람일 수도 있다.

당시 섬에 없었던 창량도 살아남았다. 그가 시로의 유해를 대마도에 인도했다. 수년 전에 묻은 가짜 유해가 아닌 진짜 유해가 돌아가고 사당에 위패도 그제야 세워진다. 은열의 유해가 어떻게 되었는지에 대해서는 언급이 없다. 아마도 훼손당해서 창량이 수습하지 못했을 것이다. 그 생각을 하면 슬퍼져서, 마치 아는 언니에게 일어난 일인 것처럼 먹먹하다.

아이들의 행방에 대해선, 육지로 끌려가서 누군가의 노비가 되었을 거라고 추측하고 있다. 이번에는 아마도 뿔뿔이.

망한 스쿠터 튜닝숍 위층의 연습실에서, 어째선지 우리는 매일 뉴스를 본다. 하루 종일 케이블 음악방송이다가 뉴스 시간이 되면 뉴스를 보는데 그것은 마치 돈도 없이 취미 밴드를 지지부진하게 하고 있지만 그래도 우리는 엄연한 어른이야, 하고 주장하는 일종의 의식 같다. 그러다가 뉴스에서, 제자리걸음에서 벗어나지 못하는 한일관계라든지 중국과 대만 사이의 긴장이라든지 호주의 인종 차별이라든지 민감한 이슈가 거론되면, 각자 생각에 잠겨 침묵한다. 외면의 침묵과는 조금 다르다. 부드러운 침잠의 침묵에 가깝다.

처음 몇번은 토의 비슷한 걸 했는데 격한 순간이 없었던 것은 아니지만 시종일관 격한 분위기가 되기에는 다 같이 너무 무식하고 무심했다. 토의 흉내를 내다가 금세 포기한 네 사람은 나한테 최종 정리를 해달라고 했다. 역사 전공자들은 그런 식으로 부담스러운 상황에 처하곤 하는데, 역사를 공부했다고 모든 사안에 정갈한 의견을 갖추고 있는 건 아니라고 설득하긴 어려웠다. 그래서 대충 얼버무렸다.

"솔직히 역사는 그 순간을 살았던 그 사람들만의 것이라고 생각해. 그러니 전근대사는 무기로 쓰면 안되고, 근현대사에 있어선 더 철저하게 책임을 져야겠지. 민족주의자 말고 각자 나라에서 좋은 시민들이 되면 지금과는 다를 거야. 어디 가서 이렇게 솔직히 말하기는 사실 어렵지만. 요즘 애들은 스스로 무장해제 하느냐고 한마디 들을지도 모르고."

네 사람은 가만히 듣더니, 의견을 통일했다.

"나도 누가 물어보면 그렇게 말해야겠다."

바보들, 포인트는 그렇게 얘기하면 공격당한다는 거였는데. 어쨌든 우리는 민감한 뉴스가 나올 때마다 감정적이 되기보다는 조용히 각자 부끄러워하게 되었고, 그러면서도 우리 세대가 주도권을 잡았을 때 이 모든 일들이 나아질까 확신하지 못했다. 같은 나이라도 전혀 다른 시대를 살아갈 수 있다는 걸 알고 있었기 때문이다.

"하지만 네 말은 그거잖아. 우리가 언젠가 뿔뿔이 돌아가고 '알다시피'에 다른 멤버들이 들어온다 해도 지금 이 순간은 우리들 것이라서 아무도 가져가지 못한다는 거. 다른 사람에겐 지분이 없다는 거. 효짱 얘기가 그 얘기 아니야?"

가끔 똑똑해지는 타케루의 명료한 정리에 마음이 편해져서 고개를 끄덕이기도 했다. 건우 선배는 '알다시피'는 이 멤버로 끝을 내고 다음부터는 '아실지 모르겠지만' 혹은 '알듯 말듯' 같은 이름으로 하겠다며 모두를 안심시켰다.

어쩌면 나는 내가 믿는 것과 어긋나는 행동을 하고 있었는지도 모른다. 하지 말았어야 할 투사를 계속하고 있었는지도. 설명할 수 없는 그들의 성격을 설명하려고 했고, 당사자들은 전혀 품지 않았을 근대적인 생각들을 멋대로 뒤집어씌웠으며, 은열을 무슨 여전사의 이미지로 그렸고, 정말은 의로웠는지 확신할 수 없으면서 의

적 집단으로 교묘하게 테두리를 쳤다. 약탈, 방화, 살인의 흔적들은 과장과 위조였다고 무시하면서…… 무엇보다도 가장 소름 끼치는 건 그들이 세명이 아니라, 규모를 갖춘 집단이었단 사실을 자꾸 잊는다는 점이다. 시대착오적인 영웅 중심 기술에 언제나 반감이 있었는데도 그러고 말았다. 영웅도 아닌, 난폭했던, 죽고 없는, 내가 모르는 그 사람들에 대해서.

여백은 채울 수 없고, 채워서도 안되고, 그러므로 아무것도 규정지을 수 없다. 대체 뭘 하고 있는 건지 스스로를 비웃게 된다.

세미나를 두개 더 들어가기로 했다. 뭐라도 남는 주제를 하나 받아서, 아주 재미없는 주제라도 하나 받아서 학위를 따고 졸업해야겠다고 마음먹었다. 어쩌면 은열들의 이야기도, 누가 한번 들었다 놓은 이야기일지 모른다는 생각까지 했다. 그토록 매력적인데 아직 묻혀 있는 걸 보면 말이다. 아이디어는 한 사람의 내부에서 발생하는 것이 아니라 그 자체로 공기 중을 떠도는 게 아닐까? 이를테면 물고기처럼 어떤 아이디어는 지표면에 아주 가깝게, 어떤 아이디어는 성층권쯤에서 부유하다가 사람들의 안테나에 슬쩍 지느러미를 가져다 대는 것이다. 비슷한 발명품들이 동시다발적으로 발명되고, 비슷한 전설들이 먼 땅에서도 태어나는 건 그렇게 설명 가능하다.

그러니까 나 말고 다른 안테나를 찾아.

나는 죽고 없는 사람들에게 중얼거렸다.

어영부영 크리스마스가 다가왔고 해방촌에 있는 건우 선배 지인의 가게에서 공연을 했다. 주인이 지인인 덕에 우리보다 실력이 나은 밴드들 틈에 슬쩍 꼈다. 선곡을 두고 의견이 팽팽했는데 결국 각자의 얄팍한 취향이 드러나는 중구난방 리스트에 마지막은 컬처 클럽으로 장식했다. 「Do You Really Want to Hurt Me?」「Miss Me Blind」를 거쳐 「I'll Tumble 4 Ya」로 끝나는 메들리였고 타케루가 부르는 보이 조지는 썩 어울렸다. 하드하지 않은, 보이 조지 풍의 크리스마스였다. 타케루가 부르면 뭘 불러도 하드하진 않지만. 캐럴을 부를까도 했는데 다른 팀들이 다 불렀으므로 우리는 생략하길 잘한 셈이었다.

"미녀 키보드에게 마지막으로 박수 한번 부탁합니다!"

그렇게 소개하는 거 기분 나쁘다고 말했는데 도무지 업데이트가 안되는 건우 선배였다. 어쩔 수 없이 애매하게 웃었고 관객들도 애매하게 환호했다. 오래 연습했지만 그뿐이었다.

뒤풀이는 다른 밴드들하고 같이하다가, 평소에 썩 친하지 않다 보니 별로 재미가 없어서 우리끼리 따로 나왔다. 테이블 모서리가 둥글게 닳은 어묵가게에서 이 이야기 저 이야기 하다가 결국 멈춰 있는 내 논문이 주제가 되었다. 다들 한마디씩 거들기 시작했다.

"대충 아무 결말이나 내면 안되는 거야?"

"그러면 그게 학문이냐?"

"아깝잖아, 그래도."

"속상하네."

남의 이야기처럼 듣고 있는데 완이 물어왔다.

"너는 괜찮겠어?"

"응?"

"끝내지 않아도 괜찮겠어?"

그건 그런 문제가 아니지만, 어쩐지 그런 문제처럼 느껴졌다. 나는 대답 대신 테이블 아래로 완의 손을 살짝 잡았다 놓았다. 나만 알아볼 수 있는 놀라는 얼굴을 모른 척하면서.

"넌 무슨 해적에 대해 쓰면서 그렇게 소심하게 써? 죽은 해적들이 해골 덜그럭거리면서 웃겠다. 망하면 망하는 거지. 지금 네가 우리랑 밴드 하고 있는데 더 망할 게 어딨냐? 어차피 인생 여기서 어디로 안 갈 것 같은데?"

건우 선배가 끼어들자 꼴 보기 싫어져서 부잣집 아들은 아무것도 모른다고 꽥 소리를 질러 술자리를 끝내버렸다.

그래도 썼다. 겨울에서 봄까지, 환태평양 밴드의 열렬한 지지를 받으며 마음대로 써버렸다. 은열은 유구한 혁명정신의 계승자이자 시대를 앞서간 여성 영웅에 아나키스트였다고. 은열들의 독특한 범아시아적 우정을 재현하는 게 우리 세대의 목표가 되어야 한다고. 신분제의 벽을 넘어서서 만국의 고아들을 거두며 이상적 공동체 생활을 영유했으며, 진보적이고 전위적인 예술 형식을 실험했던 것도 잊지 말아야 한다고. 시대의 한계에 부딪혀 좌초당하지 않았다면 근대의 선구자들이 되었을 푸른 젊은이들이었다고!

Of course, やっぱり, 理皇, 여지없이, 탈락이었다.

해볼 때까지 해봤으니 시원했다. 다음 학기에 쓴 19세기 함경북도 광공업의 발달에 대한 논문이 스윽 통과해버린 건 미묘하게 기분 상했지만 말이다. 미진한 느낌을 떨치며 한동안 놀기로 했다. 박사과정은 모교를 떠나 다른 곳에서 하고 싶어져 알아보는 시간이 필요했고, 지쳐 있어서 휴식이 절실했다. 쉬면서 가사를 썼는데 밴드 사람들한테 보여주려던 건 아니지만 무의식적으로 보여주고 싶었던 건지 다들 봐버렸고, 그러자 곡이 완성될 때까지 브레이크가 없었다. 얼떨결에 알다시피의 첫 창작곡이 나왔다. 우리가 늘 좋아했던 대서사시형 얼터너티브 록이었다. 제목은 「Slow Burning」이었는데 후렴구의 'fire'를 함께 외칠 때면 모두 '빠이어'라고 발음했다. 공연 때마다 그 노래를 불렀고, 조금 유치하지만 줄창 설명을 해댔다. 그런 이들이 있었다고, 요즘 태어났으면 우리처럼 환태평양 밴드였을 거라고. 질릴 때까지만 부르려고 했는데 전혀 질리지 않았다.

건우 선배의 지인의 지인 때문에 케이블 방송을 탄 건 예상치 못한 일이었다. 인디밴드 써바이벌 프로그램이었는데 원래 출연하기로 했던 팀에 문제가 생겨서 급하게 들어간 대타였다. 하여간 부자들 인맥으로 다 해결하려는 거 너무 싫다고 짜증을 냈지만 출연료가 쏠쏠했기 때문에 못 이기는 척 따라 나갔다. 그렇고 그런 낡아빠진 형식의 써바이벌 프로그램 누가 보겠냐 얕본 것도 있었다. 의외로 4퍼센트의 시청률이 나와버렸을 땐 발을 빼기 너무 늦어버렸고 말이다. 4등 정도는 하고 싶었는데 6등을 했다. 우리 노래는 잔잔하게 팔려서 쥐꼬리만한 저작권료도 나왔고, 주로 무대의상을 구매하는 데 그 돈을 썼다. 가장 마음에 드는 건 다섯명이서 만장일치로 고른 수제 로퍼다.

곁가지로 일어난 이상한 일이라면, 나는 어째선지 인터넷 짤방이 되었다. GIF 파일이 인터넷에 돌아다니는데 주로 동문서답하는 사람을 놀릴 때 쓰인다. 억울한 일이 아닐 수 없다. 사연인즉슨 우리가 6등을 하고 소감 인터뷰 중 내 차례가 왔을 때 긴장해서 엉뚱한 말을 해버렸던 것이다.

"그럼 키보드의 이정효 씨, 앞으로의 계획은 어떻게 되세요?"

사회자가 물었고,

"역사학자가 될 겁니다."

내가 대답했다.

방송국 놈들이 나의 부어 보이는 얼굴 아래에 큰 자막으로 "휘잉~"이라고 썼다. 실제로도 짧은 정적이 있었던 것으로 기억하지만 사람이 긴장하면 그럴 수도 있지 그렇게 놀릴 것까지야. 물론 교수님한테까지 문자가 왔을 땐 나도 약간 죽고 싶었다. GIF 짤방의 수명은 그리 길지 않으니 얼른 지나가주길 기다리고 있는데 밴드 멤버들이 너무 열심히 쓰며 협조를 안하고 있다. "되고 싶습니다"도 아니고 "될 겁니다"였다니 나도 웃길 때가 있다. 그렇게나 자연스럽게 그 말이 나왔다.

주변의 성실한 사람들은 아직도 밴드를 하냐고, 언제까지 할 거냐고 자꾸 묻는다. 그러면 키보드는 별로 부담이 없으니까 괜찮다고 거짓말을 하지만, 친구들이 떠나기 전까지 멈출 생각이 없다. 아마 친구들이 떠나고 나서도 멈출 수 없을 것이다. 알다시피 밴드는 나의 어떤 강박관념을 지운다. 하다가 안되면 노래로 만들지 뭐, 하고 가볍게 방향 전환을 할 수 있으니까. 그런 나약하면서도 나약하지 않은 이상한 방식으로 힘이 된다. 끊임없이 되풀이되던 복사뼈에 관한 꿈에서도 해방되었다. 언젠가 또 굉장한 이야기가, 도무지 감당이 안되는 이야기가 안테나에 걸려 나를 사로잡는다 해도 환태평양이 내 편인 이상 문제없다. 논문이 되지 않으면 노래라도, 농담이라도 된다는 것을 아는 이상 괜찮다.

그래서 언제나, 알다시피 밴드입니다.

조금은 웃어주세요.

그럼, 노래 들어갑니다.

옥상에서 만나요

63빌딩과 남산타워와 한강이 한눈에 보이는 멋진 삼각형의 꼭짓점에 서 있어도 전혀 행복하지 않을 수 있다는 걸, 너라면 알겠지. 너라면 가장 잘 알 거야. 나는 그 회사 옥상에서, 다리 사이로 뜨거운 에어컨 실외기 바람을 느끼며 오래오래 앉아 있었어. 옥상에 벤치를 놔주는 인간적인 회사가 아니었기 때문에 빗물 자국으로 더러워진 실외기를 의자 삼아, 몰래 가지고 올라온 비싸고 달달한 디저트를 먹었지. 초코 바나나 타르트, 블루베리 슈크림, 꽃처럼 피어나는 다양한 이름의 설탕을. 하지만 설탕조차도 내가 점프를 생각하는 걸 멈추게 할 수 없었어. 달고 신 것으로 녹일 수 없는 나쁜 생각들이 있잖아.

　　원, 투, 쓰리, 포, 점프. 사선으로 스텝을 밟아 가로대를 뛰어넘는

높이뛰기 선수처럼 그 옥상 난간을 뛰어넘고 싶었어.

아니면 양손으로 난간을 무지개색 철봉처럼 쥐고 스핀, 스핀 돌아 뛰어내리기를 하고 싶었지. 배꼽 밑에서 단단한 강철이 느껴진 다음 시원한 활강일 거라고.

당장 등을 떠미는 강렬한 욕구는 아니었어. 그보다 언제나 잔잔한 듯 느껴지지만 천천히 작은 눈금을 타고 오르는 위험 같은 것이었지. 방 안에 쌓이는 유해가스나 매년 높아지는 해수면처럼. 충동도 없이 무심하게 언젠가는 정말 점프할지도 모른다는 생각이 들었지만, 그런 불안마저도 둔하고 먼 것이었어. 대개의 날엔 난간에 다가서는 대신, 주변 다른 빌딩의 옥상에 올라오는 사람들을 바라보곤 했어. 마치 바다 한가운데에서 마주친 선원들처럼 손을 흔들고 싶은 마음이었지. 하지만 그 멀리서도 내 시선을 느꼈는지, 그 사람들은 부담스러워하며 얼른 내려가곤 했어.

지금 나는 너에게 손을 흔들고 있어.

"너 나랑 내 러시아 여자친구랑 한번 안 만날래?"

최 피디가 손등으로 내 뺨을 쓰다듬으며 되도 않는 쓰리섬을 제안했을 때, 나는 화도 내지 못했어. 그런 수모를 당하려고 졸업과 취업의 혹독함을 견딘 건 아니었는데. 최 피디는 아무나 피디가 될 때 피디가 되어서는, 똑똑한 후배들한테 밀리는 것을 인정 못하고 우리 같은 을한테나 진상을 부리는 인간이었어. 케이블에서 한창 피디들 데려갈 때 쏙 빼놓고 갔으니 할 말 다했지.

내가 한숨을 쉬며 화제를 바꾸려 할 때, 맞은편에 앉아 있던 사수가 고개를 돌리는 걸 보았어. 많이도 아니고 7.5도쯤. 나는 왜 그 7.5도를 감지하고 마는 것일까? 점점 나빠져가는 간 수치가 그대로 드러나는 선배의 얼굴이, 병적으로 나쁜 체취가 걱정되어서 7.5도의 비겁함은 눈감아주기로 했어. 선배가 간경화라도 걸리면 선배의 와이프는 어떻게 되는 거지, 나는 두번인가 마주쳤던 선배의 와이프까지 걱정하며 진창 속에 빠져 있었어.

유명 스포츠신문의 광고사업부였어. 혹독했던 취업난 속에서 이름을 들으면 알 만한 회사에 다닌다는 건 언뜻 괜찮아 보였을지도 몰라. 친구들은 나더러 웬만하면 견디라고 그랬지. 그런데 한 회사 안에서도 부서별로 격차가 크잖아. 수상쩍은 물건을 파는 수상쩍은 회사 임원들 접대가 끝도 없이 이어졌어. 대체 왜 그런 자리에 날 뽑았는지…… 아마 분명 어떤 할당량 때문이었을 거야. 인사부가 잠깐 미쳤던 거였거나. 내가 언제 그만두는지를 두고 내기가 있었다는 걸 입사 반년 후에 알게 됐어. 누군가 농담처럼 말해줬는데 농담이 아니었더라고.

사무실에서 일한 시간보다 룸살롱에서 접대한 시간이 훨씬 길었던 것 같아. 망할 접대 문화…… 나는 네로 황제처럼 온 강남의 룸살롱을 불태우고 싶었어. 지금도 누가 적당한 도구만 주면 할 수 있을 것 같은데 말이지. 여튼 나도, 부서 사람들도, 회사의 다른 사람들도 모두 알고 있었어. 우리가 더러운 관행이지만 아무도 바꿀 의지가 없어 계속되는 일을 하며 돈만 까먹을 뿐, 생산적인 일은 하나도 하지 않는다는 걸. 업계와 회사의 수챗구멍쯤으로 여겨지는 걸 너도 알고 나도 아는 상황이란 껄쩍지근하지. 만약 광고사업부 사원이 아니라, 기자였다면 상황이 나았을까? 기자들 위주로 돌아가는 회사니까? 이제 와선 그것조차 확신할 수 없어.

"이직은 어때? 어디 옮겨 간 선배한테 너 좀 불러달라고 그래."

"그만둬버려. 굶어죽기야 하겠냐? 이제 경력이 있으니까 또 금방 취직될 거야."

주변 사람들의 그런 말에 설득될 때도 있었지만, 나는 두려움을 이겨내지 못했어. 서른개쯤 넣으면 하나쯤 다음 단계로 통과되는 이력서를 가지고 두려움이 없었다면 그게 더 이상한 일이겠지. 게다가 혼자가 아니었어. 아빠는 혈액 투석을 매주 세번 받아야 하고, 아빠를 돌보는 엄마는 류머티스 관절염으로 고생 중이고, 그런 부모님과 함께 사는 남동생은 아무리 봐도 우울증인 거 같았어. 나는 가족 중에 유일한 경제인이었으니, 의료보험이고 뭐고 다 나한테 달렸던 상황이었지. 이직이고 재취직이고 엄두가 안 났다고.

언니들이 아니었으면 난 정말 뛰어내리고 말았을 거야. 경리부의 맏언니 명희 언니, 편집기자인 소연 언니, 제작물류부의 예진 언니. 세 사람은 마치 운명의 마녀들처럼, 다정하게 머리를 안쪽으로 기울이고 엉킨 실 같은 매일매일을 어떻게 풀어나갈지 함께 고민해주었어. 내가 처음 머리카락을 짧게 치고 왔을 때 놀라서 입을 벌렸다 다시 입술을 깨문 언니는 셋 중에 누구였더라.

입사 때 어깨 아래까지 내려오던 머리를, 스포츠머리보다 조금 길게 깎아버렸어. 어느날 계획 없이 그래버렸는데, 포마드를 바르니까 제법 어울리긴 했어. 비명을 지르고 싶은데 지를 수 없으니 머리를 잘랐던 것 같아. 그런 머리에 칼 같은 바지 정장을 입고, 나도 너희와 다르지 않으니 온당히 대해달라고 몸부림치며 요구했던 거지. 내가 예상치 못했던 부분은 어둠속에서 내 쎌루엣이 남자처럼 보이니 더 브레이크 없이 행동하는 인간들이 늘게 된 거였어. 왜 잘랐느냐고 거슬린다며 시비 거는 인간들도 늘었고 말야. 옥상에 서 있으면 두피에 스산한 바람이 느껴졌어. 모든 게 점점 나빠지고 있었고, 자기방어기제 같은 무감각에 빠져들었던 건지 그즈음에 대한 기억은 불연속적이야. 더러운 이미지들만 스틸숏처럼 남아 있어. 회사 언니들과 나는 한달에 한번씩, 회사에 남아도는 영화표나 공연표로 외출을 했어. 그런 날에만 잠깐 살아 있는 것처럼 느껴졌어. 우리는 입안의 쓴맛을 누그러뜨려줄 기름진 음식을 먹었지. 울다가 웃다가 욕하다가 탈진한 채 늦은 밤 귀가하면 내가 사람 같았어.

그러므로 친애하는 세 언니가 두세달 간격으로 차례차례 결혼을 해버리자, 내가 받은 충격은 어마어마한 것이었어. 처음 명희 언니가 90년대 풍의 두꺼운 아저씨 가죽점퍼를 입은, 어딜 봐도 난 형사요, 온몸에 쓰여 있는 사람을 데리고 왔을 때는 떨떠름했지. 소연 언니가 400을 친다는 준 프로급 당구돌이를 데리고 왔을 때는 뜨악했고, 마지막으로 예진 언니가 전통 악기를 만든다는 장구돌이를 데리고 왔을 땐 대체 이게 무슨 사태인가 싶었던 거야. 앞의 둘은 그렇다 쳐도, 마지막은 대체 어디서 만났는지 상상조차 되지 않았어.

"결혼해서 막 좋은 건 아닌데…… 어쨌든 집에서 훌라후프는 돌아가."

"훌라후프요?"

"결혼 전에 어릴 때 생각나서 훌라후프를 샀다가, 나 막 울었잖아. 원룸에서 아무리 자리를 옮겨봐도 훌라후프가 안 돌아가는 거야. 싸구려 옷걸이니 부직포 서랍이니 온통 걸려서…… 이러니저러니 해도 둘이 합쳐 살면 집에서 훌라후프 정도는 돌아가니까, 숨이 쉬어지더라고."

결혼을 하고 언니들은 회사를 그만뒀어. 한명씩 탈출해서 더 나은 회사로 갔지. 월급 수준이 낮거나 분위기가 낮거나 하다못해 통근시간이라도 나았어. 그 과정에서 한두달 쉬었다 옮기기도 했는데, 언니들의 얼굴에 처음 보는 윤기가 돌았으므로 무척 부러웠어. 옥상에서는 언니들의 담배연기가 사라졌지. 언니들은 금연을 하고 필라테스를 배우고 여행을 갔어. 나는 혼자 버려진 듯한 기분에 빠졌고 말이야. 아포칼립스 영화의 조연처럼 위태로워져서는, 오랜만에 메신저에 로그인한 예진 언니한테 매달리듯 물어봤어.

──셋 다 어떻게 그렇게 갑자기 결혼해버린 거야? 나 빼고 미팅이라도 나갔던 거야?

별거 아닌 물음이었는데, 언니는 메신저 저편에서 뭔가를 한참 썼다 지웠다 했어. 대기 중입니다, 상대방이 메시지를 입력 중입니다, 상태 표시가 자꾸 바뀌었지.

　── 다음 주에 만나서 얘기해줄게.

　결국 그 말만 하더라고.

　오랜만에 네 사람이 다 모였어. 언니들은 나를 마주 보고 셋이 한편에 앉았지. 정말 마녀들처럼.

　"나만 빼고 잘 사니까 좋아요? 사람들이 의리가 없어. 비결 좀 알려줘. 나도 결혼 좀 하자."

　"너도 하고 싶긴 하니?"

　명희 언니가 물었어.

　"뭐 어느 정도는요? 왜 안하고 싶어할 거라 생각해요?"

　그러자 언니의 시선이 그날따라 손질을 안해서 부스스한 내 머리칼에 와 닿는 걸 느낄 수 있었지.

　"우리가 비결을 말해주면, 다른 데 안 말할 자신 있어?"

　의자 깊이 기대어 있던 소연 언니가 물었어. 나는 열렬히 고개를 끄덕이며 할 수 있는 한 가장 순진하고 믿음직한 얼굴을 했고.

　그러자 예진 언니가 뭔가 얄팍하고 누리끼리한 노트 같은 걸 하나 내밀었어.

　"고대로부터 내려오는 주문서야."

　"고려대에 뭘 주문한다고요?"

　"이 바보 자식, 똑바로 들어. 오더(order) 말고 스펠(spell)이라고!"

　소연 언니가 발끈했는데, 나도 모르게 몸을 뒤로 뺐어. 언니들이 단체로 맛이 갔나 싶었거든. 워낙에 사주 보러 다니고 그런 거 좋아하는 언니들이긴 했지만 나름 단단한 생활인들인데 이거 왜 이러나, 셋이 짜고 놀리는 건가 짧은 시간에 온갖 생각이 다 들었지.

"……고대로부터 내려왔다는데 왜 인쇄물이에요?"

"고대로부터 내려온 걸 구한말이나 식민지 시대 초기에 인쇄한 거 같아."

"어디서 구했어요?"

"동대문. 청계천 쪽 헌책방."

"……"

"야, 안 믿기면 하지 마, 그만큼 절박하지 않으면 하지 말란 말이야!"

"아, 알았어, 절박하다고, 절박해요."

언니들의 서슬에 질려, 나는 얼른 책을 받아 왔지.

『규중조녀비서(閨中操女秘書)』라는 말도 안되는 제목의 그 책에는 제목만큼이나 말도 안되는 주문들이 가득 모여 있었어. 남편의 시앗을 제거하는 주문, 학문에 뜻이 없고 주색잡기만 하는 장남을 정신 차리게 하는 주문, 엉덩이가 가벼운 막내딸을 처신하게 하는 주문, 입이 가벼운 동네 이웃에게 갚아주는 주문, 얹혀사는 군식구를 독립시키는 주문…… 그것은 주문서라기보다 전근대 여성들의 고민을 모아둔 책이라고 하는 게 맞을 것 같았지. 주문에 필요한 재료는 다 또 얼마나 그로떼스끄하던지. 닭을 네번 훔쳐 먹은 오소리의 귀와 뒷발을 대체 어디서 구하겠어? 파삭파삭 오래된 종이를 넘기면서, 스스로가 너무 한심했어. 나는 오버핏 재킷이 잘 어울리는 독립적인 현대 여성인데 왜 이딴 걸 거들떠보고 있나 하고.

언니들이 포스트잇을 붙여둔, 온 천지에 오로지 한명뿐인 운명의 혼인 상대를 소환하는 방법을 펼쳤지. 다른 주문들과 마찬가지로 가관이었어. 한문으로 된 부분은 인문대를 나온 소연 언니가 가는 펜을 써 꼼꼼하게 잘 풀어놨더라고. 요약하자면 이랬어.

1. 영기가 깃든 북쪽 산을 강 건너에서 바라보며, 저물녘에 높고 정갈한 곳에 진을 그린다.

2. 티 없는 적옥, 청옥, 녹옥, 자옥, 백옥을 오망성 모양으로 둘 것.

3. 미리 준비한 깨끗한 샘물 3분의 1, 달빛 아래서 흘린 눈물 3분의 1, 월경혈 3분의 1을 잘 섞어 생년월일과 태어난 시를 비단 종이에 쓴다. 이때 왼손 약지를 사용할 것.

4. 위의 종이를 태우며, 조용히 읍(揖)하고 읍(泣)할 것.

5. 정혼자를 맞아들여 일월성신이 인도하는 앞날을 따라갈 것.

다른 것은 다 몰라도, 월경혈에서 나는 깜짝 놀라고 말았지. 그래서 소연 언니한테 전화를 했어.

"언니 언니, 이거 뭐야, 월경혈은 다 뭐야?"

그러자 소연 언니가 전화 너머에서 움찔하는 게 느껴졌지.

"오래된 주문이란 원래 조금쯤 찝찝하고 그래야 효과가 있는 거야. 생리컵을 하나 사."

"색깔별 옥은 다 어디서 구했어요?"

"옥은 역시 춘천이지."

"앗, 언니들 왜 그렇게 춘천엘 가나 했더니 옥 사러 간 거였어?"

"티가 없어야 해. 명희 언니가 약간 티 있는 옥을 잘못 구해서 두번 했잖아. 옥 시장 다니며 신중하게 골라. 모양도 둥근 걸로 잘 골라."

"비단 종이는요?"

"인사동에 가게 있어. 그 집 알려줄게."

"북쪽 산이 보이는 강 건너 언덕은 어떡하지?"

"회사 옥상이 딱이야. 주말에 철문 잠그고 거기서 해. 고대의 주문이 언덕 대신 빌딩도 쳐주더라, 얘."

"이거 정말 효과 있어요?"

"일단 해봐. 깜짝 놀랄걸?"

주문에 필요한 준비물을 다 갖추는 데는 거의 두달 가까이 걸렸어. 눈물은 쉬웠으나, 주기가 겹쳤던 언니들이 없으니 생리가 좀 불규칙해지고 말았거든.

막상 일요일 쌀쌀한 저녁, 회사 옥상 문을 잠그고 오컬트 행위를 하고 있자니 마음이 착 가라앉았어. 누가 보면 어쩌나 싶던 불안감도 건조한 서울 공기에 날아가고 말았지. 멀리 보이는 남산타워는 소원을 비는 탑처럼 보였고.

주문서에서 요구하지는 않았지만 나는 목욕재계를 하고, 새로 산 속옷을 입었어. 너는 분명 내가 뭘 잘못했을 거라고 생각할 거야. 하지만 아냐, 정말로 아냐. 나는 간절하고 신중했어. 그곳에서 벗어날 수 있다면 뭐든 할 수 있었어. 그때까지의 인생에서 벗어날 수만 있다면. 친근하게 팔을 잡는 척하며 손등으로 가슴을 건드리는, 아무렇지 않게 무릎을 치는 척하며 허벅지 안쪽으로 손가락을 돌리는 역겨운 놈들로부터 벗어날 수만 있다면. 변화를 원했어. 탈출을 원했어. 계급 상승을 원했어. 그 모든 것의 답이 결혼이 아닌 줄 알면서도.

번개라도 칠 줄 알았지.

아무 빛도 소리도 없었어.

나는 실패한 줄 알고, 예의 벤치 대신 쓰는 에어컨 실외기 위에 앉았어. 가을이 깊어 실외기는 멈춰 있었지. 끊었던 담배가 매우 생각났기 때문에, 그럴 때마다 먹는 주전부리를 찾아 백팩 안을 더듬었어. 담배를 닮은 가는 막대과자를 찾았어. 언제 넣어놨는지도 모르는, 이미 뜯어져 산화될 대로 산화된 과자에선 먼지 맛이 났어. 구부정하게 앉아 오독오독 씹었지. 주전부리를 항상 주변머리라고 잘못 말하던 전 남친도 잠깐 떠올랐어. 그놈이라도 잡을 걸 그랬나…… 미리 가지고 올라간 양동이의 수돗물로 소환진이나 지워야겠다, 다시 몸을 일으켰을 때였어.

거기 남편이 있었어.

그걸 남편이라고 부를 수 있다면 말야.

나는 비명을 질렀고, 계단실 뒤로 미친 듯이 뛰어가 몸을 숨겼어.
떨리는지 꼬이는지 도무지 말을 듣지 않는 손가락으로 명희 언니
에게 전화를 걸었지. 목록 제일 위가 명희 언니였거든.

"언니!"

그러나 명희 언니는 뭐라뭐라 속삭이더니 얼른 끊어버렸어. 주
말이라 시댁에 가 있는 모양이었어. 소연 언니는 아예 받지 않았지.
더 아래로 스크롤하자 예진 언니의 이름이 보였어. 손가락이 막 미
끄러졌지.

"여보세요?"

언니는 밥을 먹는 듯 뭔가를 씹고 있었어.

"언니 언니, 소환 말야!"

"어, 했어?"

"그거 말 그대로 소환이었어요?"

"응, 나타났지? 아휴, 우리 남편은 소가죽 벗긴 걸 들고 있었고,
소연 언니네는 큐대를 들고 있었고, 명희 언니네 형부는……"

"아악, 됐고 됐고, 처음부터 사람이었어?"

"에이, 남자는 천천히 사람 만드는 거야. 놈팡이에서 사람으로
다시 태어나는 거지."

"그게 아니라 외모가!"

"왜? 그렇게 못생겼어?"

"못생기고 잘생기고를 떠나서 일단 사람이 아닌데요?"

"뭐?"

나는 빼꼼, 다시 소환진 쪽을 내다보았어. 아아, 남편은 사람이 아니었어. 어떻게 봐도 사람은 아니었어. 대충 사람의 씰루엣을 하고 있었지만 도저히 사람으로는 볼 수 없었지.

인간이면서 인간 아닌 것.

옷이면서 옷 아닌 것.

얼굴이면서 얼굴 아닌 것.

그건 마치 전위적인 예술을 위해 사는 설치미술가가 죽은 동물과 철사, 늪에서 오래 썩은 나무로 엮어놓은 것 같은 형상이었다니까. 각도에 따라 가오리 같기도 목이버섯 같기도 했지만 결국 아무것도 닮지 않았고 배 속을 쥐어짜는 거부감은 설명하기 어려웠어. 소환술도 일종의 순간이동 같은 거니까, 차원의 경계에서 부작용으로 몸이 찢겨버린 걸까? 내가 엉뚱한 짓을 해서 사람 하나를 죽인 걸까? 나는 패닉하고 말았고, 예진 언니가 어떻게 된 거냐고 계속 묻는데도 대답 없이 전화를 끊고 말았어.

가까이 가니 남편이 숨을 쉬고 있어서 그나마 안심했는데, 다음 순간 도로 죽고 싶어졌던 건 남편의 발이 허공에 떠 있었기 때문이야.

아무래도 기절할 것 같았지만, 일단 최대한 예의를 갖춰 인사를 했지. 혹시나 외계인일 경우, 지구인 전체가 무례하다고 생각하면 안되잖아.

안녕하세요,랬던가. 아마 헛소리를 했을 거야. 남편의 얼굴을 제대로 쳐다도 못 봤지. 대충 얼굴 근처라고 생각되는 부분을 보았지만, 오염된 가죽의 너울거림 같은 것밖에 발견하지 못해서 다시 발끝을 내려다봤어. 허공에 떠 있는 남편의 발에서, 그래도 발톱 비슷한 걸 확인했어. 아무리 봐도 금속성이었지만.

"저기, 제가 잘못 건 것 같거든요?"

마치 전화를 잘못 걸었다는 것처럼 어이없는 변명도 해봤어. 내 운명적 상대가 당신일 리 없으니, 어디서 왔는지 몰라도 제발 그 세계로 돌아가라고 말이야.

횡설수설하는 나의 말이 그치자, 남편이 대답했어.

"……망."

하지만 나는 바람 소리 때문에 잘 듣지 못했어.

"네? 뭐라고요?"

남편은 다시 입을 열지 않았어. 그러나 지나간 단어가 머릿속에서 복원되었고, 그 단어는 바로 '멸망'이었지.

남편을 소환하려다가 멸망의 사도를 소환해낸 여자라니. 한심하기도 했지. 사랑에 대한 염원이 아니라 똥 같은 회사에 대한 원망을 담아 빌었던 게 문제였을까? 도피 결혼에 대한 전근대적 저주였을지도 몰라. 하지만 따지고 보면 백 퍼센트 도피 아닌 결혼이 어딨겠어? 여자들에겐 언제나 도망치고 싶은 대상이 있는걸. 그 옛날부터 지금까지도. 복받치게 억울했지.

나는 옥상에 시원하게 토했어. 그러고는 물을 한동이 더 길어와 옥상을 치웠어. 토하고 나니 기분이 나았어. 내 인생이 그렇지. 다들 잘만 이루는 작은 소원도 내가 바라면 대재앙이 되어버리는 게 당연하다고, 싸늘한 깨달음이 정신을 차리게 해주었어. 욕을 몇마디 했던가. 멸망의 사도는 별로 개의치 않고 계속 소환진이 있던 자리쯤에 떠 있었어.

"어디 가지 말고, 여기 있어요."

뭐든 간에 내가 불렀으니. 나는 성숙한 사회인이자 시민으로서 책임감을 느끼며 사무실로 내려갔어. 멸망의 사도를 옥상에서 이동시켜야 했으니까. 다행히 예전에 가져다 놓고 치우지 않았던 후드집업과 체크무늬 담요가 있었지. 명희 언니가 깜빡 잊고 두고 간 넉넉한 카디건도 있었어. 나는 그걸 가져다가 멸망의 사도에게 둘둘 감았어. 차원을 건너온 내 남편은 아주 우스꽝스러운 꼴이 되었지만, 그래도 처음처럼 무서워 보이진 않았어. 후드가 핑크색인 게 도움이 됐고.

장갑을 끼지 않고 만져도 될까, 망설였는데 다행히 남편의 손은 독성 점액질로 덮여 있거나 하진 않았어. 내가 조용히 손을 끌자, 미끄러지듯 나를 따라왔지. 콜택시를 불러 그를 밀어넣었어. 택시기사는 그저 성형수술 한 사람이려니 했을 거야. 회사 근처엔 빌딩 하나를 통째 차지한 대형 성형외과들이 즐비했거든.

현관에 박스를 깔아줬어. 어차피 허공에 떠 있는데 이불이 무슨 소용이겠어? 그렇게 초야를 맞았지.

잠이 올 리가 없었어.

"아침에 뭐 먹고 싶은 거 없어요?"

예의상 물었는데,

"……망."

남편이 대답했지. 지구를, 인류를 아침밥으로 줄 수 없는 내가 한 심스러웠어. 두시간이나 잤을까, 새벽에 새 밥을 지어서 내밀어봤지만 남편은 한입도 먹지 않았어. 멸망의 사도에게 아이 밥 먹이듯 숟갈을 떠 내미는 내 모습이라니.

그후 며칠 내내 노력하지 않았던 건 아니야. 몇번이고 메뉴를 바꿔 시도했지만, 허사였어. 결국 나는 완전히 포기하고 남편을 방치했지. 사람은 정말 적응을 잘하는 동물이더라고. 불합리함을 지나 부조리함에 가까운 직장에도 적응했듯, 나는 멸망의 사도 남편에게도 적응했어. 남편이 현관에 떠 있든 말든 깊이 잤고, 옷을 갈아입었고, 빨래를 널었지. 흉측한 디자인의 운동기구를 잘못 산 셈치고 외면하려 애썼어.

나는 너무 좌절해 있었던 거야. 더 나빠질 게 없다고 생각해도 더 나빠지는 게 인생이란 걸 알면서도, 기가 막혔어.

그래서 어쨌는 줄 알아?

언니들과 연락을 끊어. 지금 생각하면 바보 같지만 말야, 당시에는 견딜 수가 없었거든. 뭔가 잘못되었다는 걸 깨달은 언니들 셋이 번갈아 전화를 걸고, 찾아오고 했지만 감당할 수가 없었어. 뿐만 아니라 본가 가족들과도 교류를 최소화했어. 누굴 집에 들일 수 있는 상황이 아니었으니까.

그리고 남편은 점점 상태가 나빠졌어. 딱히 지표가 이거다, 할 수는 없었지만 본디의 상태보다 나빠지는 건 알겠더라. 더 퀭해지고 더 어두워지고 더 너울거렸지. 자다가도 남편이 공중에서 진동하는 소리에 깨어나는 일이 잦아졌어.

하루는 그 진동 소리가, 신음인 걸 알았어. 나는 북슬북슬한 극세사 잠옷을 입고 남편 앞에 섰어. 미처 감지 못하고 잠들어 머리에서는 담배와 술과 안주 냄새가 났지만, 상관없었어. 남편에게 코가 있는지도 확신할 수 없었으니까.

"우린 아닌 것 같아요."

남편이 진동을 멈췄어. 나는 의사 표현을 좀더 확실히 하려고 남편에게 가까이 갔어.

"어떤 우주에서도, 어떤 차원에서도 우리가 서로의 상대일 리 없어."

눈이 있을 법한 자리를 들여다보자, 남편도 날 물끄러미 보는 것 같았지. 익숙해졌다고 생각했는데도 진저리쳐지는 형상이었어.

그때였어.

남편이 두 손을 뻗어 내 머리를 감싼 것은.

비명은 편도선쯤에서 얼음이 되었지. 나는 몸부림을 치고 싶었지만 녹슬고 휘어진 철 파이프 같은 남편의 손가락들이 머리를 옥죄어오자 그마저도 할 수 없었어.

남편이 고개를 숙여, 입술이라고 생각되는 축축한 구멍을 내 정수리에 밀착시켰어. 돌기인지, 이빨인지, 빨판인지 알 수 없는 작은 기관들이 일제히 뭔가를 빨아올리기 시작했지.

오래였던가.

순간이었던가.

나는 쇼크 속에 기절했어.

다음 날 아침, 이불 위에서 깼어. 남편이 나를 옮겨준 건지 내가 비몽사몽간에 기어간 건지는 알 수 없었어.

그리고 놀랍게도 몸이 가뿐했지.

그렇게 가뿐할 수가 없었어. 몸의 모든 독소가, 노폐물이, 운 나쁘게 삼켰던 중금속 성분이 다 빠져나간 것 같았어. 스트레칭도 안 했는데 말랑말랑 모든 관절이 부드러웠고, 눈이 건조하지도 않았고, 기분 나쁜 땀이 배어 있지도 않았어. 누군가 나를 키보드 청소하듯 해체해서 먼지를 털고 다시 조립한 것 같았다니까. 새로 태어난 것처럼 개운했다면, 넌 이해하겠니. 상쾌한 아침을 기억하는 사람들만 이해할 수 있을 텐데.

눈곱도 떼지 않은 채로 남편에게 갔어. 고개를 이리 들이밀고, 저리 들이밀고, 용기를 내서 쿡쿡 찔러보았지. 전날 밤 같은 갑작스러운 스킨십은 없었어.

하지만, 뭐랄까.

남편은 윤기가 돌아 보였어. 잘 먹은 것처럼 윤기가.

"어제 나한테서 뭘……"

빨아먹었냐,고 말하려다가 멈칫하고 언어를 순화했지.

"가져갔어요? 무언가, 빨아들였잖아요."

바람이 불지 않아도 너울거리는 해진 옷자락을 쥐고 내가 수줍게 물었을 때, 남편이 다시 한번 대답했어.

"……절망."

아.

귀지도 다 빠져나간 걸까, 나는 그제야 남편의 말을 제대로 들었던 거야. '멸망'이 아니라 '절망'이었어.

나는 오랜만에 절망 프리한 상태로 출근을 했지. 저녁이면 미량이 다시 몸속에 쌓이겠지만 더는 두렵지 않았어.

매일 저녁 내 정수리를 맡겼음에도 남편은 점점 더 배고파했지. 부품이 헐거워진 진공청소기처럼 약한 모터 소리를 냈어. 그도 그럴 법한 게, 처음에는 평생 쌓인 절망을 먹었으니 먹을 만했겠지만 하루치 절망이란 건 가루약 한봉지만큼도 안될 것이었어. 쓰디쓰지만 적은 양.

안사람의 의무를 중히 생각하는 나는 다른 방법을, 다른 먹잇감을 찾아야 했어. 마침 대학 동기 중 하나가 해고를 당했다는 소식을 들었을 때, 친구에게는 미안하지만 기회다 싶었어. 나는 무조건 친구를 편들고 위로했지. 게다가 친구는 원래 술만 마시면 필름이 끊기는 타입이었어. 업어오다시피 친구를 집에 데리고 왔을 때는 1시를 조금 넘겼을 때였지.

남편은, 내가 보기엔 꽤 고마워하는 표정을 지으며 기꺼이 내 친구의 절망을 빨았어. 나는 공모자의 은밀한 미소로 화답을 하고는 친구가 깨기 전에 얼른 택시를 잡아 데려다줬어.

다음 날 친구에게 전화가 왔어.

"어제 나 누구랑 싸웠냐? 귀 뚫은 데 맨 위 거에서 피가 나."

남편이 머리 양쪽을 꽉 쥘 때 건드린 모양이었어. 나는 아무렇지도 않게 잡아뗐지.

"어디 니트에 걸린 거 아냐?"

"그래? 그래도 그렇게 마신 것치고 숙취가 하나도 없는 게 신기하다. 넌 괜찮아?"

"나야 말끔하지."

첫 납치 이후로, 나는 점점 더 대범해졌어. 모친상을 당한 회사 동료, 힘들게 이혼한 친척언니, 유전병 증세가 서서히 나타나기 시작한 친구 오빠, 빚이 많은 아는 동생, 유학을 포기한 대학원생, 교통사고를 당한 운동선수, 대입 삼수생, 공무원 시험 오수생, 뇌종양 수술 후 후각을 잃은 요리사, 재활에 실패한 무용가, 험악한 이웃과 마찰을 겪은 캣맘, 일베로 가득한 교실의 여중생, 임용이 안 된 만년 강사, 만년 아이돌 연습생, 도박 중독자, 텔레마케터, 환경운동가, 부인과 사별한 교감 선생님, 수해를 맞닥뜨린 농민, 혹사당하는 청년 인턴, 아토피가 심한 헤어디자이너, 이민에 실패해 돌아온 이민자, 대필작가, 교도관, 구제역 돼지 생매장 직후의 관련인들, 각종 학대에서 겨우 벗어난 사람들, 심각한 식이장애 환자, 20년 넘게 키운 앵무새가 죽은 사람, 진보 정치인의 부인, 극우 국회의원의 딸……

그렇게 활기차게 사람들을 만나고 다닌 적은 없었어. 그리고 우리 부부를 만난 그들 모두가 훨씬 가벼운 표정으로 세상을 걸어다닐 걸 생각하면 기분이 좋아졌지. 매일 저녁 진수성찬을 즐긴 남편의 너울너울한 가장자리는 미묘하게 올이 굵어진 것 같았고, 나는 매일 무언가 해냈다는 생각에 기분 좋게 잠들었어. 멸망의 사도는 무슨, 희망의 사도였어.

물론 일이 그렇게 잘 풀릴 리는 없었지.

"너, 박수무당이랑 동거 중이야?"

"엑? 그건 대체 어디서 나온 소리예요?"

"너희 집에 데려가서 살풀이해준다며?"

"누가 그래요?"

"2팀 한 기자가 그러던데?"

나는 오래 고민하지 않았어. 그달 말까지 일하고 회사를 그만두었던 거야. 소문 때문이 아니었어. 그보다는 절망을 떨치고 일어난 동생이 자력갱생을 해서 경제적 부담이 덜해졌고, 회사에서 가장 절망하고 있었던 사람들은 대충 구한 것 같았고, 남편을 먹이려니 개인적인 인맥은 이미 바닥난 후였기 때문이었지.

그러고 나서 나는 한번도 고려한 적 없는 선택을 하게 되었어. 모교로 돌아간 거야. 역시 한번도 고려한 적 없는 전공을 골랐지.

상담심리학. 절망한 사람들을 물색하기에 그보다 좋은 분야가 어디 있겠어. 대학원도 물론 교수들이 내 손을 잡고 술을 먹여달라 하고 추악하긴 매한가지였지만 더는 참지 않고 화내는 법을 배웠지. 치과에 가니 어금니를 항상 너무 세게 물고 있다고 힘을 빼라고 그러더라고. 잠잘 때도 악물고 잔다나? 몰랐지 뭐야.

힘겹게 상담심리사 자격증을 딴 후에 나는 서울을 떠나 한적한 소도시로 향했지. 쇠락해가는 공단과 노선도 몇개 없는 버스터미널만 덜렁 있는 곳에 새로 자리를 잡은 거야. 지역 청소년센터에 일을 구했고, 월급은 전보다도 줄어들었지만 집세도 그만큼 싼 게 위안이라면 위안이었어. 결혼을 하면 규모가 커져야 하는데 난 반대였지. 언니들은 집들이를 와서, 그래도 방이 하나 늘었으니 좋아 보인다며 말해주었어. 내가 혼자 잘 지내는 게 보기 좋고 부럽다고도 했고. 언니들이 결혼생활 이야기를 할 때 나도 하고 싶은 말이 많았지만 그냥 웃고 앉아 있었어.

옥상 바로 아래, 먼지가 많은 사무실이 내 일터야. 나는 왜 맨날 먼지를 몰고 다니나…… 유리에 노랗게 색이 들어 있어서 항상 옛날 영화를 보는 것 같은 기분이 드는 건 마음에 들어. 수도 없이 빤 것 같은, 원래의 색깔을 알 수 없는 미색 커튼도.

알아? 소도시의 청소년, 특히 망한 공단이 있는 지역의 청소년들은 서울 애들보다 훨씬 더 농도 짙은 절망을 한다는 거? 내 선택은 아주 탁월했던 거야. 일차적으로는 상담에 충실했지만, 자주 남편을 활용할 수 있었거든.

"이 이상한 건 뭐예요?"

처음에 아이들은 남편을 경계했어.

"음, 그거, 명상을 도와주는 장승이야."

나는 당황해서 얼른 둘러댔지.

"아."

믿더라고, 정말. 아이들을 속이는 게 이렇게 쉽다니, 믿을 수 없는 건 내 쪽이었어. 그나마 다행인 건 남편이 점점 정말 장승처럼 변해갔다는 거야. 진한 절망을 규칙적으로 섭취할수록 목질화되어 갔으니까. 갈색도 아니고 회색도 아닌 반투명한 결정들이 맺히더니, 남편의 발이 무거워져 어느날인가에는 땅에 닿았어. 조경 비용을 하나도 들이지 않은 옥상은 풀 한포기 없이 주먹만 한 자갈들만 가득 깔아놓아 휑했는데, 남편을 거기 세우자 그래도 좀 보기 나았어. 남편은 마치 그 옥상에 서기 위해 이 세계로 온 것 같았지. 어울렸어. 남편 뒤로는 멀리 습지가 보였어. 습지가 오염된 건지, 철새들이 유난히 간지러워하더라고. 사무실에 있으면 철새들이 날아가다 남편 곁에서 쉬는 소리를 들을 수가 있어. 천장에서 자갈자갈 꽥꽥, 자갈 꽥, 자갈 꽥 그런 소리가 나. 철새들은 처음엔 좀 귀여웠는데 날이 갈수록 시끄럽게 느껴져. 내가 올라가면 금방 날아가버리는 것도 빈정 상하고. 부산에서 갈매기들한테 하듯이 새우깡을 줘보려고 했는데 잘 안 먹더라. 과자를 손가락 사이에 끼우고 남편과 오래도록 서 있고 싶지만, 그러면 나는 팔이 아파지고 철새들은 배가 아파지겠지.

남편은 묵직하게 내 곁에 머물렀고, 나는 일에 꽤 만족했어. 얼마 전엔 지역 신문에서 취재도 왔었어.

"좋은 성과를 많이 거두셨다고요, 비결 같은 게 있나요?"

기자가 물었지.

"다양한 각도로 접근하고 있습니다."

남편을 배경으로 인터뷰 사진도 찍었어.

말이 없어진 남편에게 섭섭하진 않아. 오래된 부부는 다 그런 거지. 가끔 나는 상담실 문을 잠그고 혼자 옥상에 올라가 남편을 눕히곤 해. 나지막이 팔베개를 해달라고 조르거나, 절망이 굳어 단단하고 딱딱해진 몸 위에 누워보기도 하고. 아름다운 결정, 짙은 형상, 내 운명적 사랑을 안고 하늘 아래에…… 머리를 기르진 않았지. 습기를 머금은 바람이 기분 좋아서.

이제 내가 있는 옥상은 뛰어내려도 살아남을 수 있는 높이야. 더는 뛰어내리고 싶지도 않고.

하지만 너는, 내 후임으로 왔다는 너는, 아마도 그 옥상에 자주 가겠지. 내가 너에 대해 이상한 책임감을 느끼는 게 왜인지는 모르겠어. 분명히 말할게. 연민은 아냐. 연민은 재수없잖아. 그저, 『규중조녀비서』를 받을 사람이 너라는 생각이 들었던 것뿐이야. 너는 분명 올 테고, 운다면 비가 들지 않는 가장 안쪽의 에어컨 실외기 위에 앉아 울겠지. 너의 귀걸이나 반지, 라이터나 전화기 같은 게 떨어져서 그 밑으로 들어간다면 좋을 텐데. 밑면에 내가 방수 처리를 해서 붙여놓은 편지와 비서를 발견할 수 있게.

너라면 이해할 수 있을 거야. 모든 사랑 이야기는 사실 절망에 관한 이야기라는 걸. 그러니 부디 발견해줘. 나와 내 언니들의 이야기를. 너의 운명적 사랑을. 그 지옥에서 벗어날 수 있게 해줄 기이한 수단을.

옥상에서 만나, 시스터.

보
늬

언니가 죽었다.

돌연히, 갑자기, 순식간에, 불현듯, 눈 깜짝할 사이에, 그냥, 느닷없이, 금세, 한순간, 난데없이, 대뜸, 황망히, 별안간, 돌발적으로, 급작스럽게, 찰나에 죽어버렸다.

"애 이름을 그렇게 짓지 않았다면 안 죽었을까?"

장례식장에서 엄마가 망연히 아빠에게 물었을 때, 아빠는 대답하려 하지 않았다. 언니의 이름은 보늬였다. 밤의 속껍질. 반투명한 가루가 날리는 이름이었다. 엄마는 이제라도 언니의 이름을 율피(栗皮)로 바꾸고 싶어하는 것 같았다. 나는 아무것도 들리지 않는 척하며, 상복과 전혀 어울리지 않는 밝은 갈색 머리를 만지작거렸다. 언니는 내게 머리색을 바꿀 시간도 주지 않았다. 아빠가 일어나

다가 비틀거려서, 한쪽에 참담한 표정으로 앉아 있던 삼촌들이 뛰어왔다. 회사 사람들이 오면 자리를 피해야겠다고 생각했다.

언니가 죽었다는 얘기를 알리긴 알려야 할 것 같았으나, 어떤 종류의 SNS도 다 부적절하게 느껴졌다. 로그아웃되지 않은 언니의 계정들에 부고를 올리고, 규진이와 매지에게만 문자를 보냈다. 다른 친구들은 부르고 싶지 않았고, 두 사람은 언니와도 오래 봐왔으니 그게 맞는 것 같았다.

장례식장 밖으로 나오니 추웠으나 통풍이 되지 않는, 거의 비닐포대에 가까운 상복 덕에 견딜 만했다. 소매가 자꾸 부하게 떴다. 갑자기 추워지고 갑자기 더워지면 돌연사가 는다지…… 어떻게든 사태를 이해해보려고 중얼거렸으나, 36시간 전엔 언니가 살아 있었다. 겨우 기온 차를 탓하며 받아들일 수는 없었다. 더러운 벤치에 앉아 앞뒤로 몸을 흔들며 친구들을 기다리는 시간은 길었다. 더럽게 길었다.

"뭘 좀 배워야 할 텐데."

"……진심으로?"

"다들 외국어 배우고, 수영도 하고, 춤도 춰."

"언니 회사 사람들이?"

"자극을 받아야 계속할 수 있는 직업이니까."

나는 언니에게 뭘 가져다주러 갈 때마다 언니네 팀장님이 똑같은 헌팅캡을 쓰고 있는 걸 보고 경악했었다. 곰팡이성 피부병에 걸린다 해도 이상하지 않았다. 잘 시간도 씻을 시간도 없을 것 같은 그 사람들이 언제 뭘 배운다고? 경쟁적인 업계라 경쟁적인 사람들이 모인 걸지도 몰랐다.

"그 모자 아저씨도?"

"아니, 팀장님은 집에도 잘 안 가는걸. 하지만 다른 선배들은 틈틈이 이것저것 배우더라고."

"독한 것들."

"그보단 가만있지를 못하는 거지, 다들."

하지만 개연성 때문에 기억나는 대화일 뿐, 그건 우리의 마지막이 아니었다. 마지막 대화가 뭐였지? 대체 뭐였더라? 벤치에서는 나쁜 냄새가 났다. 조경수에는 죽은 무당거미가 몇마리나 달려 있었다. 앞머리가 자꾸 눈을 찔렀고 나는 드디어 기억해냈다.

인터넷 쇼핑을 하다가였다. 마우스 롤을 내리며, 등을 돌린 채 언니에게 물었었다.

"나 기모 레깅스 살 건데, 언니 것도 하나 살까?"

"응, 내 것도 사."

"무슨 색?"

"먹색."

"발 있는 거, 없는 거?"

"없는 거."

도로 살아나. 그따위 시답잖은 이야기나 하고 죽어버리면 안되잖아. 갑자기 멧돼지 소리 같은 울음이 나왔다. 언니가 죽었는데 언니의 털 달린 쫄바지가 택배로 오고 있었다.

야, 야, 보윤아, 하고 난감한 목소리로 어깨를 흔들기에 콧물을 흘리며 올려다보니 친구들이 와 있었다.

"나 아는 형이 몇년 전에 조경회사에 들어갔어. 아주 더운 날도 아니었고, 성수기도 아니었는데…… 어느날 새벽에 쓰러져서 자기가 관리하던 추모공원에 들어가버렸어."

규진이가 수염이 잔뜩 올라온 얼굴을 하고 말했다. IT회사에 다니는 규진이는 자기도 곧 죽을 것 같은 안색으로 그런 말을 했는데, 의도를 파악할 수가 없었다. 언니처럼 죽은 사람이 또 있다니, 그래서 뭐? 매지가 나 대신 그만하라는 뜻으로 규진이의 팔을 살짝 건드렸다. 그러나 그 순간에 매지는 매지대로 거슬렸다. 매지에게 검은 옷이 거의 없다는 건 알았지만 그렇다 해도 지나치게 짧고 달라붙는 옷을 입고 왔던 것이다. 매지가 자리에서 일어났다 돌아올 때마다 조문객들의 시선이 쏠렸다. 매지의 모든 움직임은 춤처럼 느껴졌고, 생생한 양감이 어쩐지 견딜 수 없어졌고, 그에 비해 언니의 관은 아주 작고 납작해도 될 것 같았고……

"또 있어?"

나도 모르게 물었다. 두 친구는 응? 하는 표정을 지었다. 머리와 혀 사이에 버퍼링이 있는 듯 느껴졌지만 다시 물었다.

"너도 있어? 갑자기 죽은 사람 알아?"

매지를 쳐다보았다.

"큰아빠. 신경외과 전문의였는데 뇌출혈로 쓰러지셨어. 말도 안 되지? 어마어마한 두통을 느끼고 아래층 레지던트한테 올라와달라고 전화를 했는데, 그래도 너무 늦었다더라. 바로 돌아가시진 않았지만 얼마 안 있다 돌아가셨어."

매지가 공허한 맛이 나는 육개장을 뒤적뒤적하며 대답했을 때, 누가 신발을 어렵사리 벗고 올라오며 인사를 했다. 한번에 알아보지 못했다. 모자 팀장님은 모자를 벗으니 다른 사람 같았다. 회사 사람들을 보면 화가 날 줄 알았는데, 형편없어 보이는 얼굴들에 맥이 빠지고 말았다.

규진이와 매지는 다음 날도 와주었다. 발인은 아침 일찍 했다. 벽제까지는 버스로 30분도 걸리지 않았다. 화장로에는 번호가 쭉 붙어 있었고 언니는 22번에서 탔는데, 21번 할아버지 쪽은 기다리는 사람 수가 우리의 세배는 되어 보였다. 아마도 호상인 듯, 어른들은 젊은이들을 붙들고 결혼은 언제 하느냐고 재촉하는 등 울다가도 숨을 돌리곤 했다. 그에 비해 우리는 수가 너무 적었고, 엄마가 울다가 기절할까봐 다들 뻣뻣해진 채 서성거릴 뿐이었다. 언니는 알았을까? 젊은 사람이 죽으면 가는 길에도 사람이 없다는 거. 언니의 가는 뼈는 예정된 시간보다 일찍 나왔고, 직원이 열기 가시지 않은 그 뼈를 분쇄기에 넣고 빻는 걸 보는 게 괴로웠다. 언니를 믹서에 돌리다니, 돌아버릴 것 같았다. 비명을 지르고 싶었지만 엄마 때문에 그러지도 못했다. 매지와 작은이모가 양옆에서 나를 껴안았는데, 위로보다는 결박하기 위한 것 같았다.

규진이가 우리 집 앞에 온 것은 2주가 좀 지나고였다.

"시험 안 봐?"

"되겠어, 그게?"

며칠 후가 임용고사였고, 이미 한참 전에 접수해둔 참이었지만 아무 의욕이 없었다. 그냥 시험장에 앉아만 있다가 올 게 뻔했다. 언니가 죽지 않았다 해도 합격은 너무 먼 얘기였던 것이, 지리교육과는 유난히 티오가 나지 않았다. 부모님은 언니에겐 예쁜 한글 이름을, 내겐 불교식 한자 이름을 지어줬는데 그래선지 윤회의 수레바퀴를 천천히 돌리는 지장보살처럼 장수생활을 하고 있었다. 륜, 륜, 륜, 바퀴가 도는 걸 무심한 표정으로 바라보며.

규진이는 가방에서 태블릿피씨를 주섬주섬 꺼냈다.

"내가 뭘 좀 만들었어……"

창을 하나 열더니 군청색 바탕에 하얀 점과 점선들이 몇개 떠 있는 걸 보여주었다. 점 아래에는 사람 이름과 나이로 보이는 숫자가 콤마를 사이에 두고 나열되어 있었다. 그 가운데 언니의 이름을 찾는 건 쉬웠다.

"이게 뭐야?"

화가 난 건 아니었는데, 목소리가 새되게 나오고 말았다.

"나도 모르겠어."

당황해하며 규진이가 말을 이었다.

"너희 누나도 그렇고, 그 형도 그렇고 이건 뭔가 맞지 않다는 생각이 들었어."

싸이트의 이름은 '돌연사.net'이었다. 열몇명이 홀로 떠 있거나 점선으로 이어져 있거나 했다.

"점선은 뭐야?"

"점선과 점선 사이에 회색 점 있지? 그건 지인들이야. 그렇게 죽은 사람들 중 혹시 서로 아는 사이가 있을 수도 있잖아. 몇다리나 건너가는지 표시해둔 거야. 일단은 거의 다 우리 업계 사람들이지만. 참 많이도 죽었지?"

한참 들여다보았지만 알 수 없었다.

"왜?"

규진이가 나의 의아한 시선을 당황해하며 피했다.

"기분 상하게 했다면 미안해. 누나 이름은 지울게."

"아니, 그게 아니라 정말 뭐하러?"

"나도 너도 매지도 모두 한명씩은 알고 있잖아. 모으고 모아서 연결해보면 뭔가 답이 보이지 않을까 해서. 나 아무래도 받아들여지지가 않아. 내가 그런데 그럼 넌……"

"이거, 지도구나."

나는 언니의 이름을 살짝 터치해보았다. '이보늬, 32.' 아무 일도 일어나지 않았다. 뭐라도 팝업으로 뜰 줄 알았는데.

"한참 더 만들어야겠네."

"키스맵이랑 비슷한 거네?"

매지가 심드렁하게 말했을 때, 나와 규진이는 그게 뭔지 몰랐다. 알고 보니 외국 젊은 애들이 심심하면 만드는 것으로 누가 누구랑 키스를 했는지 그 관계망을 죽죽 이어나가는 거란다. 유사한 것으로 메이드아웃맵과 섹스맵도 있다고 한다. 남들이 그렇게 즐거운 걸 만들 때, 우리는 돌연사맵을 만들고 있다니 난감했다.

"디자인도 마음에 안 들고, 정보도 너무 부족해."

매지에게 지적당했지만 규진이 쪽은 별로 기분 나빠하는 것 같지 않았다. 아는 디자이너의 힘을 좀 빌리기로 하고, 커서를 가져다 대면 간략한 정보도 보이게 하기로 했다. 그게 어떤 정보가 될지 항목을 정하는 게 쉽지 않을 듯했다.

"쇼크를 주려는 거야? 그게 목적이야?"

그건 꽤 중요한 질문이었다. 매지는 역시 아티스트라 그런지 날카로운 데가 있었다. 매지의 본명은 임혜지이지만 어릴 때부터 써 온 아이디가 이매지네이션이라서, 그게 또 흔한 단어지만 착 붙을 정도로 본인에게 어울리는 바람에 별명 겸 활동명으로 쓰고 있었다. 컴퓨터공학과에 간 규진이와 지리교육과에 간 나와 현대무용학과에 간 매지가 서로가 뭘 하는지 잘 이해하지 못하는 채로 여전히 친구인 것은 신기한 일이었다.

"그럼 보윤이랑 나랑 기본 질문을 만들게. 이왕 하는 거 제대로 하는 게 낫지."

단호함과 추진력은 매지의 가장 큰 장점이었다.

"무용가들은 돌연사 같은 거 안해?"

내가 묻자 매지가 웃었다.

"일단 내가 아는 인간들은 모조리 지 꼴리는 대로 살아서 괜찮을 거 같긴 한데, 또 모르지."

사실 매지도 이제 무용가라기보다는 행위예술가에 더 가까웠다. 매지가 속한 그룹엔 무용뿐 아니라 다양한 영역에서 활동하는 사람들이 모여 있었다. 나와 규진이는 몇번인가 매지의 공연을 보러 갔다가 최근엔 슬쩍 피하는 중이었다. 매지가 맨몸에 물감을 바르고 뛰어다니는 모습은 의미심장하고 인상적이었지만 일반인이 이해하기엔 다소 무리가 있는 것 같았기 때문이다.

싸이트는 느리다고도 빠르다고도 할 수 없는 제 나름의 속도로 알려지기 시작했고, 곧 자동 등록제의 폐해를 깨닫게 되었다. 돌연사의 개념에 들어맞지 않는 사례가 다수 등록되었던 것이다. 우리 셋은 돌연사의 정의를 자주 들여다보았다.

돌연-사(突然死) 「명사」『의학』
외관상 건강하였던 사람이 갑자기 죽는 일. 심장의 박동이 멎거나 본인이 모르는 사이에 진전된 질병의 증상이 나타나 발병 24시간 이내에 죽는다.
「참고 어휘」돌발사(突發死).

잘못 등록된 경우는 대개 사고사들이었다. 교통사고, 추락, 감전,

태풍에 떨어진 간판에 맞거나, 심지어 타살이 의심되는 사례들까지…… 돌연한 죽음이었지만 돌연사는 아니었기에, 우리는 간단한 안내 메일을 보내고 데이터를 삭제해야 했다. 누군가를 잃은 사람에게 그런 메일을 보내는 건 도무지 하고 싶지 않은 일이었다.

"냉정해져야 해. 위로가 목적이 아니니까."

삭제하기 애매한 사례들도 많았다. 공사장에서 아르바이트를 하던 대학생이 친구의 죽음을 등록하면서, 비계에서 떨어지기 직전 분명 어지러워하며 호흡 곤란 증세를 보였다고 진술했다.

"그래도 결정적 사인은 결국 추락 아냐?"

매지가 물었지만, 이 사례는 보류해두기로 했다. '허완수, 21.' 하얗게 이름을 띄웠다.

위로를 목적으로 하지 않았는데, 이용자들은 서로에게서 위로를 얻는 것 같았다. 한 사람의 자살은 여섯 명 정도의 인생을 크게 바꾸어놓는다고 했다. 그렇다면 돌연사는 몇 명의 인생을 흔들어놓을까?

우리는 이용자들이 간단한 메시지를 나눌 수 있도록 기능을 추가했다.

처음엔 주로 30대 이하의 죽음들이 등록되었기 때문에, 조금 의아했었다. 아니나 다를까 곧 40, 50대들의 소식이 시간차를 두고 도착하기 시작했다. 30대에 돌연사가 더 많은 게 아니라 접근성의 문제였던 것이다.

"회식 다음 날, 남편이 그냥 일어나지 못했어요. 11시쯤 들어왔나? 술을 많이 한 것도 아니었고. 그런데 그냥 일어나지 못했어요. 어쩌면 밤사이 미세한 움직임 같은 게 있었을지도 모르는데, 제가 알아채지 못한 건 아닌지 계속 생각하게 돼요."

어디선가 한번쯤 들어본 이야기가 건조하게 이어졌지만 그때마다 매번 읽기 힘들었다. 그냥 일어나지 못한 사람(김영현, 54), 회사 체육대회에서 쓰러진 사람(홍건익, 55), 고등학교 동창들과 산에 가서 쓰러진 사람(정문규, 50), 저녁을 먹다가 가슴 통증을 호소한 사람(이학용, 58)…… 언니와 별로 다르지 않았다.

언니는 야근을 하다가 이상을 느끼고 스스로 앰뷸런스를 불렀다고 한다. 마지막으로 남아 있었기 때문에 따로 도와줄 만한 사람은 없었다. 어차피 아무도 없는데도 언니는 큰 소리를 내지 않았을 거다. 그런 사람이었다. 구급대가 왔을 때 여기요, 가볍게 손을 흔들었을지도 모른다.

국제암연구소에 의하면 심야노동은 2급 발암물질이라고 한다. 그렇다면 돌연사의 원인으로는 몇위쯤 될까. 언니는 입사 이래 줄야근을 했지만 누구나 그렇게 살기 때문에 티도 나지 않았다.

"왜 그렇게까지 해? 가족을 부양하는 것도 아니고."

언젠가 물었을 때 내 표정은 아주 나빴을 거다. 언니 같은 능력이 있더라도 언니처럼 살고 싶지 않아, 그런 얼굴이었으리라.

"되게 바보 같은데, 사랑받는 기분이다? 클라이언트들한테 좋은 반응을 얻거나 무서운 윗사람한테 칭찬을 들으면, 프로답지 않게 갑자기 눈물이 글썽 고여. 나는 사랑도 꽤 받고 컸는데 왜 하필 그런 순간들에서 충족감을 느낄까? 미쳤나봐. 고장났나봐."

나는 그런 충족감을 이해하기 어려웠다. 언니와는 달리 아무에게도 충족감을 주지 못했고 받지 못했으니까. 세상은 언니 같은 사람들만 있어도 충분할 것이다. 나 같은 사람들은 부품으로 치면 핵심부품이 아니라고 언제나 생각해왔다.

어릴 때부터 학업 성취도가 높은 사람이었는지, 첫째이거나 형제 중 유독 책임감 있는 사람이었는지, 가정 내에서 경제적 부양 책임은 어느 정도였는지 설문 항목을 추가했다.

종이박스 공장에서 혹사당하던 외국인 노동자가 네 명의 룸메이트와 함께 사용하던 작은 방에서 숨을 거뒀다. 종이박스가 하루에 16시간씩 일해서 만들어야 하는 물건인지 몰랐다. 기계가 자동으로 다 하는 줄 알았는데 사람이 종이박스를 만들다가 죽고 있었다. 인도네시아에서 온 '시지트 레스탈루, 28'의 이름을 등록하기 위해 스페이스를 여러 칸 늘렸다.

누가 보기에도 육체적으로 많은 부하가 걸릴 듯한 직업들에 이어, 언뜻 그렇지 않을 듯한 환경에서 일했던 사람들도 등록되기 시작했다. 미술감독(정창민, 39), 모델(전다인, 24), 제빵사(윤희숙, 40), 기자(백형민, 48), 출판편집자(신미혜, 32), 프로듀서(김정운, 56), 조각가(천기진, 49), 시나리오 작가(박경은, 37)……

"모델은 식이문제가 있었을까?"

"모르지. 전혀 다른 문제였을 수도 있어."

"아, 나 이분이 하시던 빵집 아는데."

매지가 탄식했다.

"깜빠뉴가 맛있는 집이었어. 안에 마른 과일이 콕콕 들어 있는. 다른 직원 없이 혼자 하셔서 힘들 것 같긴 했지만…… 가게를 옮기거나 잠시 쉬려고 닫은 줄 알았어. 돌아가신 줄은 몰랐네."

"회사에 속해 있지 않았던 사람들도 죽는구나. 뭐가 그 사람들을 몰아붙인 거지?"

규진이 모니터를 보며 말했다.

"생계?"

매지가 약간 쏘아붙이듯이 대답했다.

"회사는 악독하지만, 어떨 때는 갑옷이기도 하잖아. 조직 밖의 사람들은 아무런 보호장비도 없이 혼자 세상이랑 싸운다고."

그건 아마 매지 자신에 대한 이야기이기도 할 것이었다. 매지는 공연을 하기 위해 공연을 준비하는 시간보다 훨씬 긴 시간을 입시 무용학원에서 일해야 했다. 작업과 생계 사이에서 균형을 잡는 일은 곁에서 보기에도 어려워 보였다. 한번은 발목을 다쳐서 강사 자리를 잃은 적도 있었는데, 후유증이 남지 않아서 다행이었지 장기적인 문제가 되었더라면 큰일이었을 것이다.

"학원 학생들 귀여워하고 좋아하는데…… 보고 있으면 뭔가 꽉 막혀오는 기분이야. 저 중에 정말 직업으로 춤을 추면서 살 수 있는 애들이 몇이나 될까 싶어서. 똑같은 동작들을 가르치면서 난 또 몇년이나 더 버틸 수 있을까 싶구."

"그래도 넌 빛나는 순간들이 있잖아."

내가 말하자, 매지가 웃으면서 째려봤다.

"자주 보러 와주지도 않으면서."

"옷을 좀더 입고 추면 갈게."

"너 진짜 재미없는 애야."

"그런 것 같아. 나랑 비교하면 언니는 재미있는 사람이었는데 말야. 일도 정말 재미있어했어. 왜 재미없는 쪽이 남았지? 재미가 언니를 잡아먹은 걸까?"

"언니가 하던 게 정확히 뭐라고?"

"디지털 마케팅. 회사에서 요즘 미는 부서라고 했어. 발탁되어가서 성과 많이 냈다고 다른 사람들한텐 자랑 안해도 나한텐 했었는데."

나는 새로운 농법을 연구하는 중이었다는 젊은 영농인(양규환, 33)과 실험실에서 쓰러진 대학원생(심진성, 35)을 검토 후 등록하고 로그아웃했다.

내내 등을 돌리고 있던 규진은 돌연사한 신생아들을 위해 더 작고 더 빛나는 아이콘을 활성화했다.

뚜렷하게 보이는 요소들이 있었다. 과로, 스트레스, 인격모독, 열악한 작업환경, 경쟁에서 시작해 착취로 끝나는 업계의 분위기, 뒤늦게 발견된 질병, 운동 부족, 폭음 문화…… 그렇지만 모든 케이스에 들어맞지는 않았다. 도무지 왜 죽었는지 모를 사람들도 많았다. 말 그대로 그냥 죽어버린 사람들 말이다. 전조도 없이 죽은 다음, 마땅한 이유도 남겨주지 않은 사람들을 어떻게 받아들여야 할지 알 수 없었다.

유전자에 폭탄이 설치되어 있었던 걸까, 아니면 그냥 그 사람의 심장이 너무 지쳐버렸나. 셋이서 고민하기도 하고 혼자서 고민하기도 하다가 어떤 날은 아예 고민하지 않기도 했다. 어쩌면 일정 퍼센트의 어린 개구리들도 그냥 죽는지 모른다. 일정 퍼센트의 낙타들도, 박쥐들도, 악어들도, 문어들도. 우리가 인간이라서 자연스러운 도태를 받아들이지 못하고 울며불며 이렇듯 쓸데없는 짓을 하는지도 모르겠다고, 모든 것으로부터 한발짝 뒤로 물러서는 마음이 드는 그런 날이 있었다.

언니는 도태된 것일까. 종(種)이 가만히 버리고 가는 일부였을까. 달팽이 진액처럼 뒤에 남았나.

집에 돌아와서는 언니의 칫솔을 버렸다. 매일 아침 거기 언니의 칫솔이 있었고, 아빠도 엄마도 그 칫솔을 계속 보고 있었을 텐데 아무도 버리지 않아서, 나만 할 수 있을 것 같아 버려버렸다. 며칠 반응을 살폈는데 칫솔에 대해 말하는 사람은 없었다.

그 암묵적인 승인하에, 흩어진 언니의 물건들을 언니 방에 숨기고 버리고 처리하기 시작했다. 언니 방에 들어가면 항상 눈물 냄새가 났다. 없는 냄새를 맡는 나에게도 어딘가 이상이 생긴 걸 수 있었지만, 외출했다가 돌아오면 분명 눈물 냄새가 났다. 엄마인지 아빠인지 그 방에서 우는 게 틀림없었다. 바닷바람의 소금기와는 다소 다른, 희미하고 슬픈 동물성 소금 냄새 때문에 나는 그 방에 들어갈 때마다 마음의 준비를 해야 했다.

우리는 대개 규진이네 집에서 모였다. 부모님이 규진이만 덜렁 남겨놓고 귀향하셔서 집은 항상 비어 있었다. 처음에는 들락날락하는 게 부자연스럽게 느껴졌는데, 꽤 오랫동안 친했지만 동네 호프집에서나 모였지 서로의 집에 간 적은 없었기 때문이었다. 계속 밖에서 만나기엔 셋 다 너무 가난했기 때문에 이내 그 집이 우리의 장소가 되었다. 생활감 없이 거의 비다시피 한 집이어서 사적인 공간에 들어간다는 느낌은 크게 들지 않았다.

규진이는 중학생 때부터 복학생의 얼굴을 하고 있었다. 복학생 때는 물론 복학생 얼굴이었고, 지금도 복학생 얼굴이다. 아마 향후 10년은 너끈하게 복학생 얼굴일 거다. 언제나 얼굴이 조금 꺼칠했고 피곤해 보였다. 학창 시절 점심시간에도 그런 얼굴로, 보통 남자애들처럼 운동하러 나가지 않고 우리와 놀았다. 바로 씻을 수 없는데 땀을 흘리는 걸 싫어했다.

"예쁘지도 않지만 나쁘지도 않아."

그게 아마 규진이가 나와 매지에게 가장 많이 한 말일 것이다. 짧은 치마 입으면 사람들이 욕하려나? 쌍꺼풀 부기 이제 빠졌지? 탈색 너무 세게 했나? 이 모자 살까? 남자친구 선물로 이건 어때? 우리가 뭐라고 묻든 규진이는 뒤로 느슨하게 기댄 자세로 예쁘지도 않고 나쁘지도 않다고 대답했다. 은근히 입에 붙는 그 대답처럼,

규진이는 깔끔하고 객관적인 성격이라 매사 달아오르는 법이 없었다. 규진이를 보면 우리가 돌연사하지 않고 살아 있는 게 뜨겁지 않아서인 듯했다. 그래서 규진이가,

"나 너네 누나한테 고백했다 차였었다."

하고 말했을 때 나는 소스라치게 놀라고 말았던 것이다.

"언제?"

아무렇지 않게 묻고 싶었는데 목소리는 이번에도 협조하지 않았다.

"대학교 2학년 때."

언니와 규진이는 같은 대학을 다녔다. 규진이 2학년 때였으면 언니는 막 휴학을 마치고 복학했을 참이었을 테다. 나는 다른 학교에 다녔고, 두 사람이 그렇게 가까웠는지 몰랐다.

"아침마다 같은 버스를 탔어. 돌아올 때도 같이 돌아오고."

"우연히?"

"누나는 그런 줄 알았지. 나는 기다렸던 거고."

"왜 하필 언니였어?"

"쫄면을 먹는데 보조개가 진짜 귀엽게 들어가더라고."

언니의 보조개를 생각했다. 웃을 때도 아니고 울 때도 아니고 뭘 먹을 때 주로 나타나던 식탐 보조개를.

"고백하니까 언니가 뭐랬어?"

"횡설수설했어. 나 기분 안 상하게 하려고."

"언니답다."

"누나가 좀더 나이 들면 낚아채려고 기다리고 있었는데."

"다시 고백하려 했어?"

"응, 누나가 서른다섯이 되면. 잡지에서 읽었는데 그때 여자들이 마음이 약해져서 실수를 많이 한다더라고."

"실수를 노린 거야? 실수를? 그전에 다른 사람이 나타났으면?"

그렇게 말했지만 이제 와선 아무 의미 없는 가정이었다.

"뭐, 계곡에 통발을 쳐보는 수준의 계획이었지. 넌 축복해줬을 거야?"

규진이 웃으며 물었다. 소리도 안 내고 빙글빙글 웃는 그 표정을 오래간만에 본다는 걸 새삼 깨달았다. 언니는 똑똑해 보여도 은근히 빈 구석이 많았다. 그 통발에 들어갔을지도 모른다. 작은 물고기처럼.

"글쎄…… 예쁘지도 않았겠지만, 나쁘지도 않았겠지."

내가 규진이의 언어로 대답하자, 이번엔 소리 내서 낄낄거렸다. 나도 웃다가 멈추어 두 사람이 함께 있는 걸 상상해보았다. 그날은 몇번이나 그 그림을 그려보려 애썼다. 그려지는 것도 안 그려지는 것도 같았다. 어쨌든 어떤 부채의식이 사라진 걸 깨달았다. 규진이가 나 때문에 싸이트를 만든 줄 알고 무의식적으로 미안해하고 있었던 모양인데, 언니 때문이었던 걸 알고 나니 그렇게 가벼워질 수가 없었다. 이렇게 귀찮은 일을 동네 친구 때문에 한다면 부담스럽지만, 좋아했던 상대 때문에 한다면 그거야 자연스러우니까. 보늬, 연하한테 먹혔구나? 이름을 막 부르면 푸르푸르르 하던 언니였지만 죽고 없으니 내 마음이야.

웃을 때마다 안쪽에 고인 끔찍한 것들이 몇 그램이라도 휘발되길 바랐다.

규진이한테 약간 덜 미안해졌더니, 전국민에게 미안해질 일이 생겼다. 매지가 돌연사.net을 아트 프로젝트라고 우겨서 정부 지원금을 받아 온 것이다.

"아니, 무슨 정부 지원금을 이렇게 막 줘? 우리 따위한테 왜 줘?"

세금 많이 내는 사람이었으면 정말 억울할 뻔했다. 성실한 납부자로서 억울하지 않느냐고 규진이를 쳐다봤지만 규진이는 가타부타 의견이 없었다. 상황을 재는 모양이었다.

"뭐가 막 주는 거야? 원래 예술은 하는 사람이 예술이다, 하면 그냥 예술인 거야. 내 포트폴리오가 좋아서 잘 업어온 줄 알아. 그리고 사실 이거, 의미있는 프로젝트 맞지. 이보다 의미있기가 쉽냐?"

매지는 의기양양했다. 하긴 매지의 중구난방 화려찬란한 포트폴리오 연장선에 두면 그렇게 위화감이 들지 않는지도 몰랐다.

"우리 이 돈으로 뭐하지, 뭐하지, 뭐하지!"

매지가 흥분할 때, 규진이가 말했다.

"잘됐다. 서버 이사하자."

"서버?"

"사실 지금까지 아는 형 서버에 얹혀 있는 상태였거든. 슬슬 옮길 때 되었지."

그 말에 매지도 약간 진정을 찾았다.

"그리고 다다음 달에 전시해야 해. 지금은 너무 밋밋하니까 VR이든 AR이든 그런 걸로 가자. 그거 할 수 있어?"

"할 수 있는 사람을 알아. 연락해볼게."

등록되는 사람들이 많아질수록, 그물망의 모습 역시 조형적으로 변해가긴 했다. 평균적으로 3.5명을 거치면 흰 이름들이 서로 연결되었다. 양해를 얻어서 사망자들 SNS 계정의 팔로우 목록, 친구 목록을 데이터에 보태 계산한 것이었다. 그래도 세상이 그렇게 좁지만은 않은지 홀로 멀리 뻗은 가장자리의 이름들도 많았다.

돈을 물어온 매지와 사람을 물어올 규진이에게 면목이 없었다. 어떻게 하면 팀에 기여할 수 있을지 고민하던 중에, 매지가 금방 해결해주었다.

"그럼 보윤이가 인터뷰 담당하면 되겠다."

"웬 인터뷰?"

"몰라. 홍보엔 필수로 참여해야 된대."

보도자료가 뿌려졌고, 어째선지 우리 프로젝트는 꽤 주목을 받았다. 인터뷰를 네번이나 해야 했다. 대개는 짧은 기사로 나갔지만, 시사주간지 인터뷰는 한바닥을 차지할 거라고 했다. 주간지 기자는 똑똑함을 숨기지 못하는 얼굴이었는데, 그 점이 언니를 연상시켰다. 전혀 닮지 않았지만 골똘한 표정 같은 게 비슷했다.

"그러니까, 노동문제에 관심이 있으신 건가요?"

"어, 막 제대로 그런 건……"

"이 작품으로 전달하고 싶은 메시지가 있을 거 아녜요?"

"메시지요? 특별히 그런 게 있진 않고요……"

눈코입 하나 움직이지 않았지만 한심해하는 표정이 스쳐 지나갔다. 피해망상이 아니라 정말로.

"그럼 왜 이 일을 시작하신 건데요?"

"언니가……"

그제야 기자의 눈에 흥미가 돌아왔다. 그다음부터는 내가 무슨 말을 하든지 별로 상관이 없었다. 기자는 개인적 비극을 딛고 일어난 젊은이들이 사회 전반에 대한 관심으로 멋진 작업을 해냈다고 썼다. 뿌리 깊은 착취의 구조를 점선으로나마 그려내는 데 성공했다고도 했고, 마지막으로는 요새 젊은이들은 그저 무기력하다는 윗세대의 오해를 풀 때가 되지 않았느냐며 기사를 마무리했다. 그 내용에 자음 모음 하나 보태지 못했지만, 나중에 기사를 읽은 우리마저도 약간 감동할 만했다.

"이야, 너 정말 개떡같이 말했는데 찰떡같이 받아 적었네."

친구들이 놀렸고 반박할 말이 없었다. 아마 다시 만날 일이 없겠지만 그 기자가 특유의 표정과 빠른 걸음으로 건강히 이곳저곳을 누비고 있기를 가끔 응원 삼아 떠올린다.

전시 직전에 완성된 3D 돌연사.net은 꽤나 아름다웠다. 규진이의 지인이 솜씨를 부려놓아 말머리성운을 옮겨둔 것 같았다. 원형으로 가벽을 세운 전시장 가장자리를 따라 VR기기를 주욱 매달아놓아 관객들이 써볼 수 있게 했다. 공개 전날 아무도 없을 때 혼자 잠시 써보았다. 몇걸음 서성거리지 않았는데, 가운데 딱 좋은 자리에서 빛나는 언니 이름이 보였다. 언니의 관계망이 언니를 그 좌표에 둔 것인지, 아니면 규진이가 언니를 중심으로 돌연사.net을 뜨개질한 것인지 가볍게 궁금해졌다.

21세기에 죽는 사람들은 결국 다 데이터가 될 거란 생각도 했다.

의외로 반향은 문화예술계가 아니라 의료계에서 왔다. 자료 요청 메일이 심심찮게 도착했고, 매지가 심술을 부렸다.

"아니, 뭘 맡겨놓은 것처럼 자꾸 내놓으래?"

투덜거리면서도 거절한 적은 한번도 없었다. 요청은 내과에서도 왔고 가정의학과에서도 왔고 신경과에서도 왔고 정신건강의학과에서도 왔고 응급의학과에서도 왔고 직업환경의학과에서도 왔다. 자기들 나름대로 가지고 있던 자료에 보충용으로 가져가는 듯했다. 사용자들은 매번 정보 제공에 동의했는데, 대개 어떤 해답이라도 얻고 싶어했기 때문에 더 나아가 연구자들을 따로 만나는 일들도 있는 모양이었다.

그 과정 중에 얻게 된 새로운 정보들이 있었다. 위험한 부정맥과 감기처럼 보이는 바이러스성 폐렴과 놓치기 쉬운 뇌출혈의 전조 증상들과…… 한번은 알레르기 비염약에 관련된 집단소송을 진행하는 시민단체에도 자료를 제공했다. 그 약은 복용자들의 심장 근육을 상하게 했다고 했다. 다른 경우엔 그렇게까지 영향을 받지 않았는데, 그날은 정신없이 언니 방을 뒤졌다. 모든 서랍, 핸드백들, 화장품 파우치, 재킷 주머니 등을 확인했다. 언니도 알레르기 비염이 있었다. 환절기마다 고생했는데, 코가 빨갛게 벗겨질 때까지 참았다가 약을 먹곤 했다. 새벽까지 온 구석을 뒤졌고, 거실의 약통도 방으로 몰래 가져와 엎어봤지만 그 약은 없었다. 지쳐서 언니 침대에 누웠을 때도 그 약을 찾길 바랐는지, 찾지 못하길 바랐는지 확신하지 못했다.

그 엎드려 누운 자세는 익숙했다. 내 방을 두고 맨날 일하는 언니 뒤에서 데굴거렸었다. 언니는 싫어하지 않았지만, 외출복을 입고 그러면 기겁을 했다. 비염 환자들은 침구류 청결에 민감하다며 짜증을 냈는데, 나는 가끔 언니의 심기를 거스르려고 일부러 그러기도 했다. 그 새벽 내가 침대에 그렇게 땀, 먼지, 눈물, 콧물을 묻히고 있는 걸 봤다면 언니는 저승에서도 기겁했을 거다.

다국적 리서치 회사가 돌연사.net을 사고 싶다고 꽤 큰돈을 제시해왔을 때, 우리 셋은 이틀 정도 서로의 눈치만 봤다. 큰돈이라 해도 우리 입장에서나 큰돈이었다. 패기와 야망이 넘치는 젊은이들이라면 코웃음을 칠 돈이었으나, 우리가 퇴사를 꿈꾸는 프로그래머와 퍼포먼스 아티스트와 임용고사 장수생이라는 건 바뀌지 않는 사실이었다.

"돈 때문에 한 일은 아니잖아. 난 뭐 아무래도 상관없지만."

매지는 그렇게 말하면서도 그 돈으로 새로운 걸 하고 싶어했다.

나의 춤추는 친구는 인생의 다음 장으로 산뜻하게 잘 넘어가는 성격이었다.

"넌 어쩌고 싶어?"

규진이가 나한테 물었다. 내가 언니 대신 대답할 수 있기라도 한 것처럼.

"나는,"

생각도 하기 전에 다음 말이 입 밖으로 그냥 나와버렸다.

"그만하고 싶어."

언제부터였을까, 그만하고 싶어진 건. 돌연사.net은 아름답지만 치명적인 가스로 이루어진 행성 같았다. 점점 거대해져갔는데, 사람들은 느슨한 구름으로 만들어졌으니 가볍지 않으냐고 물어왔다. 나약한 나에게는 너무 무거웠는데도.

"그래, 넌 그만하고 싶구나. 그럼 내가 계속할게."

그리하여 우리는 돈을 받고, 규진이를 관리자로 붙여서 돌연사.net을 팔았다. 규진이 입장에서는 정규직에서 계약직이 된 셈이었는데 숨 돌릴 시기라서 괜찮다고 했다. 여러모로 안심되긴 했지만 그래도 미진한 마음에 나도 모르게 담당자에게 묻고 말았다.

"아주 상업적으로 쓰시려는 거 아니죠?"

그러자 담당자가 실소했다.

"계약서에 있는 그대로, 용도 변경 없이 오로지 리서치용입니다. 아유, 이 우중충한 걸 어떻게 상업적으로 써요?"

그 말에 셋 다 수긍할 수밖에 없었다.

"이제 뭐 할 거야?"

규진이네 거실에 아무렇게나 드러누워 매지가 물었다.

"몰라. 또 우중충한 거나 만들까."

내가 아무 생각 없이 대답하자, 나머지 둘이 사그라드는 소리를
내며 웃었다. 우중충하다는 말은 한동안 우리 사이에 유행어가 될
것 같았다.

"하다가 죽지 않는 거, 하고 싶다."

"있어? 그런 거?"

"……그럼 하다가 죽어도 상관없는 거, 하고 싶다."

"그것도 없을 것 같은데."

말은 하지 않았지만 모두 그 두 일에 대해, 혹은 둘의 교집합에
대해 생각하고 있는 게 분명했다.

난방이 잘되지 않는 바닥, 매지 곁에 누웠다. 눈짓을 하자 규진이
도 곁으로 왔다. 어깨를 나란히 붙이고 잠시 그러고 있을 때, 양쪽
을 킁킁대보았으나 눈물 냄새는 나지 않았다. 우리는 꼭 어두운 겉
껍질과 부스러지는 속껍질 사이에 누운 하얀 밤벌레들 같았다.

들렸다고 생각한다, 그 순간에.

우리들의 그 아픈 네트워크에 하얀 점들이 등록되는 소리가.

영원히 77사이즈

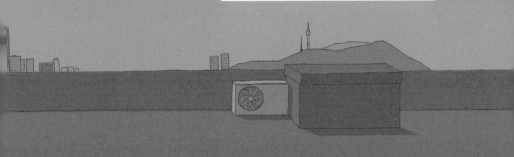

여자는 남자가 돌아오기 두달 전에 죽었다. 11시경, 을지로의 오래된 지하보행로에서였다. 여자는 셋 건너 하나씩 전구가 나간 모서리 조명을 올려다보며, 서울시를 저주했다. 서울시는 여자의 죽음에 상당 부분 책임이 있었다. 만약 서울시가 시민 편의를 위해 횡단보도를 추가 설치하고 나서, 쓸모없어진 인근의 지하도를 폐쇄했더라면 여자는 죽지 않았을지도 모른다. 시멘트로 확 메워버렸더라면……

군이 그 지하도를 지나지 않았어도 세개의, 아니, 네개의 다른 경로가 가능했다. 죽음을 기다리며 여자는 후회했다. 지하도의 바닥은 물이 새는지 아니면 습기가 차는지 군데군데 얼어 있었고 여자의 발끝이 계속 미끄러졌다. 여자는 소용없다는 걸 알면서도 멀리

까만 플라스틱 반구 속에 든 CCTV를 간절하게 쳐다봤다. 맥박이 빨라지고 호흡이 버거워졌다. 차라리 의식을 잃었으면 좋겠다고 생각했지만, 번거롭게도 그런 일은 일어나지 않아서 차가운 타일 벽에 눌린 등이 불편해졌다.

그것은 여자의 가슴을 빨고 있었다. 유륜보다 손가락 두마디 위, 가장 토실한 부분을. 대단히 게걸스럽진 않았고 누가 보면 어설픈 연인들이 키스마크를 만드는 중이라고 착각할 만큼 정적이었다. 그것은 35분가량 같은 곳을 빨았다. 영화처럼 목이었다면 아주 빨 랐을 텐데 어째서 가슴인 건지 여자는 이해할 수 없었다. 격렬하지 도 고통스럽지도 않았다. 메슥거림과 어지러움은 평범한 빈혈 증 상과 비슷했다. 지루할 정도였다.

그것은 귀여운 사투리로 버스 정류장을 가르쳐달라 했다. 서울 역을 종점으로 순환하는 버스들 때문에 도무지 감이 오지 않는다 고, 벌써 두번이나 잘못 탔다가 기사 아저씨들에게 핀잔을 먹으며 내려야 했다고 찡그리며 웃었다. 퍼티그 팬츠 아래 워커를 신은 그 것은, 여자의 취향에는 너무 어리고 말라 보였지만 작은 친절을 베 풀고 싶을 만큼은 매력적이었다. 막차까지는 여유가 있었다. 야근 을 하며 지나치게 오래 앉아 있었기에 다리를 펴고 싶기도 했다. 곧 죽을 줄도 모르고 쓸데없이 혈액순환을 걱정했던 것이다. 여자 는 스물아홉이었다. 모든 사소한 모험들이 처참하게 끝날 가능성 을 품고 있다는 걸 알았지만, 죽음을 그렇게 가깝게 생각하지는 않왔다. 왜 지하도였을까. 그것과 잠깐 어둠속에 있고 싶은 욕망이, 무의식중에라도 있었는지 여자는 뒤늦은 자기검열에 들어갔다. 마음속의 정리되지 않은 부스러기들을 아무리 헤집어봐도 아니었다. 지름길이어서였을 뿐이었지 욕망과는 상관없었다. 여자가 욕망을 느끼는 대상은 오로지 남자뿐이었다. 스무살 때도 그랬고 스물아홉살에도 마찬가지였다.

여자는 죽기 직전 남자를 생각했다. 늑골과 횡격막의 움직임이 기묘하게 불편했다. 여자의 통통한 주먹보다 조금 더 큰 심장은 자잘한 경련을 일으키기 시작했고, 여자는 아껴둔 것처럼 남자를 생각했다. 언제나 마지막엔 남자를 생각할 줄 알고 있었다. 남자에 대한 사랑이 이루어져도, 이루어지지 않아도, 남자 곁에 있어도, 다른 사람 곁에 있어도 결국 끝에는 남자를…… 수십년쯤 여유가 있으리라 착각했을 뿐 항상 알았다.

확률상으로는 남자가 더 죽기 쉬운 곳에 있었다. 다큐 사진작가가 되겠다고 했을 때, 그리고 분쟁지역으로 향했을 때 예상은 했지만 남자가 보내온 사진들은 경악스러웠다. 마치 물수제비라도 뜬 듯 총알 때문에 퐁퐁퐁 모래가 솟아오르는 게 그대로 보였다. 총알의 궤도는 남자를 10도보다는 크게, 20도보다는 작게 비껴난 것 같았다. 죽음과 가까운 것들로 가득한 남자의 사진들을 보며 여자는 남자를 걱정했고 또 서운해하기도 했다. 한장쯤은 직접 보내줘도 되지 않나? 남자는 동아리 까페에만 아주 가끔 사진을 올렸다.

OB 모임에서 남자를 마지막으로 보았다. 여자는 남자의 출국 소식을 미리 들어 알고 있었기에 자신은 한번도 써본 적 없는 백화점 브랜드의 보습력이 좋다는 립밤을 사서 남자에게 건넸다. 과하지 않으면서도 센스있는 선물이었다고 자부했다. 그날밤 남자는 서울 공기에도 꺼칠해진 입술로 여자의 이마에 키스했다. 다녀와서 보자, 그 말을 할 때의 목소리가 키스보다도 좋았다. 차가운 공기와 달아오른 이마가 기억났다. 두달만 기다리면 혹시 입에다 해줄지도 모르는데, 그 순간을 위해 태어났는데…… 수명이 6분 정도 남았을 때 여자는 억울해했다. 인생이 이렇게 나쁜 농담 같은 것인 줄 알았더라면 그날밤 까치발을 하고라도 남자의 입술을 노렸어야 했다.

더이상은 견디기 어렵다고 생각했을 때, 그것이 드디어 입을 떼고 재킷 안주머니에서 접칼을 꺼냈다. 여자는 젖은 바닥으로 주르륵 미끄러졌다. 칼은 아주 낡아 보여서 그 칼에 찔리면 상처도 상처지만 파상풍을 더 걱정해야 할 판이었다. 여자는 이해할 수 없었다. 가만둬도 죽을 것을 왜?

"갑오년에……"

그것이 크릉, 하고 목을 가다듬었다. 갑오년이면 언제지?

"마지막 전투에서 관군에게 완전히 둘러싸였을 때, 우리 접주가 이 칼로 나를 지금처럼 만들었어요. 그래서 기념으로 품고만 있었지, 쓰게 될 줄은 몰랐어."

여자는 쉽게 계산이 되지 않았다. 게다가 푹, 하고 칼이 드는 소리에 놀라 머릿속에서 모든 숫자가 날아갔다. 놀랍게도 그것은 여자를 찌르지 않고, 제 심장을 찔렀다. 그러고는 여자의 볼을 쥐고 입을 벌리게 했다. 여자의 입속으로 그것의 심장 안에 있던 진득한 액체가 쏟아졌다.

"그런데 그쪽은 아주 고전적인 데가 있어요. 그쪽이라면 괜찮을 거라는 생각이 들어."

피라고 하기에도 너무 오래 고인 것…… 크림 리큐어와 비슷한 맛이 났다. 희미해졌던 감각이 점점 돌아왔다. 여자는 아주 혼란스러운 기분이 되었는데, 맥박과 호흡은 전혀 돌아오지 않았기 때문이다. 어쨌든 감각이 돌아오면서 여자의 옷 중에 두번째로 비싼 코트가 망가진 것에도 신경이 쓰이기 시작했다. 왜 이 순간에 이렇게 쓸데없는 것이 신경 쓰이나, 여자는 할 수만 있다면 고개를 절레절레 젓고 싶었지만 그럴 힘은 없었다. 여자 위로 고개를 숙인 그것에게서는, 그것의 벌어진 가슴팍에서는 조금씩 먼지가 날렸다. 이내 그것의 심장이 바닥나고, 여자의 심장도 완전히 멈췄다. 그렇게 죽었다.

"이제 일어나도 돼요."

여자가 눈알만 굴려 그것을 봤다.

"뭐, 더 누워 있고 싶으면 그래도 되지만."

그 순간에도, 그 이후에도 삶과 죽음에 그토록 분절이 없었다는 게 꺼림칙하게 느껴졌다. 한번의 암전도 없이 이어질 줄은 정말이지 몰랐다. 무의식적으로 마침표까지는 아니라도 쉼표는 기대했던 모양이었다.

죽은 여자는, 힘들게 일어나 젖은 코트를 털었다.

여자는 제 딴에는 기지를 발휘해, 사슴피를 주문했다. 몇번인가 보통 음식들을 시도해본 후였다. 음식은 더이상 움직이지 않는 장기에 걸려 아주 오랫동안 썩었다. 억지로 물을 마시면 밀려 내려가기는 했다. 물조차 전혀 흡수되지 않고 흘렀다. 마시면 거의 곧바로 배출되는 식이었다. 술도 마찬가지였는데, 송년회 씨즌이었으므로 여자는 성인용 기저귀 하나면 술자리를 평정할 수 있겠구나 잠시 산만하게 기뻐했다.

사슴피는 흡수가 되긴 했으나 심한 두통과 구토를 동반했다. 사슴이 문제인지, 가공 과정에서 들어간 항응고제와 방부제 문제인지는 알 수 없었다. 거의 모든 기능이 멈췄는데도 감각만은 오히려 더 생생해졌고, 공정하게도 통감(痛感)까지 포함이었다. 여자는 첫 포에서 사슴피는 아니란 걸 깨달았지만, 돈이 아까워서 끝까지 비우며 2주 정도를 연명했다. 그간 회사에서는 속이 메스꺼워 구역질을 하는 여자를 두고 여러 소문이 돌았다. 아버지 친구가 하는 중소 의료기기 회사에 낙하산으로 취직한 것이라 꽤 곤란했다. 결국 식사 시간마다 큰 소리로, 새로 다이어트용 한약을 먹기 시작했는데 부작용이 끔찍하다며 떠들어댈 수밖에 없었다. 여자는 77 사이즈였다. 가끔은 88을 입을 때도 있었다. 사람들은 납득했고 소문은 잦아들었다.

더이상 잠을 자지 않는데도 어째선지 지각을 했던 아침, 전철을

타기 위해 뛰다가 여자는 깜짝 놀랐다. 가볍게 뛰었을 뿐인데 속도
가 엄청났다. 여자의 표범 같은 스프린트에 사람들이 다 돌아봤을
정도였다. 무사히 전철에 올라탄 후, 여자는 속으로 탄식했다. 이렇
게 쫄쫄 굶는데, 이렇게 빨리 뛸 수 있게 되었는데 영원히 살이 빠
지지 않을 거라니! 여자는 77 사이즈에 갇힌 기분이었다. 남자가
돌아오기 전에 55 사이즈가 되는 게 목표였다. 적어도 66이 되고 싶
었다. 새로 머리도 하려고 했는데, 머리카락이 다시 자랄지 확신할
수 없어서 그것도 취소했다.

　확신할 수 없는 게 너무 많았다. 여자가 죽었던 밤, 그것은 여자
에게 '사라지지 않는 법'을 가르쳐주겠다고 했다. 천천히 가르쳐줄
테니 함께 가자고 했다. 하지만 여자는 한박자 늦게 분노한 나머지
그것을 벽에 밀친 다음 소리를 질렀다.

　"됐으니까, 제일 위험한 것만 얼른 말해!"

　강렬한 욕설 몇개를 해주고 싶었지만 평소에 지나치게 순화된
언어생활을 해왔기에 불가능했다. 그나마 그것이 부딪히면서 타일
이 몇장 깨진 게 만족스러웠다. 죽어라, 살인범. 망해라, 서울시.

　"곶감."

　그것이 웃지 않고 말했다.

　"곶감?"

　"곶감은 먹으면 안돼요."

　"잠깐…… 햇빛, 십자가, 은, 말뚝 그런 게 아니고?"

　"응, 곶감만."

"이해 안되는데?"

"그럼 정말로 호랑이들이 곶감을 무서워했겠어요? 곶감은 전세계적으로 유일하게 알려진 언데드들의 독약이에요. 한때 엑소시스트들이 쓰던 성수 일부는 곶감을 담가둔 물이었다니까."

"하지만 그냥…… 말린 감이잖아."

"왜인지는 아무도 모르지만 그런 거 아닐까? 죽었는데도 맛있잖아요, 곶감은. 곶감도 언데드니까 언데드가 같은 언데드를 먹으면 안되는 그런 원리 아닐까 싶어. 광우병 비슷하게요."

여자가 영 받아들이지 못하는 사이에, 그것은 여자의 휴대폰에 억지로 제 전화번호를 입력했다. 지나고 나니 무척 불쾌했다. 불쾌함을 이기기 위해, 여자는 최대한 혼자 해나가기로 했다. 가해자에게 도움을 요청하거나 뭘 배울 수는 없었다. 떠올리기만 해도 속이 뒤틀렸다. 잠시 곶감 자살을 고려해보긴 했지만, 진지하게는 아니었다. 애매하게 죽어 있는 상태에 적응한 뒤 두달만 기다리면 남자가 돌아올 것이었다. 곶감을 먹더라도 남자를 한번만 더 보고 먹든지 말든지 하고 싶었다.

죽었다고 해서 월세가 나가지 않는 것은 아니었기 때문에, 그리고 정말로 햇빛은 큰 위협이 아니었기 때문에 여자는 회사에 열심히 다녔다. 종종 여자의 혈색을 걱정하는 동료들이 있긴 했으나 다이어트는 지속적으로 좋은 변명이었다. 따지고 보면 한동안 제대로 먹은 게 없었으니 거짓말도 아니었다. 여자는 여느 직장인처럼 만성피로에 시달리다가, 새로운 걸 시도해보기로 했다. 그건 바로 토끼였다. 사실 그전에 유기동물 보호소를 기웃거려보았으나 개나 고양이는 먹고 싶지 않았고, 구하기 쉽긴 하겠지만 닭을 비롯한 조류는 별로 입맛이 당기지 않았다. 그러다가 누가 귀엽다며 올린 토끼 사진을 보고, 무섭게 번식한다는 토끼 정도면 어떨까 싶었던 것이다. 그래서 한동안은 근교에 있는 토끼 농장을 순회하며 가장 큰 토끼를 골랐다. 대개 사람들은 작고 어린 토끼를 선호했으므로, 농장주들은 여자의 이례적인 취향을 반가워했고 적당한 가격을 쳐줬다. 토끼를 안은 자신의 모습이 유리창에 반사되었을 때 여자는 스스로가 지긋지긋해졌다.

살아 있는 토끼를 먹고 나서, 이빨이 돋았다. 송곳니 안쪽에 새로 한쌍이 났다. 잇몸이 붓거나 하지는 않았다. 다만 한마리씩 토끼의 목덜미를 물 때마다 결절이라 해야 할지 병변이라 해야 할지 그런 게 생기고 있다는 건 느꼈다. 다른 부위보다 단단한 잇몸에 싸인 이 새로운 이빨은 혀로 뒷면을 슬쩍 누르면 푹 하고 튀어나왔다. 살짝 조심해야 했던 것이, 동네 꼬마들이 찬 축구공에 맞거나 위험하게 움직이는 배달 오토바이와 스쳤을 때, 만원 지하철에서 발을 밟혔을 때처럼 사소한 위기의 순간에도 반사적으로 돌출되었다. 다행히 원래 있는 치아 안쪽에 적당한 곡선형으로 돋아났기에 다른 사람들의 눈에 띄진 않았다.

여자는 이 농장 저 농장을 전전하다 한 토끼 농장과 배달 계약을 맺었다. 프렌치 레스토랑을 한다고 말했더니 농장 쪽에서는 전혀 의심하지 않았다.

여자가 처음 사람의 피를 먹은 것은 남자가 돌아오기 일주일 전이었다. 후에 여자는 너무 늦었던 게 아닌지 다소 후회하곤 했는데 그도 그럴 것이, 그건 정말 놀라운 경험이었다. 토끼를 먹을 땐 아무리 먹어도 장기 안쪽에서부터 먼지가 날리는 듯한 느낌이 났다. 밤이 되면 돌아누울 때마다 후추통처럼 가루들이 흔들리는 소리가 들릴 것 같았다. 그에 비해 사람의 피는 극소량만 섭취해도 장기를, 피부를 촉촉하게 적셨다. 퍼져나가는 온기와 습기가 너무나 짜릿했다. 게다가 살이 빠지지는 않았지만 처진 살이 미묘하게 올라붙는 느낌이 들었고, 아침의 기분 나쁜 부기도 사라졌다. 얼마나 획기적으로 컨디션이 좋아졌는지 더이상은 와이어 브라의 도움이 필요하지 않았다.

모든 것은 24시간 뉴스 방송 덕분이었다. 죽은 이후로 여자는 아무리 피곤해도 잠들 수 없게 되었는데, 눈을 한껏 감고 있어봤자 의식이 너무 명료해서 밤새도록 끊임없이 지지부진하고 초조한 딴생각에 빠질 뿐이었다. 예를 들면 여자는 2년인가 3년 전 먹었던 곶감의 맛을 기억하려 애썼고, 그것에게 몰래 곶감을 먹이기 위한 별로 치밀하지 못한 계획들을 끝없이 세웠고, 뒤이어 북아메리카 원주민들이 죽음에 대해 언제나 팔 하나 거리를 두고 우리를 따라다니다가 어느 순간이 되면 가볍게 어깨에 손을 얹는 친구라고 표현했던 것을 떠올렸다. 여자의 의식은 24시간, 희미한 단어나 조각난 이미지가 아닌 완벽한 구조를 갖춘 문장으로 이루어졌고 그 점이 여자를 미치기 직전까지 몰아갔다. 어떻게든 무딘 상태로 밤을 보내기 위해 밤새 텔레비전을 보았고, 수많은 채널 중에서 가장 질리지 않는 방식으로 극적인 것은 뉴스 채널이었다. 세상엔 여자보다도 이상한 삶 혹은 죽음을 경험하는 이들이 가득하다는 사실에 건조한 위로를 받던 어느날, 적십자사의 혈액 관리 관련 뉴스가 나왔다.

"현재 RH⁺A형 피는 수요에 비해 공급이 넘쳐 버려지는 실정이지만 나머지 혈액형, 특히 O형의 경우 비축분이 2주치밖에 남지 않아……"

해마다 반복되는 뉴스였고, 익숙한 헌혈 장면이 자료화면으로 지나가는데 여자는 충격을 받아 몸을 반쯤 일으켰다. 헌혈 받은 피가 버려진다고 했다. 여자는 토끼나 마시고 있었는데!

다음 날 바로 작업에 착수했다. 의료기기 업체에서 일하는 덕에, 몇다리 건너지 않아 생체 폐기물 관리 회사에 닿을 수 있었다. 한국에서는 두다리만 건너면 안되는 일이 없었다. 어쩌면 세상 전체가 그렇게 돌아가는지도 몰랐다. 여자는 남은 피들이 언제 어디서 어떻게 처리되는지 파악했고, 그다음부터는 일사천리였다. 제법 신선한 혈액팩들이 주기적으로, 그리고 전혀 폭력적이지 않은 방법으로 여자 손에 들어왔다. 죽음조차 여자 특유의 친절한 성격을 앗아가지는 못했고 여자는 그 점에 안도감을 느꼈다.

사람 피를 마실 때면 온몸의 죽은 세포들이 아주 잠깐이지만 반짝하고 살아나는 것 같았다. 다른 모든 것을 흡수하길 멈춘 여자의 몸이 사람 피만큼은 있는 힘껏 빨아들였다. 전혀 비리지도 않았다. 여름날의 이온음료같이 달고 시었다. 여자는 스스로가 너무나 자랑스러웠다. 그것에게 전화 한번 하지 않고 '사라지지 않는 법'을 혼자 체득해낸 것이다.

남자는 돌아오고 나서 3일을 내리 잤고, 그다음 이틀은 친구들과 회포를 풀었다. 여자의 순서는 그제야 왔지만, 기분이 상하지는 않았다. 짝사랑은 모멸감을 잘 견디는 사람만이 할 수 있었다. 남자에게 먼저 연락해서 약속을 잡고는, 약속 3일 전부터 거울 앞에서 살았다. 거울은 여자를 거부하지 않았고, 오히려 살아 있었을 때보다 너그럽게 대해주었다. 여자는 사후까지 포함하여 인생에서 이토록 준비된 적은 없었다고 확신했다.

남자는 배탈이 심했다며 전보다 마른 얼굴을 하고 웃었는데, 전에는 미처 보지 못했던 입가의 섬세한 주름이 여자의 뛰지 않는 심장에 전류를 흐르게 했다. 배탈 얘기를 할 만큼 친해졌다는 사실에서 오는 기묘한 기쁨도 뒤따랐다. 다듬어지지 않은 머리도, 햇볕에 벗겨진 콧등도, 각박한 기후에 부르튼 손도 남자가 빛나는 생명이라는 것을 가리지는 못했다. 여자는 문득 남자의 손가락을 몸 안에 넣고 싶었다. 몸 안 어디라도 좋았다. 그런 상상을 하는데도 얼굴은 달아오르지 않았다.

"여기서는, 이 소울이 없는 서울에서는 절대 이해 못할 거야. 죽음이 얼마나 가까운지."

　여자는 이해해요,라고 말했고 실제로 남자보다도 더 잘 이해했지만 그 순간 남자의 얼굴에 얼핏 조소가 스쳐 지나갔다. 그걸 알아챈 여자는 갑자기 명치가 아팠다. 죽고 나서 더 예민해졌는지…… 게다가 소울과 서울의 라임은 촌스럽고 진부했는데 남자가 너무 오래 떠나 있었던 게 아닌가 싶었다. 여자의 반응에 무신경한 남자는 사막과 정글 이야기를 이어갔다. 버려진 삼각주에 시체들이 쌓여 있었는데 가끔은 부패할 때까지 부패해 뺑뺑 소리를 내며 터졌다고. 한번은 죽은 물소를 보았는데 안 그래도 커다란 소가 세 배 네배 부풀어올라서 저게 터지면 어떻게 될까 아득했다고. 남자를 허물어뜨린 것은 주로 아이들이었다. 배에 폭탄을 감은 소녀들과 그들의 발자국이 남지 않는 사막, 배조차 못 드는 깊은 정글에서 죽어가는 소년들을 잊지 못하고 있었다. 여자는 살았을 때도 죽고 나서도 분쟁지역 어린이들을 돕는 단체에 꾸준히 후원금을 내고 있었지만, 남자라면 그런 건 진짜가 아니라고 말할 것 같아 괜히 움츠러들었다.

　술이 오르자 남자는 울었고, 누군가의 앞에서 얼굴을 무너뜨리는 건 친밀감의 증거라고 판단한 여자는 잠깐 다시 기뻐했다. 하지만 쉬이 낙관하지는 않았다. 대학 다닐 때 입이 싼 동기가 여자가 남자를 좋아한다고 사방팔방 흘리고 다닌 이후, 남자는 여자와 데면데면하지 않을 정도로만 알은체를 했었다. 여자의 다른 동기 둘과 깊이 사귀었으며, 여자가 잘 모르는 여자친구도 여럿이었고, 이제야 여자의 차례가 왔지만 그리 지속적이지 않으리란 걸 알았다. 여자는 너무 오래 기다렸고, 그것의 말이 맞다는 걸 깨달았다. 여자에게는 지긋지긋할 정도로 고전적인 구석이 있었다.

그래서 여자는 살아 있었더라면 절대 하지 않았을 선택을 했다. 취한 척하며 남자에게 몸을 기댔다. 여자의 죽음을 전혀 눈치채지 못한, 여전히 충직한 친구들이 3박 4일 고심하여 골라준 브이넥이 효과를 발휘하길 바라면서. 브이넥은 가슴골이 보이지는 않았지만 가슴골을 상상하게 하는 깊이로 파여 있었다. 정말로 취해 있었다면 한결 편했을 텐데 술은 여자의 몸을 바로 통과해 성인용 기저귀를 적시는 중이었다.

여자는 일어서며 다리를 삐끗한 척했다. 그것이 최종 신호였고, 여자는 남자의 아파트에 진입하는 데 성공했다.

집은 오래 비워두었던 흔적이 채 지워지지 않은 상태였다. 남자가 먼저 씻었고, 여자는 집 안을 둘러보다가 어쩐지 불안해졌다. 남자는 알아챌지도 모른다. 여자가 죽었다는 것을. 손목 안쪽을 코에 대고 체취를 맡아보았다. 희미하게 종이와 돌 냄새가 났다. 여자는 가방을 뒤져 휴대용 향수를 찾았다. 남자가 어색하게 웃으며 나왔고, 여자도 욕실로 가 별로 씻어낼 게 없는 몸에 물을 적셨다.

"피부가 좋아진 거 같아."

여자 위로 엎드린 남자가 말했다. 여자는 배시시 웃었다.

"근데 춥니? 보일러 올릴까?"

"그냥 만져줘요."

여자는 젖을 수 있을 것 같았다. 죽은 이후로 한번도 젖은 적 없었지만, 남자라면 가능하지 않을까 했다. 게다가 사람 피를 마셨으니까 어쩌면 다시…… 눈을 감았다. 감은 눈 안에서 스스로의 몸을 그려보았다. 남자의 손가락이 닿는 곳마다 꽃잎처럼 붉게 빛나는 지문이 남았다. 그 자국은 남자의 손이 지나고 난 다음에도 잠시 더 타올랐다. 여자는 숨을 들이마시는 척했다. 내쉬는 척했다. 남자는 끈질기게 노력했다.

그럼에도 여자는 젖지 않았다. 여러 기능들이 여자의 몸속에서 이미 멈췄기 때문에 어쩔 수 없는 일이었다. 포기하려는 순간 딴생각이 들었다. 윤활용 젤을 혹시 죽은 것들이 발명해낸 게 아닌가 하고 말이다.

남자는 남자대로 여자가 젖지 않는 원인을 찾으려 애쓰고 있었다. 경험 부족 때문일 거라고, 그래서 긴장한 거라고 중얼거렸다. 사실 여자는 남자를 기다리는 동안 짧고 끝이 나쁜 연애들을 꾸준히 해왔기에 크게 경험이 부족하지는 않았다. 그래도 남자가 그렇게 생각하게 두는 편이 낫겠다고 판단했는데, 이해와 배려의 표정 아래 조바심과 짜증을 발견했기 때문이다. 결국 포기한 남자는 천천히 일어나 의자 하나를 끌어와 앉았다. 그러고는 살짝 불안정한 음성으로 요구했다.

"입으로 해줘."

그 정도는 해야 할 것 같았다. 새벽의 뉴스를 보다가 구강성교가 구강암의 큰 원인이라는 걸 최근 알게 되었지만 이제 와서 암에 걸릴 것도 아니니 말이다. 여자는 새 송곳니가 있는 부분을 혀로 부드럽게 확인해보았다. 조금 까끌한 감이 없진 않았어도 얌전하게 잘 숨어 있었다.

"먼저 물 좀 마실게요."

반복 운동은, 처음엔 여자의 머릿속을 다소 정돈시키는 듯했다. 이빨을 숨기는 데 집중하느라, 하루 종일 닥칠 새가 없는 의식도 잠시 숨을 고르는 모양이었다. 남자의 몸이 목젖 가까이 닿아도 구역질이 나지 않으니 유리하기도 했다.

그러나 이내 입술이 쓰려왔고, 그러자 얼굴이 보이지 않는 남자가 어떤 표정을 짓고 있을지 궁금해졌다. 과연 오늘이 지나도 남자를 다시 볼 수 있을 것인지, 본다 해도 얼마나 오래 볼 수 있을 것인지 회의감이 덮쳐왔다. 여자는 버려질 것이다. 소모될 것이다. 지금껏 소모되어온 다른 여자들처럼. 나중에 누군가 남자에게 여자 이야기를 꺼낸다면 남자가 지을 표정도 뻔했다. 난처해하는 듯하면서 상대에게 짐작할 거리를 충분히 주는 그 표정을 여자는 알고 있었다. 몇번이나 본 적 있었으니…… 갑작스레 갈증이 솟았다. 불거져 올라온 남자의 혈관에 대한 갈증은 결코 아니었다. 여자의 오래된 사랑은 분명 식욕보다 강했다. 다만 그건 가능성을 죽이고 싶은 욕망이었다. 불안정하게 변하는, 뻔뻔하게 살아나가는 모든 것들을 죽여버리고 싶은 마음의 벼랑 같은 것 말이다. 진짜 좋아하는

드라마나 만화가 너무 길어지면 얼른 끝나버렸으면 하는, 완결에
대한 간절함으로도 설명할 수 있겠다. 여자는 죽어서도 그렇게나
인간이었다. 아차, 하는 순간에 이빨 끝이 도드라지는 걸 느꼈고 남
자가 쥐고 있던 여자의 머리카락을 거칠게 잡아당겼다.

그런 사소한 몸짓이 죽음을 부른다.

여자의 이빨은 자동적으로 발사되었다. 여자가 미처 입을 떼지
못했기 때문에 남자의 피가 잔뜩 고인 해면체에는 구멍이 뚫렸다.
미친년, 남자는 비명을 질렀지만 여자는 그때부터 귀를 닫았다. 선
택지가 하나밖에 남지 않자 오히려 마음이 편해졌다. 사랑이 죽었
다. 욕설과 함께. 아마도 다시 자라지 않을 뽑힌 머리카락과 함께.
욕망에 굴복하기보다는 슬픔에 잠긴 채 여자는 실수로 뚫어버린
구멍을 다시 물고 빨기 시작했다. 아까와는 전혀 다른 행위였지만
떨어져서 보면 비슷해 보이리란 생각이 들었다. 남자는 격하게 여
자를 밀어내려 했지만 여자는 꿈쩍하지 않았다. 한 손으로는 남자
의 입을 막고 다른 한 손으로는 양 손목을 쥐었다.

남자의 피가 특별히 다른 맛을 내지 않는 것이 의아할 정도였다.
사막을 오래 걸어온 자의 온기, 정글을 깊이 가로지른 자의 특별한
향을 기대했는데 온도가 딱 적당했을 뿐 평범한 맛이었다. 여자가
그것에게 빼앗긴 피는 4리터 남짓이었는 데 비해, 남자에게선 거의
6리터를 빨 수 있었다. 마지막 2리터를 빨 때 여자는 한계가 왔음
을 알았지만 멈추지 않았다. 붉고 붉은 씰리카겔이 된 것 같아, 하
고 생각하다가 씰리카겔은 부풀고 부풀다 터져버리지 않던가, 두

려워졌지만 그래도 그만둘 수 없었다. 남자를…… 남기면 안될 것 같았다.

다 끝나고도 잠시 남자 곁에 누워 있었다. 남자의 팔을 베었다가, 가슴을 베어보았다. 어느 쪽도 편안하지 않았기에 몸을 일으켜 남자의 간소한 살림과 작은방의 작업실을 구경했다. 인화해둔 최근 작업들뿐 아니라 앨범도 있었다. 아기 때 사진부터, 최근 사진까지 그 작은 간이 앨범에 압축되어 있었다. 여자는 단 한번, 대학 시절 단체 사진에 등장했는데 예상했지만 어쩐지 언짢아졌다. 여자에게는 남자와 관련된 기록만 한 박스가 있었기 때문이다. 남자를 죽여놓고 여자가 섭섭해할 일은 아니긴 해도 말이다.

여자는 남자에게로 돌아가 남자의 머리카락을 쓰다듬다가 자기도 모르게 중얼거렸다.

"곶감 철이 되면……"

제철 곶감이어야만 했다. 친척 중에 곶감 농사를 하는 분이 있어 어릴 때부터 질 좋은 곶감을 맛봐왔던 여자는, 냉동 곶감은 도무지 견딜 수 없을 것 같았다. 체액을 잃어 쭈그러든 남자는 슬프게도 냉동 곶감을 연상시켰다. 달콤한 가루가 날아가버린.

남자는 그리 무겁지 않았지만, 어떻게 처리해야 할지 알 수 없었다. 토끼처럼 처리할 수는 없을 것이었다. 내키지 않아하면서 그것에게 처음으로 도움을 청했다. 전직 동학군, 지금의 정치적 성향은 어떨지 알 수 없는 그것.

"······대체 어디를 물었어요?"

한시간도 채 되지 않아 도착한 그것이 남자의 목 근처를 살피며 물었다. 여자가 이미 꼼꼼히 옷을 입혀놓은 후였다. 정말로 궁금해 한다기보다 놀리는 표정인 것 같아 대답하지 않았다.

죽은 것은 어떻게 봐도 수상해 보이는 4단 이민가방에 남자를 욱여넣었다. 그리고 여자에게 남자의 짐을 싸게 했는데, 남자의 지갑과 여권, 작업용 카메라들과 옷가지들은 큰 배낭 하나에 충분히 들어갔다. 여자와 그것의 손은 너무 건조해서 지문 하나 남지 않았고 남자의 아파트는 상당히 보안이 허술해서 빠져나오기 어렵지 않았다.

둘은 남자를 트렁크에 싣고 올림픽대로를 달리기 시작했다. 죽은 것들의 커뮤니티는 편리하게도 전국에 맞춤한 소각로를 가지고 있었고, 그중 한곳이 목적지였다. 여자는 생전에 이 인구밀도 높고 좁은 땅에서 실종자들이 어떻게 완전히 실종될 수 있는지 의문이었는데 이제는 답을 알게 되었다. 나쁜 일이 그들에게 일어났다. 여자처럼 나쁜 일이. 그때 그것이 물었다.

"그래서, 곶감 철까지 서울에 있을 거예요?"

질문의 형식을 띠었지만 사실은 제안에 가까웠다.

"아니, 그럴 리가."

여자는 계획이 없었지만 있는 척했다. 여자의 부루퉁함에 죽은 것은 정말 어린것같이 유쾌하게 웃었다. 몇시간 후에는, 장례지도사 흉내를 내며 소각로에서 나온 남자를 곱게 빨아주기까지 했다.

여자는 단맛이 날 것처럼 고운 그 가루를 빈 필름통에 나눠 담았다. 남자의 나이와 비슷한 숫자가 나왔다. 죽은 것의 만류에도, 남자의 카메라 중 가장 가벼운 것을 기념으로 간직하기로 했다.

직장과 집을 정리하는 데는 얼마 걸리지 않았다. 일단 시도해보니 여자의 삶과 죽음도 배낭 하나와 트렁크 하나에 압축되었다. 여행이 끝날 때쯤엔 트렁크도 없앨 수 있지 않을까, 여자는 희망적으로 생각했다. 떠나기 전, 가루 한통을 한강에다 비웠다. 남자와 달리 여자는 서울을 정말 사랑했었다. 휴가철에도 친구들과 까페에 박혀 있는 걸 선택할 정도였다. 차가운 입술로 이제는 함께 휴가를 보내기 힘들 친구들 뺨에 작별 키스를 했다. 친구들은 가볍게 낄낄댔다. 부모님께는 방을 빼고 받은 보증금으로 텔레비전을 바꿔드렸다.

처음에 여자는 남자가 사진을 찍어 보내오던 곳을 따라 행선지를 정했다. 애를 써서, 남자가 셔터를 눌렀으리라 짐작되는 바로 그 지점에서 남자의 가루를 한통씩 비웠다. 사실 죽은 것만큼 효율적인 여행자는 없다. 자지 않아도 씻지 않아도 되니 숙소 비용은 크게 줄었다. 빨래도 별로 나오지 않았지만 빨래가 끝나길 기다리는 척 24시간 코인 세탁소 벤치에서 밤을 보낼 때가 있었다. 웬만한 곳은 한산한 길을 골라 달려갔다. 축지법의 전설은 아마 누군가 죽은 것이 뛰는 모습을 보고 말을 전한 데서 시작되었을 것이다. 게다가 아시아 여성이라는 이유로 타깃 삼아 접근하는 멍청이들이 끝없이 줄이어서 배가 고플 일은 없었다. 원나이트스탠더들은 2백

밀리리터 정도 빼고 보내줬고, 범죄자들은 2리터쯤 빼고 어두운 곳에 버렸다.

그러나 남자가 들어 있던 필름통이 다 떨어지자마자, 여자는 여행에 흥미를 잃었다. 다시 돌아가지 않을 생각으로 떠나왔지만 역시 서울이 좋아, 여자는 생각했다. 길거리에서 만난 아이들에게 낡은 티셔츠까지 다 선물하고 배낭 반만큼만 짐이 남았을 때, 결국 돌아가기로 했다. 여자가 태어나고 죽은 도시로.

다시 직장을 구하는 것은 쉬웠다. 전 직장과 이름만 다르고 나머지는 거의 유사한 곳이었다. 그래도 이번에는 낙하산이 아닌 게 조금 위안이라면 위안이었다. 방은 치안이 좋지 않은 동네에 아주 싸게 구했다. 서울에서 가장 위험한 건 여자일지도 모르니까 상관없었다.

죽은 것이 무사귀환 선물로 내민 것은, 예의 그 오래된 칼이었다.

"이걸 왜 날 주는데?"

"지금은 아니지만, 언젠가는 함께 죽어 있고 싶은 사람이 생길 거예요. 그때 쓰라고."

"넌 더 필요 없어? 난 너랑 같이 안 다닐 건데. 몇명 더 만들어야 하는 거 아냐?"

"심장에 엑기스가 백년은 쌓여야 한명 만들 수 있거든요? 정말 아까워 죽겠네."

그 말을 들은 후로 가끔, 몸을 좌우로 흔들어본다. 심장에 뭐가 쌓였나 가늠하기 위해서. 그 엑기스라는 것이 가벼이 찰랑거리는 것도 같다. 크림처럼 되려면 아직 한참 먼 듯한데, 그래도 매년 겨울이 되면 가장 아끼는 코트 안쪽에 갑오년의 칼을 넣고 을지로의 지하도를 어슬렁거린다. 남자를 닮은 얼굴을 발견할지도 모르니까.

여자는, 아직 곶감을 먹지 않았다.

해피 쿠키 이어

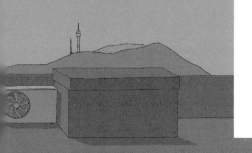

"언제나 북아프리카에서 태어나 빠리에서 공부하는 사람을 상상했어요. 두상이 예쁘고 근사한 안경에, 빠리 6대학에서 수학을 전공하는 사람으로."

"무슨 얘기예요?"

"외국인이랑 잔다면 말예요."

"너무 구치적이다."

"구체적."

구체적, 하고 한번 더 따라 하면서 나는 여자친구에게 미안해졌다. 두상이 예쁘지도 않고 안경도 안 쓰고 빠리엔 가보지 못했고 수학 전공도 아니라서.

"하지만 자기도 제법 괜찮아요."

여자친구가 위로해주었다. 나는 웃으면서 여자친구의 골반 양쪽 튀어나온 뼈를 손잡이처럼 잡고 돌렸다. 후배위로 하면 뼈가 조금 덜 부딪칠까 싶었지만 그렇지도 않았다. 움직이고 움직이지 않는 모든 것들의 윤곽이 얇은 피부 아래로 드러나는 잘 만든 교육용 더미(dummy)를 자꾸 연상시켰다. 나는 눈을 감고 여자친구를 촉감으로만 느끼려고 노력했다. 작은 단위로 내려가고 싶었다. 계통과 기관과 조직과 세포와 소기관을 거쳐 더 작은 단위까지 느끼고 나도 그렇게 흩어지고 싶었다.

"여자를 그렇게 딱지 뒤집듯 뒤집는 거 아녜요."

느슨하게 서로 얽혀, 한참 달린 심장을 쉬게 할 때 여자친구가 말했다.

"딱지가 뭐예요?"

그러자 여자친구가 어디서 그런 힘이 났는지 벌떡 몸을 일으켜 프린터에서 종이를 한장 꺼냈다. 여자친구가 접는 걸 보니 다 접기 전에 뭔지 알 수 있었다.

"아, 우리나라에도 있어."

우리는 발가벗고 딱지를 치다가, 결국 재채기와 함께 욕실로 뛰어갔다. 욕실은 두 사람이 서기엔 너무 좁았지만 물은 따뜻했다.

버스를 타면 언제나 빨간 망치 아래에 앉았다.

내가 태어난 도시에서는 차들이 별로 빨리 달리지 않는다. 고가도로는 외국의 회사들이 지어놓고 간 대로 천천히 늙어갔고 누구도 그렇게 급한 일은 없었다. 그에 반해 서울의 길은 지나치게 매끈하고 차들은 믿을 수 없이 빨랐다. 험하게 달리는 버스를 타고 있을 때면 허술하고 낮은 난간을 뚫고 아래로 떨어질까봐 불안했다. 한강은 너무 넓었다. 너무 길었다. 아마도 너무 깊을 것이었다. 그 위에 놓인 다리들은 심지어 고칠 때도 사용하면서 고쳤다. 차들은 공사 부위를 피해 지그재그로 달리고 말이다. 나는 눈을 내리깐 채 버스가 물속으로 떨어지는 상상에 쉽게 빠지곤 했으므로 빨간 망치 아래에 앉았다. 앞좌석을 지지대 삼아 두 발로 꽉 버티며, 물속에 떨어져도 유리창을 깨고 나오리라 했지만 정말 그럴 수 있을지 두려웠다. 어떤 날엔 빨간 망치를 하나 훔치고 싶었다. 그래서 가방 속에 항상 가지고 다니고 싶었다. 그렇지만 외국인이 그다지 환영받지 못하는 나라에서, 외국인 도둑은 더더욱 환영받지 못할 터이므로 관뒀다.

게다가 서울은 추웠다. 겨울 기온은 내가 자란 도시보다 15도쯤 더 낮았으며, 머물던 집이 형편없어서 더 추웠다. 외국인 기숙사가 리모델링 중이란 말을 들었을 때 혹 모종의 차별로 내게 방을 주지 않는 건가 싶었지만, 정말로 건물이 다 뜯겨나간 걸 확인하고 나서는 대충 그 근처에 방을 구할 수밖에 없었다. 그 방은 말도 안되는 방이었다. 반지하방이라고 부른다고 했지만 반보다는 3분의 2 지하쯤 되는 방이었다. 원래 큰방이었던 것을 둘로 쪼개어 썼다. 다행히 욕실은 각자 딸려 있었다. 나는 춥고 어두운 방에 있기 싫어서 커피 체인점에 몇시간이고 머물면서 시간을 보냈다. 패브릭 의자는 얼룩으로 더러웠지만 따뜻하고 푹신했다. 가장 눈에 띄지 않는 자리에 앉아 되도록 커피가 들어가지 않는 음료를 마셨다. 커피를 마시면 먹은 게 다 소화되어버리는 체질이란 걸 깨달았기 때문이었다. 따뜻하고 풍족했던 나의 도시에선 몰랐던 사실이었다. 코가 말랐다. 아픈 강아지처럼 코가 말랐다.

돈이 없는 것과는 별개로, 어디서 옷을 사야 하는지 몰라서 가난해 보이는 것도 있었다. 몇번 서러운 꼴을 당하고 나서 동기에게 물어 좋은 옷을 사 입었다.

"형, 오일 프린스 같은데요?"

그렇게 말한 동기 계형이는 내가 석유와는 먼, 그래서 언제나 석유를 생각하며 살아야 하는 지역에서 온 것을 몰랐다. 아랍은 다 기름밭이라고 생각하는 모양이었다. 계형이라니, 한국 사람들은 이름을 어렵게도 짓는다. 나는 한동안 계형이를 게이헤엉이라고 불렀다.

계형이에 대해 먼저 이야기해야 할까, 내 귀에 대해 먼저 이야기해야 할까, 여자친구가 더 먼저일까 고민된다. 나의 서울생활은 대충 그 정도로 요약될 것 같은데 말이다. 셋 중에서 가장 중요한 건 물론 계형이가 아니지만, 계형이가 시작인 건 맞는 것 같다.

본과 실습 기간을 서울에서 보내도록 한 건 아버지였다. 아버지는 건설부 공무원이어서 한국에 친구가 많았다. 나도 한국어를 약간 배워두긴 했었고, 아버지가 이 줄 저 줄을 당겨 나를 서울로 보냈다. 그런 유의 '줄'은 어느 언어에서나 줄로 표현되는 게 신기하다.

"새로운 아랍이 올 거다. 석유가 떨어지면 우리 같은 사람들을 제일 필요로 할 거다."

그래서 아버지는 자식들을 변호사로, 의사로, 외교관으로 키웠다. 중동에서 그런 직업을 가지는 건 극동에서보다 쉽다. 왜냐하면 정말로 돈이 있고 힘이 있는, 석유가 있는 사람들은 직업을 가지지 않기 때문이다. 아버지가 말한 '우리 같은 사람들'은 아마 일하는 사람들일 거다.

내가 소년이었을 때부터 아버지는 석유가 떨어질 날을 대비했는데, 예상과 달리 아직도 석유가 떨어지지 않았다. 솔직히 정말 떨어진다 해도 그렇게 많은 것들이 바뀔지 잘 모르겠다. 석유와 허풍 중에 석유가 사라져도 허풍은 남지 않겠는가? 성실하고 허풍을 모르는 사람들의 자리가 정말로 생길 것인가? 나는 아랍 특유의 허풍을 그렇게 싫어하진 않는다. 아랍에선 데이터망 서비스가 없을 때도 모두가 최고급 스마트폰을 썼다. 모든 게 그런 식이었다. 영영 적응하지 못하겠지만 싫어하진 않는다. 제가 태어난 곳에서 부유(浮游)하는 족속은 어디에나 있다.

어찌되었건 서울에 있는 대학병원에, 최고는 아니라지만 그래도 중간은 된다는 대학병원에 2년 동안 있었다. 아마 동기들도 내가 낙하산인 걸 바로 알아차렸을 것이다. 동기들은 당혹감을 잘 숨기지 못했고, 환자들의 경우는 더 심했다. 안 그래도 실습생들이 주삿바늘로 찔러대는 게 싫었을 텐데 게다가 아랍인이라니. 차별이라고 말한다면 차별이지만, 원래부터 그렇게 서로 좋아하지 않았다는 게 더 맞겠다. 중동 사람들은 극동 사람들을 밋밋한 잘난척쟁이라고 생각하고, 극동 사람들은 중동 사람들을 느끼한 거짓말쟁이라고 여기니까 말이다.

겉돌고 겉돌다가 얼떨결에 붙들려간 회식 자리에서 질문이 훅 들어왔다.

"명예살인에 대해 어떻게 생각하나?"

한 교수가 나를 빤히 보며 물었을 때 머릿속이 하얘졌다. 보통 중요한 질문을 하기 전에는 스몰토크가 좀 있어야 하는 게 아닌가? 내 누이들은 히잡을 쓰지 않으며 교육을 받았고 연애결혼을 했으며 나는 누이들을 손끝 하나 건드릴 마음이 없다고 말해야 할까, 그래도 우리나라는 인접국에 비하면 훨씬 사정이 낫다고 해야 할까, 아니면 아무리 최고형을 선고해도 여전히 이어지는 명예살인이 부끄럽고 이성의 시대는 영원히 오지 않을 것 같아 절망적이라고 해야 할까, 한 개인이 한 문화권의 죄악에 대해 바로 대답할 수 있어야 한다면 한국 남자는 한중일 삼국 남자들의 죄악에 책임을 느끼는지 반문해야 할까…… 덩어리가 되고 싶지 않았다. 실제로는 덩어리래도. 나는 어지러움을 느꼈다.

"나쁘다고 생각합니다."

뇌세포를 몇백개쯤 죽이고 나서 대답했더니 그 교수는 한껏 실망한 표정을 지었다. 실망 정도는 조금 숨겨줬으면 했지만 교수쯤 되면 어떤 감정도 숨길 줄 모르게 되는 듯했다.

"향후 10년 중동 정세가 어떻게 될 것 같은가? 자네 생각은 어떤가?"

다른 교수가 물었을 때도 내겐 마땅한 의견이 없었고, 있었다 해도 당시 한국어 실력으로 장황하게 말할 수 있었을 것 같지 않다.

"교수님, 저는 제 다음주 스케줄도 모르겠습니다."

지나치게 솔직히 얘기했는지 앞에 앉은 교수뿐 아니라 다른 교수들도 벙쪄서 나를 멍하게 쳐다보았다. 학생들 몇명만 슬쩍 웃었는데 계형이가 그중 하나였다. 시간이 지나 계형이가 빈 잔을 들고 내 옆자리로 옮겨왔다.

"이스마일 형이라 했죠?"

우리는 싱거운 얘기를 주고받았고, 6개월 동안 리스닝만 늘어왔던 나의 한국어는 그날을 기점으로 스피킹도 늘기 시작했다. 계형이는 그 이후로 자꾸 나를 '스마일 리'라고 불렀는데 그건 별로 달갑지 않았다. 그렇다. 나는 '달갑다'는 말도 쓸 수 있는 고급 회화가 가능해진 것이다.

"스마일 형, 나 방학 때 집에 내려가요. 형도 같이 갈래요?"

"너희 집 서초잖아, 왜 내려간다고 해요?"

그러자 계형이가 또 막 웃었다.

"우리 집 서초 아니고 속초. 잘못 들었구나?"

나는 서울 바깥의 한국 지도가 잘 그려지지 않았다. 사실 머릿속 서울 지도도 지하철 노선도에 가까웠다.

계형이네 부모님은 외국인이 온다는 말에 긴장을 했던 모양이나 내가 한국말을 하자 안심하신 듯했다. 막상 나는 계형이네 부모님 말을 알아듣기가 힘들었다. 미묘하게 억양이 달랐다. 계형이가 아마 북한 말과 비슷할 거라고 말해줬기 때문에 신기했다.

"젓가락질을 잘하네!"

매끼를 먹을 때마다 칭찬을 들었다. 그도 그럴 것이 동아시아가 아닌 곳에서 날생선을 먹는다든지 젓가락질을 한다든지는 교양의 증거였기 때문에, 우리 가족은 일찍부터 일식집에 다녔다. 여기 와서야 그게 진짜 일식도 아니고 한중일이 다 섞인 요리였으며, 우리 중 누구도 제대로 된 맛을 즐기지 못했다는 걸 깨달았지만 말이다.

계형이는 속초에 도착한 첫날, 나를 항구에 있는 튀김 거리로 데려갔다. 튀김집들이 줄지어 서 있었는데 유독 한 집에만 줄이 길었다.

"원래 이 집이 잘해."

확신에 찬 계형이의 말에 고개를 끄덕이고 줄 끝에 섰다. 왕새우, 작은 새우, 껍질 벗긴 새우…… 메뉴는 단순한 듯 복잡했고 계형이가 오징어튀김까지 곁들여 시원하게 주문을 해줘서 조금 안심했다.

"어때 어때? 맛있어?"

눈을 반짝이며 고향의 새우튀김 평가를 기다리는 계형이에게, 나는 딱히 좋은 반응을 해주지 못했다. 나의 감상이란 겨우 '새우깡은 정말 새우튀김 맛에 충실한 과자였구나' 정도였기 때문이다. 습기 없이 바싹 튀겨서인지 튀김은 정말 식사라기보단 과자 같았다.

이틀째에는 속초에서 가장 유명하다는 빵집에도 갔는데, 확실히 서울의 화려한 빵집과는 다른 분위기를 느낄 수 있었다. 명물이라는 밤 과자를 받아들었는데 그건 다른 의미로 충격이었다.

"밤 과자라며? 밤 모양인데 왜 파트가 들었어요?"

"파트가 아니라 팥. 팥 해봐, 팥. 그거 원래 팥 앙금이에요. 그래도 맛있지?"

한국의 과자라는 건 이름에 아주 충실할 때도, 충실하지 않을 때도 있구나 정도가 이틀째의 소감이었다.

"형, 알바 안할래요?"

"무슨 알바?"

"삼촌이 과자공장을 하는데 며칠 와서 도와달래요. 용돈 많이 주겠다고."

계형이의 눈빛은 호의로 가득했고, 돈이 빠듯하긴 해도 별로 급하진 않다고 말하면 재수없을 것 같았고, 그 당시 내가 상상했던 과자공장은 조금 큰 빵집 정도였으므로 그러자고 했다. 거절을 하기엔 덜 친한 사이였다. 하루 더 속초를 구경한 다음, 해안도로를 따라 달리는 버스를 타고 경상북도로 갔다. 경상북도라니, 한국을 많이도 보는구나 좋았던 것도 사실이다.

막상 가보니 과자공장은 정말로 공장이었다. 과자의 가벼움과 즐거움으로부터 거리가 한참 멀었다. 나와 계형이는 적재를 돕느라 외부에서 간단히 일했지만, 생산라인에서 일하는 사람들은 꼼

꼼한 방진복을 입고 창문도 없는 곳에서 일했다. 한번 들어가면 나올 줄을 몰랐다. 계형이네 삼촌이 우리를 다른 사람들에게 소개해주었다. 삼촌은 어째선지 공장의 다른 외국인 노동자들과 내가 말이 통할 줄 아셨던 모양이었다. 한국 사람들 눈에나 비슷해 보이지 수백수천 킬로미터 떨어진 지역에서 각자 흘러들었으므로 서로를 어정쩡하게 쳐다보았을 뿐이었다. 오다가다 마주쳐도 아무도 말을 걸지 않았다. 외국인 아르바이트생인데 동시에 사장님 조카 친구라니, 어정쩡함의 극치였다.

여기서 먼저 변명을 하자면 그 공장은 유수 제과업체들에 양질의 제품을 납품하던 16년차 외주 공장으로, HACCP 인증을 받은 수준 높은 곳이었다. HACCP을 어떻게 읽는지 처음 계형이에게 물어봤을 때, '해썹'이라 읽는다는 대답엔 장난인 줄 알았다. 내 귀에는 무슨 힙합 인사처럼 들렸던 것이다. 어쨌든 수준 높은 작업장에서도 사고라는 긴 언제든 일어나는 것이고 그러면 16년의 부사고 기간이 0일로 되돌려지고 만다. 공장이라는 곳은 과자같이 중요하지 않고 가벼운 걸 만든다 해도 늘 위험하다는 사실을 이해했어야 했지만 그때의 나는 어리고 경험이 부족했다. 큰 사고가 아니라도 작은 사고는 얼마나 흔한지, 희고 반짝거리는 방진복 아래 숨겨진 자잘한 부상들은 얼마나 많은지 상상하지 못했다. 유탕기와 포장 기계는 눈에 보이는 것보다 위험했다. 상상력 부족은 어쩌면 당연했는지도 모른다. 나는 그저 며칠 동안 박스를 날라주다 서울로 돌아갈 셈이었다. 아르바이트생과 관광객의 중간쯤이었으니 상상할 필요가 없었던 것이다.

일이 잘되려면 모든 게 톱니바퀴처럼 맞물려 잘되듯이, 일이 잘 못되려 해도 마찬가지로 맞물려 잘못된다. 세단계에 걸쳐 사고가 일어났다. 사악한 손이 설계한 도미노 같았다. 간단한 배관 용접 중에 불꽃이 포장재로 옮겨붙었고, 그것이 빙과 창고로 이어진 암모니아 관을 터뜨렸고, 반쯤 찬 밀가루 사일로가 과열되면서 분진 폭발이 일어난 것이다. 사고는 과자공장에서 일어날 수 있는 최악의 형태였지만, 빙과 창고에 불이 붙었을 때는 다행히 대부분의 직원들이 공장 밖으로 탈출한 후였다. 계형이는 운 좋게 삼촌 심부름을 간 상태였고, 나는 탈출 행렬의 끄트머리에 서 있었다. 다른 사람들이 나를 챙기지 않고 다 나가버린 건 아니었다. 사태가 심각한 줄 모르고 스스로 앞줄을 양보했다는 게 더 맞겠다. 폭발음에 이어, 등과 귀가 뜨거워졌을 때에야 약간 후회했다.

왜 귀가 뜨거웠는지 더 달려나오고서야 알았다. 양쪽 귀가 아니었다. 한쪽 귀였다. 멀리서 날아온 파편에 귓바퀴가 반쯤 날아갔던 것이다. 내 어깨가 피로 젖은 걸 보고 사람들이 큰 소리를 냈다. 처음엔 사람들이 화내는 줄 알았다. 피를 몇 밀리리터 정도 잃었나 대충 가늠해봤는데, 그럴 정신이 있을 만큼 침착했다기보다는 충격 때문에 둔감해진 상태였던 것 같다. 내가 실려가고 나서도 사람들이 평정을 찾기까지 시간이 더 걸렸다고 전해 들었다. 진화 작업이 끝난 후 다 같이 잘려나간 귓바퀴를 찾아주려고까지 노력했다고도. 뒤늦게 합류한 계형이는 미안해하다가 화를 내다가, 마지막까지 귀를 찾아 헤맸지만 끝내 찾지 못했다. 찾아서 뭘 어쩌려는 것이었을까. 요즘에 와선 해안도로를 따라 홀로 여행하는 내 귀를 만화 주인공처럼 상상하기도 한다.

물론 아팠다. 아팠지만…… 아픔보다도 나중에 돌아가면 가족들이 쏟아낼 비난이 두려웠다. 왜 그런 짓을 했니? 왜 거절을 못하고 엉뚱한 일을 하다가 다쳤니? 보기 흉해진 그 귀를 이제 어쩔 거니?

직업환경의학과 실습에서 에이플러스를 받은 건 아무래도 그 사고 때문인 것 같았다. 실습도 리포트도 엉망이었을 텐데 어째선지 최고점을 받았다. 귀에 감은 붕대를 보고 왜 다쳤냐고 묻기에 대답했을 때는 동정을 받게 될 줄 몰랐다.

"유명하잖아."

"뭐가?"

"직업환경의학과랑 예방의학과 교수님들 중에 빨갱이가 많은 거."

"빨갱이가 뭡니까?"

"뭐예요,가 더 자연스러워요. 그건 일단 놀리는 말이고 원래는 해방 이후 이념 갈등이……"

한국 현대사에 대한 계형이의 길고, 아마도 틀린 정보가 꽤 많이 포함되어 있을 듯한 설명이 이어졌다.

"여튼 요즘은 진보적인 쪽 사람들을 뭉뚱그려서 다 그렇게 불러요."

"직업환경의학과와 예방의학과는 진보적?"

"그쪽은 자기가 속한 작은 집단의 이익보다 더 전체적인 이익을 생각하는 사람들이 많이 가니까."

스스로의 설명에 만족했는지 계형이가 웃었다. 내가 다치고 나서는 항상 겨우 웃는 느낌이었다. 다친 건 난데 왜 네가 못 웃니, 한참을 달래줘야 했었다. 이익집단, 이익, 하고 새로 배운 단어를 입 안에서 이리저리 굴려보았다.

그즈음 이비인후과와 성형외과 교수님들이 나를 한번씩 들여다보았다. 새 귀를 만들어주고 싶은 모양이었다. 기능검사에서는 큰 문제가 없었지만 이상하게 상처는 깨끗이 아물지 않았다. 통증이 계속 있었다. 나는 실습 때문에 너무 바빴고, 사람들이 신경 쓰는 게 싫어서 계형이와 둘이 드레싱을 했다. 그러다가 어느날 계형이가 말했다.

"형, 귀가 좀 자란 거 같아요."

뭐라고. 한국 애들은 바보인가. 귀가 자랄 리가.

나도 모르게 신경질적으로 반응했으나, 거울을 보니 정말로 조금 자라 있었다. 갈색 부스러기처럼 가장자리가 올라와 있었던 것이다.

"조금 비정상적인 피부 각화인 것 같은데."

레지던트 선생님이 봐주더니 대수롭지 않게 말했다. 그러나 며칠 후 귀는 더 자랐다. 반쯤, 잘려나간 부분이 새로 차올랐다. 나는 한쪽으로만 누워 자며 약하고 부스러기가 떨어지지만 대충 귓바퀴 모양이 되어가는 새 귀를 보호했다. 간지럽고 따갑고 가끔은 찌르는 통증이 있었지만 기분이 좋았다.

"어, 어어."

레지던트 선생님이 놀라서 교수님께 데려갔다.

"자랐는데요? 이거 뭘까요?"

"조직검사 해봐. 순서 앞으로 빼달라고 해."

레지던트 선생님은 몇 시간 후 더 기묘한 얼굴을 했다.

"그…… 이게 생체 조직이 아니라고 하는데요?"

"그럼 뭐래?"

"뭔지 몰라서 외주 실험실에 보냈다고 합니다."

"며칠 걸린대? 전화 넣어서 빨리 해달라고 해. 너흰 가서 일 봐."

교수님이 손짓으로 우릴 쫓아냈다.

결과를 기다리는 며칠 동안 귀가 더 자랐다. 교수님이 불러서 갔더니 엄청 참담한 표정이었다. 나는 참담하다는 말을 새로 배웠다.

"이게 뭐냐면,"

계형이가 긴장해서 몸을 앞으로 기울였다.

"전병이야."

교수님 뒤에 서 있는 레지던트, 인턴 선생님들의 시선이 사방으로 흩어졌다. 병이라는 말은 잘 알고 있다, 앞에 붙는 전은 무슨 전인가, 내가 다시 물었다. 계형이도 멍한 걸로 보아 모르는 모양이었다.

"아이 참, 전병이라니까."

결국 제일 친절한 인턴 선생님이 "센베이" 하고 낮게 중얼거렸고, 계형이가 엉덩이로 의자에서 점프했다. 센베이?

"너무 걱정하지 마. 잘은 모르겠는데 우크라이나에 비슷한 환자가 있었대. 귀가 아니라 코였지만. 연골이랑 관련이 있나. 여튼 그 케이스 리포트 번역회사에 맡겼으니까 좀 두고 보자고."

"우크라이나……"

"밀 생산지지. 곡창지대야. 글루테카틸리지 씬드롬이라고 일단 알고 있어."

그렇게 말하는 교수님의 얼굴은 너무나 확신이 없어 보였다. 의대에 들어와서 가장 확실히 배운 건 의사들이 거짓말을 할 때의 표정인데 말이다. 내가 잘 받아들이지 못하자, 그 기괴한 설명이 몇번 반복되었다.

내 귀에서 과자가 자란다고 했다.

긴장을 해서인지 매일 잠든 자세 그대로 깨어났다. 깨어나면 옆집 여자가 토하는 소리가 들렸다. 자주 비슷한 시간에 토해서 건강에 문제가 있나 걱정이 되었다.

원래 하나였던 방을 둘로 쪼갠 것이기 때문에 우리는 전기세와 수도세를 반으로 나눠 내야 했다. 다시 생각해도 진짜 말도 안되는 방이었다. 나보다 먼저 살던 여자 쪽으로 고지서가 나오면, 여자가 내 현관문에 반액이 적힌 포스트잇을 붙여두었다. 그러면 얇은 벽을 사이에 두고 여자의 인기척을 살피다가 집에 있을 때 돈을 가져다주었다. 2640원, 3080원, 잔돈까지 꼭 맞추려고 애썼다. 여자의 포스트잇에는 감기 걸리지 마세요, 저녁 맛있게 드세요, 좋은 한주 되세요, 같은 친절한 말들이 늘 함께 적혀 있었기 때문에 복도에서 만나면 웃으며 인사를 했다.

가스비는 각자 따로 냈는데, 여자도 가스비를 무척이나 아끼는지 추운 주말이면 내가 살다시피 한 커피 체인점에 자주 나타났다. 그럴 때도 눈인사를 했다.

그러던 어느날, 나는 오지랖이 들어 여자에게 말을 걸었다.

"건강해요?"

여자는 잠시 놀라더니, 내가 무슨 말을 하는지 알아챘다. 구토에 대해 묻고 있다는 걸 말이다.

"아, 심각한 거 아니에요. 콩 알레르기가 있어요. 태어났을 때부터 있었어요."

"콩?"

"한국인이 콩 알레르기 있으면 골때려요. 콩 요리가 워낙 많아야죠. 거기다 된장 간장 모조리 다 콩 베이스잖아요. 먹을 수 있는 게 없어요. 게다가 아무리 피해도 여차하면 저도 모르게 먹는 거예요. 그럼 밤새 열나고 가렵고 두드러기 나고 붓고 앓다가 아침에 토해요. 시끄러우시죠?"

나는 아니라고, 그저 조금 걱정했다고 말했다. 여자는 위험할 정도로 말라 있었다. 확실히 한국 음식에서 콩을 피하기는 쉽지 않을 것 같았다.

"부모님은 그런 줄도 모르고 제 이유식을 두유로 먹였으니. 진짜

장난 아니었어요. 아직도 흉터가 있다니까요."

여자가 스스럼없이 소매를 걷어 팔을 보여주었다.

"이런 체질일수록 요리도 부지런히 하고 도시락도 싸서 다녀야 하는데 게을러서……"

그렇구나 하고 말았는데 새해가 되고 얼마 지나지 않아 여자가 응급실에 실려왔다. 실려온 여자는 한눈에도 상태가 나빠 보였다. 나도 모르게 진짜 의사 같은 표정을 지었는지, 여자가 변명하듯이 작은 녹차 페트병을 꺼내 내밀었다.

나는 여자의 뾰족한 손가락 끝을 따라 천천히 읽었다. 쉽게 이해할 수 있는 문장이었다.

"이 제품은 우유, 대두, 밀, 토마토, 새우를 사용한 제품과 같은 제조시설에서 제조하였습니다……"

여자를 위해 요리하기 시작한 건 아무래도 오버였다. 오버가 아니라 오바, 한국식으로 한참 오바였다. 이유를 찾자면 나도 병원 식당에 상당히 질려가던 참이었고, 집에서 보내준 식재료들이 소포 포장째 탑처럼 쌓여가는 게 아깝기도 했다.

맨 위 박스를 뜯자마자 병아리콩이 나와서 도로 조용히 닫았다. 후무스를 먹었다간 여자가 죽을지도 몰랐다. 땅콩도 물론 그대로 밀봉했다. 다행히 다른 박스에서는 사프란과 이것저것 쓸 만한 것들이 많이 나왔다. 요거트 소스는 집에서 먹던 맛으로 금방 만들 수 있었다. 화덕과 좋은 올리브유는 조금 그리웠다.

여자를 포스트잇으로 초대해서는 양파와 콜리플라워, 닭고기와 양고기로 식사를 대접했다. 콜리플라워가 한국에서 어찌나 비싼지 놀랐지만 빠뜨릴 순 없었다. 여자에게 몇가지 소스 만드는 법을 직접 보여주자 신기해했고, 먹어본 적 거의 없다더니 양고기도 잘 먹었다. 레시피를 건네자 소중하게 받아들었지만 정말로 해먹진 않을 거라는 걸 여자의 얼굴에서 읽을 수 있었다. 왜 거짓말하는 얼굴을 매번 잘 알아채는 것일까? 피곤한 재능이 아닐 수 없다.

결국 나중에는 포스트잇도 붙이지 않게 되었다. 두 방 사이의 벽은 정말로 얇았고 사람이 집에 있는지 없는지도 바로 알았다. 요리가 끝나갈 쯤에 나는 그냥 벽을 두드렸다. 여자가 대답하면 메뉴를 말해주었다. 여자는 메뉴 이름을 듣고 그게 뭔지도 모르면서 얼른 달려와서 잘 먹었다.

결국 여자는 여자친구가 되었다. 밥만 먹고 그냥 갈 수는 없으므로 음악을 듣고 이야기를 하고 배를 꺼뜨리려 산책을 했다. 머리카락을 넘겨주고 입술을 닦아주고 체온을 나누었다.

귀를 날려먹게 한 남자하고는 가장 친한 친구가 되고, 식료품을 착취하는(채취라고 잘못 말하자 여자친구가 고쳐주었다) 여자하고는 사랑에 빠지다니. 나의 한국 체류 경험은 이상할 대로 이상했다.

여자친구가 여자친구인지 아직 확신할 수 없을 무렵에도 우리는 오래 이야기했다. 내 방일 때도 있었고, 여자친구의 방일 때도 있었고, 각자의 방에 누워 얇은 벽을 사이에 두고서일 때도 있었다. 대화에 장애가 없을 만큼 웃기는 집이었다.

내가 태어난 나라에 대해 여자친구는 꽤 잘 알고 있었다. 신전과 성지와 붉은 사막과 크고 작은 도시에 대해 묻고는 웃었다.

"성지 근처에서 태어난 사람이 어쩜 그렇게 기도도 안하고 아무것도 안해요?"

나는 별로 부끄럽지 않았다.

"좋아하진 않지만 삼겹살도 먹어요. 회식 가면요. 이제 아무도 안 놀라요."

그래도 비교적 덜 종교적이고, 더 근대화되어 있고, 민주적인 나라라고 나는 설명했다. 난민을 만들어내는 나라가 아니라 난민을 받아주는 나라라고 말할 때 나는 오랜만에 약간의 자부심을 느꼈다.

"정말로 민주국가예요? 확신을 가지고 말할 수 있어요?"

"그럼 한국에 대해서도 그렇다고 할 수 있어요?"

되묻자 여자친구가 찡그렸다. 2014년이었으니까. 나는 여자친구가 찡그리는 게 싫었으므로 병원 얘기를 주로 했다.

"자궁내막 조직이 가끔 몸의 다른 부분에 생기는 바람에 생리를 할 때 피를 토하거나 코피가 나는 여자들이 있어요. 기형 종양에는 가끔 머리카락이나 어금니 같은 게 들어 있기도 해요. 아, 계형이는 삼신 할배가 될 것 같아요. 아기를 이번 주에만 여섯명 받았어요. 그 친구 산부인과 가야 할지도요."

우리는 그때 산부인과를 돌고 있었고,

"안과에서 쓰는 수술용 실은 너무 가늘어서 잘 보이지도 않아요.

186

불빛에 비춰서 반짝반짝하는 걸로 알아요."

안과를 지나,

"80대 할머니인데 눈밑에 50원짜리만 한 피부암이 생겼어요. 그럼 1센티미터 경계면을 두고 잘라내야 하거든요. 꽤 부위가 커서 걱정했는데 팔목 안쪽 피부를 떼어오고 여기 조금 저기 조금 잡아당기니까 할머니 눈밑이 탱탱해지고 쌍꺼풀도 생겨서 집에 가셨어요. 부기 빠지면 40대 같으실걸요. 한국 성형외과는 솜씨가 어마어마해요. 유방암 환자의 유두 재건술을 봤는데 예술에 가까웠어요. 수술 실로 모양을 잡은 다음에 갈색으로 문신해요. 교수님이 배에서 피부 떼어올 때 지방이 좀 새어나오니까 그것도 가슴에 슥슥 넣어줬어요. 지방은 흡수되니까 아깝다고."

성형외과를 돌았으며,

"이비인후과는 하필 분위기가 나쁠 때 갔어요. 서로 고막을 터뜨린 다음에 아물었나 들여다보더라고요."

이비인후과를 지나,

"환자들이 자꾸 저를 방글라 선생님이라고 불러요. 방글라데시랑은 좀 먼데…… 아무래도 머릿속으로만 생각할 말들을 그냥 내뱉는 게 병의 증상인 것 같아요. 공을 따라 눈을 움직이는 게 환자들한테 좋아서 하루 종일 같이 탁구를 쳐줘야 해요. 힘들어요. 하지만 탁구 말고는 학생 인턴이 할 줄 아는 것도 없으니까요."

정신건강의학과에 다다랐다. 아마 정신건강의학과 끝 무렵이었던 것 같다. 여자친구와 처음 잤을 때가 말이다. 이야기를 하다가 잠들었고 깨어보니 여자친구가 나를 만지고 있었다. 몸이 금방 반응했다. 여자친구의 뼈를 얇게 덮은, 아마도 내가 먹여 만들었을 피하지방을 만지면서 황홀함과 성취감을 동시에 느꼈지만…… 마지막 순간 나는 비명을 지르고 말았다.

왜냐하면, 절정의 순간에 여자친구가 내 귀를 깨물었기 때문이다. 온전한 쪽이 아니라 과자 귀를. 내가 지른 비명을 옆옆 방 사람들은 물론 윗윗 방 사람들까지 다 들었을 것이다. 통증은 없었지만 충격이 심했다.

"대체 왜……?"

부스러질까 씻지도 못하고 안절부절못했던 귀였다. 여자친구도 좀 당황해서 어머 내가 왜 그랬지, 하며 꿀꺽 내 귓바퀴를 삼켰다.

"자갈치?"

"아니야, 베이컨칩이야."

"꽃게랑일지도 몰라."

붉은 점을 동반한 칩 형태의 귀가 다시 돋아났을 때 선배들이 확대경을 들고 달라붙었다. 그러나 그 귀도 오래가지 못했다. 여자친구는 내가 기겁에 기겁을 하는데도 절정의 순간에만 다다르면 귀를 깨물었다. 변태적이었다. 알레르기 반응도 일으키지 않고 잘도 먹었으니 콩은 들지 않은 게 분명했다. 바삭바삭 먹고 나서 미안해봐야 어쩌란 말인가. 그럼에도 육욕에 빠져 계속 여자친구랑 데굴거린 내 탓도 있었다. (나는 육욕이라는 말을 쓸 수 있을 만큼 한

자어에 익숙해졌다. 연애만큼 외국어 교육에 좋은 건 없다.)

그다음 귀에선 감자전분이 발견되었고, 초코송이나 빼빼로의 베이스가 되는 유의 단단한 귀에는 꽤 만족했으나, 쌀로별 계열을 지나(글루테카틸리지 좋아하시네!) 추잉 젤리 귀가 자라났을 때는 뭔가 포기하게 되었다. 교수님은 처음엔 귀 좀 잘 간수하라고 했다가 다음엔 뭐가 자라려나 궁금해진 건지 결국 더 재촉하기 시작했다. 사람들은 비정했고 나는 비관적이었다.

"그래도 케이스 리포트 번역된 거 보니까 언젠가는 멈춘다더라. 자랄 때까지 자라게 해보게 잘 챙겨 먹어."

우크라이나 사람의 코는 멈췄구나. 나는 귀가 자라길 바라는지 멈추길 바라는지 애매한 감정이 들었다.

교수님들 사이에서는 내가 유명해졌는지, 어느날 샤워실에서 만난 외과 교수님이 칸막이 너머로 물을 튀겼다. 내가 귀를 감싸며 질겁을 해도 물을 계속 튀겼다. 애초에 칸막이를 침범해서 넘겨보는 건 어떻게 봐도 성희롱인데…… 한국도 갈 길이 멀구나 싶었다.

"야, 야, 너희 나 싫어하지?"

"네?"

"내 뒤에서 내 욕 하지?"

"아뇨, 좋아하는데요."

"누가 나 좋아해?"

"계형이가 특히 좋아합니다."

"흥, 걔가 날 싫어하는군."

그러고 보니 그 외과 교수, 어느날엔가 수업 시간에 김치국물이 묻은 가운을 입고 들어와서는 이렇게 큰 얼룩도 알아차리지 못하다니 너희는 써전이 될 자질이 없다 외치고 도로 뛰어나갔던 그 사람이었다. 알아차리고 말고의 문제가 아니라 지적할 수 있는 권력이 있는지 없는지가 핵심 아닌가? 제멋대로인 괴짜였다. 나는 한국 교수들이 특별히 이상한 건지 어디나 교수들은 다 이상한 건지 궁금해졌다.

"내가 독도라니 믿을 수 없어."

계형이가 중얼거렸을 때, 나는 무슨 말인지 잘 알아들을 수 없었다.

"독도라니?"

"형, 나 성적 큰일 났어요. 평균치에서 뚝 떨어져서 성적 나쁜 애를 독도라고 부르거든."

"한국 사람들 독도 좋아하는 거 아냐? 왜 그런 뜻으로 써요?"

그러자 계형이가 그윽하게 날 쳐다보며 말했다.

"형, 일본 애들이 독도를 농담에 쓸 것 같아? 한국 사람이니까 쓰는 거야. 농담으로 쓸 수 있어야 정말 좋아하는 거야."

어느정도 일리가 있었다. 성적이 외따로 뚝 떨어져 독도가 된 계형이는 나를 보며 가끔 입 밖으로 "외국인보다 못하다니, 연애하는 외국인보다도 못하다니" 하며 한탄했다. 그런 말은 입안으로 해야 하지 않나 싶었지만 나도 별로 열심히 하지 않고 성적을 잘 받은 것 같아서 미안하기는 했다. 아르바이트를 줄이지 않는 한 계형이의 성적 향상은 요원해 보였다. 안타까운 상황이었다. 나는 일부러 계형이에게 당구도 져주고 게임도 져주었다. 계형이는 눈치챈 것 같지 않았다.

"그래서 그 누나는 뭐 어떤 사람이라고요?"

계형이가 물었을 때에야 깨달았다. 여자친구에 대한 정보가 너무 적다는 걸. 나만 너무 떠들었던 것이다. 평소에 그러는 편이 아닌데 어째서 그랬을까 당황해버렸다.

"그건 내가 기자니까요."

유도했으니까요, 하고 나중에 여자친구가 웃었다. 그러더니 약간 암울한 얼굴로 덧붙였다.

"기자였으니까요,라고 말해야 되나?"

학교 앞의 형편없는 방에 살고 있어서 나는 여자친구가 당연히 학생인 줄 알았다. 대학원생이 아닐까 했던 것이다. 학교에 다녔을 때 얘기를 많이 해주기도 했기 때문에 내 착각은 근거가 없지 않았다. 알고 보니 다니던 신문사가 이사도 못할 정도로 바빴던데다가 직장 근처는 월세가 너무 비싸서 싼 맛에 계속 그 방에 살았던 모양이었다. 이사를 한번은 해야지, 해야지 했는데 그러다가 어떤 '대기 상태'가 되어버렸기 때문에 영영 못 옮길 것 같다고도 말했다. 대기 상태라니, 대체 무슨 뜻인지 나는 알아듣지 못했고 여자친구도 더 말하고 싶어하지 않았다.

"경주 데려가줄래요? 호흡기내과 교수님이 경주 갔다 와서 리포트 써 내면 실습으로 쳐주겠다고 경주 가라던데."

교수님의 문화적 자부심 덕분에 휴가를 얻었고, 여자친구는 흔쾌히 같이 가주기로 했다. 그러고 나서는 어디서 빌렸는지 안전함과는 한참 멀어 보이는 낡은 소형차 한대를 끌고 왔다. 차의 상태는 첫인상 그대로였고 고속도로에 진입하자마자 격하게 진동하기 시작했다. 나는 고속철도를 타보고 싶었는데, 꼭 한번 타보고 싶었는데, 속으로만 푸념했다. 차가 있는 편이 경주에서 다니기엔 훨씬 낫다는 게 여자친구의 의견이었다.

"나 운전 잘하죠?"

여자친구는 신이 난 모양이었고 나는 마지못해 호응해주었다.

"원래는 오토바이 탔거든요. 취재 현장에 빨리 가야 하고 주차도 덜 귀찮고. 근데 한번 사고 나고 나서는 못 타겠더라고요. 타보니까 차도 괜찮은 것 같아요. 운전을 워낙 좋아하니까."

나는 천장의 손잡이를 잡고 싶은 욕구를 누르며, 덜덜거리는 차나 바이크나 별반 차이 없는 것 같다고 역시 속으로만 생각했다.

"기자, 잘했을 것 같아요."

그 말만은 밖으로 나왔다.

"왜요? 어디가요? 나 재수없어요?"

"한국에서도 기자들은 재수없어요?"

"세계 어디서나 그렇지 않을까나."

"그런 뜻은 아니고요, 안 어울린다는 점에서."

"무슨 뜻인지 모르겠어요."

"아무 데에도 안 어울려요. 그래야 잘할 수 있는 일 아니에요? 어울리지 말아야, 따로여야 할 수 있는 일?"

실제로 말했을 때는 더 엉망으로 말했던 것 같다. 하지만 여자친구는 제대로 알아들었고 기뻐했다.

"이상해. 진짜 가까운 사람들도 몰라주는 부분을 전혀 다른 환경에서 온 사람이 더 알아채준다는 건."

"별로 안 달라요. 생각보다 안 달라요."

그런가. 여자친구는 내내 기분 좋아하며 경주까지 열심히 운전을 했다.

여자친구는 동선도 잘 짜고 계획도 잘 세워서 나는 관광안내지도에 표시된 곳들을 마음껏 다닐 수 있었다. 박물관에도 가고 드라마 세트도 구경하고 언덕처럼 동그란 녹색 무덤들도 봤다. 다른 곳은 희미하지만 오릉은 기억난다.

"왕의 몸이 승천했다가 다섯조각이 나 떨어졌대요. 한꺼번에 묻으려 했더니 큰 뱀이 나타나 방해해서 조각난 채로 묻었대요."

기괴한 전설이었다. 법의학과 교수님이 좋아할 만한 종류의 이야기다 싶었다. 그 교수님은 학생들에게 밥을 사주며 "아프면 다른 선생들 잘 찾아가고 나에게만은 오지 마라" 겁을 주는 게 취미였다.

"여기서 우리 외할아버지가 외할머니한테 청혼했어요."

여자친구가 말했다.

"……무덤에서요?"

"예쁘잖아요. 근데 그래서는 아니고 외증조할아버지가, 그러니까 우리 외할머니의 아빠가 여기 왕릉 지기였대요. 그때는 능 옆에 집을 짓고 살았거든요. 그래서 외할아버지가 그 집 마루에 누워서 딸을 달라고 시위를 벌인 모양이에요."

"멋진 이야기네요."

문득 나도 여자친구에게 프러포즈를 해버리고 싶었지만 그럴 수는 없었다. 나는 잠시 한국에 있는 외국인이었다. 나와 같이 붉은 사막으로 가자고 하기엔, 너무나 푸른 풀이 돋은 무덤들 앞이었다.

경주의 관광호텔에서도 여자친구는 내 귀를 깨물었다. 경주빵 같은 것이 돋아나지 않을까 했는데 그러지는 않았고 그 이후로 한동안 파이류였다. 정확히는 파이 크러스트 부분만이었지만 말이다. 경주에 다녀왔는데 어째서 파이입니까, 묻고 싶었다.

귀를 먹어치운 댓가로 여자친구는 내 경주 보고서를 열심히 도와주었다. 나의 한국어 쓰기 실력은 모두 그 보고서에서 얻은 것이나 다름없다.

그리고 교수님은 아마 읽지 않으셨을 것이다.

그 짧은 휴가 이후로 한동안 스트레스 가득한 나날을 보내야 했다. 실습 시험을 앞두고 있었다. 나야 어차피 돌아가서 다시 시험을 쳐야 하는 입장이었지만 주변이 모두 긴장하니 함께 긴장했다. 잘하고 싶었다기보다 눈에 띄게 못하고 싶지 않았다. 그새 나 말고도 독일과 일본 교환학생들이 왔기에, 먼저 왔던 입장에서 방어적인 경쟁심이 들었다. 환자들은 실력보다 의욕이 앞서는 써브 인턴들의 실수를 몇번쯤 견디다가 "진짜 의사 불러와!" 하고 화를 내곤 했다.

"배우들이 온다고?"

"응, 와서 정말 환자 역할을 해."

"전문 배우들이?"

"아마 평소엔 연극이나 그런 거 하겠지. 아르바이트로 매년 와요."

"그럼 우린 진짜 진찰을 하고?"

"물어보고 만져보고 그런 거지. 주사 같은 건 종이로 대신하고. 형, 조심해. 그 사람들 우리보다 잘 알아. 실수하면 비웃는데."

동기들과 조를 짜서 연습을 하며 준비했는데, 준비한 보람 있게 결과는 그렇게 나쁘지는 않았다. 실습 시험 중에 한단계를 실수로 건너뛸 뻔했는데 배우 쪽이 멈칫하는 바람에 기억이 났다. 나중에야 그 멈칫이 내게 베풀어진 것이 아닐까 싶어 고마워졌다.

그 와중에 여자친구는 회사 일이 잘 풀리지 않는 바람에, 내가 애써 찌워놓은 살이 다시 쭉쭉 빠졌다. 한번도 제대로 설명을 해주진 않았지만 여자친구가 조각조각 늘어놓은 말들로 나는 대충의 그림을 그릴 수 있었다. 여자친구와 그 선배들은 다니던 신문-방송사의 비리와 부실경영을 보도했고 그 때문에 해직당했다. 휘슬블로어가 피해를 보는 것은 자주 있는 일이었다. 나는 상상 속에서 여자친구의 입에 진짜 휘슬을 물려보았다. 은색 조그만 휘슬, 여자친구가 볼을 부풀리자 새소리 비슷한 게 났다. 여자친구에게 어울렸다. 옳은 불화라는 것도 있는 것일 테다. 옳은 불화로 기우는 개체들을 공동체는 소중히 여겨야 할 듯한데 보통은 그렇지 않았다. 여자친구는 마치 희귀 새 같았다. 그토록 소중한 존재를 왜 원하지 않는지, 괴롭히는지, 나로서는 이해할 수 없었다.

여자친구와 동료들이 보도한 내용들은 모두 사실이었다. 그럼에도 징계가 떨어진 근거는 그들이 입사 시에 서명했던 계약서와 사내 규칙에 명시된 '회사의 이익에 반하는 행동' 관련 부분이었다. 하지만 비리를 밝히고 개선을 요구하는 것이 정말 이익에 반하는지, 반하지 않는지는 불명확한 부분이다. 아니, 오히려 따져보면 이익이 되는 쪽이 아닐까? 부당한 징계에 반발하여 다른 기자들도 나섰고, 회사 측이 이들의 편집권을 방해하면서 신문도 방송국도 제대로 운영될 수 없을 만큼 사태가 커졌다. 사회적인 문제가 되자 용역 깡패들이 먼저, 외부의 조력자들이 간발 차로 뒤이어 달려왔다.

"지금은 고착 상태지만, 결국은 괜찮아질 거예요."

여자친구가 약간 굳은 얼굴로 말했다.

"나는 첫번째로 해직당했고 마지막으로 복직될 거예요. 하지만 괜찮아요."

스트레스 때문에 여자친구의 식욕은 시들해졌지만 성욕은 이상하게 강해졌다. 여자친구는 갈고리 발톱이 달린 동물처럼 몇번이고 매달렸고, 얇은 벽 따위는 더이상 신경 쓰지 않았으며, 귀가 자라날 틈도 주지 않고 깨물었다. 귀는 간질간질하게 자라났지만 나는 그게 어떤 과자인지 확인할 수 없을 정도였다.

"캐러멜이 된 기분이에요."

피부 색깔 이야기인가 생각했다.

"아니아니, 내가 녹아버린 상태를 이야기하는 거예요. 색이 아니라 온도, 무르기, 촉감, 그런 거."

여자친구가 귀에 속삭였기 때문에 나도 모르게 움찔했다. 쫄기는, 하고 여자친구가 웃었다. 그래, 이제 귀를 먹어치우고도 미안해하지도 않는구나, 우리 사이가 정말 편해졌구나 싶었다. 그리고 나는 내 귀를 먹여서라도 여자친구의 살이 오르기를 바랐다.

무엇보다도 마음을 괴롭힌 것은, 귀국 날짜가 얼마 남지 않았다는 사실이었다.

정형외과 교수님이 이번엔 설악산 꼭대기에서 사진을 찍어오라고 했다. 처음엔 약간 황당했으나 백두대간 종주를 시키지 않은 게 어딘가 싶었다. 한국 사람들은 어째서인지 매운 음식과 유명 관광지를 강요한다. 그래서 나는 여자친구와 고속버스를 타고, 머리를 맞대고 졸면서 설악산으로 향했다. 어느새부터인가 빨리 달리는 버스를 두려워하지 않고 잠들 수 있게 되었다. 한국인이 다 되었네, 하고 잠결에 생각했다.

바닥이 미끄러운 운동화를 신고 고생을 했다. 내가 미끄러질 때마다 여자친구는 웃으면서 손을 내밀어주었다. 여자친구의 등산화는 연륜이 있어 보였다. 내가 연룬, 하고 잘못 발음했으므로 여자친구가 몇번이나 고쳐주었다.

경주에서 말하지 못한 것을 설악산에서는 말해야만 했다.

"나랑 같이 가요."

꼭대기에서, 교수님이 요구한 증명 사진을 찍고 나서 내가 말했다.

"내려갈 때 천천히 가자는 얘기예요?"

"아니, 나랑 같이 우리나라에 가요."

"아."

"어차피 여기 안 어울리잖아요. 콩도 못 먹잖아요."

여자친구가 천천히 웃었다. 이걸 어쩌나, 하는 웃음이었다. 그러고는 말았지만 강한 팔로 나를 꽉 안아주었다. 여자친구의 이마에선 좋은 땀 냄새가 났다. 신선한 냄새였다. 식물을 부러뜨렸을 때나는 그런 냄새. 나는 촉촉한 머리카락에 입을 맞추었다. 아마 내인생에서 가장 따뜻한 거절이었던 것 같다. 알고는 있었다. 여자친구는 어디에도 안 어울리는 사람이고 그래서 가치있는 사람이라는걸. 어떤 초대로도 성공하지 못했으리라는 걸.

헤어지리라는 걸 깨달으면 왜 섹스는 더 좋아질까.

설악산 산장에서 여자친구의 뾰족한 가슴에 머리를 기대고 잠이들었다. 쿠션감은 별로 없었지만 애틋했다.

"여기 또 올 거죠? 나랑 헤어지고 나서 다른 남자랑."

"설악산은 안 올게요. 다른 산 가지, 뭐."

"정말로?"

"산이 쌔고 쌨는걸요."

그때부터였던 것 같다. 나는 여자친구에게 마지막으로 해줄 수 있는 일을 생각했다.

밤을 새우는 리서치 끝에, 그리고 남은 유학 자금을 다 쏟아붓고 온갖 줄을 다 당긴 끝에, 아직 FDA 승인을 받지 않은 식품 알레르기 치료 주사제에 손을 댈 수 있었다. 부작용은 대단하지 않은 듯했지만 효과도 그저 그런 듯했다. 그렇지만 어차피 내가 원하는 것 역시 완전한 성공은 아니었다. 여자친구가 견딜 수 있는 만큼만 나아지기를, 아주 약간만이라도 콩을 이길 수 있길 바란 게 다였다. 두드러기는 나더라도 응급실에는 가지 않아도 되도록 말이다. 주사제 50병을 늘어놓자, 여자친구는 다소 곤혹스러워했다.

"아…… 나 괜찮은데."

나한테 남은 3개월을 효율적으로 쓰자고 긴긴 설득을 해야만 했다.

"내가 없어도 신경 써서 요리하고 살 거예요? 밖에서 안 사먹고? 할 수 있어요?"

여자친구는 그럴 수 없는 사람이었다. 응급실에 실려갔으면 갔지 매끼를 제대로 먹는 사람이 아니었다. 나는 어째서 자기관리를 엉망으로 하는 여자를 사랑하게 되었을까? 여자친구에게는 끼니보다 중요한 일이 언제나 너무 많았다.

결국 여자친구는 마지못해 허락했고, 나는 매일 성실하게 여자친구의 안쓰럽게 납작한 배에 주사제를 놓았다.

그리고 효과가 있는지 테스트를 해야만 했다. 마지막 주사제를 놓은 다음 날, 여자친구의 요리에 콩을 섞었다. 아주 적은 양이었다. 여자친구의 스트레스를 줄이기 위해 형태가 보이지 않게 요리에 넣었다. 알레르기 반응은 물론 나타났지만 확실히 예전보다 덜했다. 항히스타민제를 먹이고 미리 준비해둔 에페드린 스프레이, 에피네프린 주사를 쓰지 않아도 되었단 것에 안도했다.

여자친구가 조금 나아졌다는 게 확실해지고 나서는, 어떤 콩을 더 피해야 하는지 확인하고 싶었다. 한국에서 나는 모든 종류의 콩을 찾으러 마트와 전통시장을 다녔고, 샐러드를 만들고 삶고 튀기고 조렸다. 심지어는 두부도 만들었다. 물을 빼고 5밀리미터 두께로 두부를 구웠더니 여자친구가 어이없어했다.

"성격 나쁜 거 티 나요. 두부를 누가 이렇게 얇게 구워요?"

"시끄러워요. 먹어요."

여자친구는 나의 얇은 두부를 조심스럽게 베어물었다. 괜찮다는 걸 알면서도 겁을 먹고 망설였다. 그런 식으로 식사를 한 다음에는 여자친구의 온몸을 살폈다. 이상 징후 확인으로 시작되었고 귀를 깨물리면서 끝이 났다.

3개월은 너무나 빨리 갔다.

겨울 아침이었다. 새벽에 눈이 온 다음이었다. 응급실에마저도 사람이 없었다. 멍하게 있던 계형이가 갑자기 벌떡 일어났다.

"화이트 베드야! 화이트 베드라고!"

그러자 동기들과 선배들이 같이 웅성거렸다. 누가 카메라를 들고 왔고, 휴대폰 카메라도 여럿 꺼내 들었다.

"형, 형도 이리 와."

나는 얼떨결에 함께 기념사진을 찍었다. 찍고 나서 알았다. 응급실에 정말 사람이 하나도 없었다. 병원이 세워진 이래 몇번 없는 순간이었다고 한다. 화이트 베드 기념사진이 걸린 벽을 보았다. 벽은 다 차려면 아직 멀어 보였다.

그건 마치 병원이 내게 한 작별인사와 같았다. 친구들과 한 송별회는 분명 즐거웠던 것 같은데 주량을 한껏 넘긴 바람에 기억이 잘 나지 않는다. 계형이가 엉엉엉 울었던 것만은 기억난다. 그건 몇십년 후에도 놀릴 수 있을 것 같다.

여자친구가 가게에서 콩기름 병을 사왔다. 장난스러운 얼굴로 이중 포장을 뜯을 때, 마지막으로 짐을 싸고 있던 나는 저절로 뭘 하려나 싶었다. 하지만 그 병을 들고 싱크대에서 매트리스까지 천천히 골반을 기울이며 걸어오자, 나는 여자친구의 계획을 알아차릴 수 있었다. 평소엔 재빠른 축인 내 손가락들이 셔츠 단추를 풀다가 자꾸 실수를 했다. 여자친구는 웃다가 웃음을 거두고 내 쇄골에 쪼로록, 사람들이 치골로 잘못 부르곤 하는 장골에 또 쪼로록 콩기름 방울들을 떨어뜨렸다. 여자친구의 혀와 입술이 대각선으로 내 몸을 가로지르며 길고 감미로운 시간 동안 완벽하게, 흐르는 기름을 섭취해냈다. 내가 뒤이어 여자친구에게 한 보답은 나와 그 사람만의 즐거운 비밀이 되었다. 내가 한국을 알아서, 누군가 괴롭힐까 이 글에서 한번도 부르지 않은 여자친구의 이름처럼.

여자친구가 내 귀를 마지막으로 깨물었을 때, 나는 부탁했다.

"깨끗하게 깨물어줘요."

어째선지 알고 있었다. 다시는 내 귀가 자라지 않으리라는 걸.

"무슨 맛이 나요?"

"아몬드, 초코, 바닐라 씨드, 버터, 설탕, 우유…… 콩?"

그날 너무 여러번 여자친구와 자서, 그래서 귀가 자랄 기력마저 다 써버렸는지도 모른다. 뭐 아무래도 상관없다. 귀는 완전히 잘 아물었다. 이상한 케이스 리포트가 되었다. 안경도 쓰지 않고 귀에 거는 형태의 이어폰도 안 쓰니까 괜찮다. 다시 누군가를 만난다 해도 귀만은 당신 것이라고 생각한다.

공항으로 가는 길엔 다리가 후들거렸다. 여자친구도 반쯤 탈진한 채로 공항까지 배웅해주었다. 공항의 기념품 코너에서 이것저것을 골라주며 예쁘다고 감탄하거나 못 만들었다고 비웃었다. 울거나 하진 않았다. 과하게 비싸다 싶은 한식당에서 밥을 먹었다. 여자친구는 김치찌개를, 나는 된장찌개를 먹고는 여자친구에게 세숟갈 먹게 했다. 우리가 마지막으로 나눈 키스는 아주 한식 맛이었다.

출국 게이트에서 여자친구는 두 팔로 내 목에 매달렸다. 목 언저리에서 깊이 숨을 들이쉬며 내 냄새를 맡았다. 귓바퀴가 아닌 귓불을 입술로 앙 물었다.

"언제든지."

여자친구가 말했다. 언제든지 돌아오라고? 전화하라고? 메일 쓰라고? 나는 의미를 알 수 없었다. 그럴 땐 똑같이 말하는 게 제일 좋다.

"언제든지."

나도 말했다.

하지만 그게 정말로 끝이었다. 우리는 메신저도 하지 않고 화상 통화도 하지 않고 메일도 쓰지 않고 페텍스도 보내지 않는다. 그런 사람이라 좋아했으니까, 나도 그런 사람이 되어주기로 마음먹는 다. 상당한 의지력이 필요하다.

여기서 종종 한국 사람들을 만난다. 나는 마치 한국인처럼 한국 인들을 알아볼 수 있다. 그냥 지나칠 때도 있고 기분이 썩 괜찮은 날이면 한국말로 말을 걸기도 한다. 한국인들은 그러면 정말 좋아 한다. 반가워하며 선교를 하려는 경우도 봤다. 관광객들과 선교하 러 온 사람들을 금방 구분할 수 있게 되었다.

한국에 갔었다고 그러면 거기서 뭘 했냐고 묻는 사람도 많다. 나 는 장난스럽게 유명 성형외과의 기술을 전수받아 왔다고도 하고 케이팝 기획사에서 일했다고도 하며 여유롭게 거짓말들을 늘어놓 는다. 외국어 수준을 판가름하는 기준은 거짓말 실력일지도 모른 다. 그런 날은 잘 없지만 가끔 거짓말을 하고 싶지 않은 날에는, 한 국에서 귀를 잃었고 과자 귀가 자랐고 귀를 깨무는 여자의 알레르 기를 반쯤 고쳐주고 왔다고 말하기도 한다.

요즘 내 귀는 아주 건조하다. 가끔은 두고 온 사프란이 줄어드는 소리가 들릴 때가 있다.

이혼 세일

이재의 초대를 받은 경윤은 그 단순한 메시지를 한참 들여다보았다. 이재가 처음 말을 꺼냈을 때는 독한 종류의 농담인 줄 알았는데, 정말 결행할 모양이었다. 이혼 세일이라니. 시간은 여섯명의 친구가 며칠에 걸쳐 어렵게 정했고, 장소야 당연히 경윤이 격주로 드나들었던 이재의 집이었다. 크고 작은 살림들을 처분하는 게 일차적 목적이지만, 이재의 결정을 응원하고 지지하는 자리이기도 했다.

경윤이 나머지 네 친구보다 이재의 집을 훨씬 자주 방문한 편이었던 것은, 장아찌 때문이었다. 두 사람의 집은 걸어서 20분 남짓 거리로 다른 친구들에 비해 가까이 살기도 했다. 그래서 종종 음식이 잘되거나 많이 되거나 하면 편하게 전화를 걸었다. 아마 서로의 전화기에 이름이 뜰 때마다, 이번엔 뭘 만들었지 했을 것이다. 소소한 반가움과 함께 이재의 전화를 받았던 기억들이 난다.

"지난주에 엄마가 중간 무를 너무 많이 보내서 장아찌 만들었는데, 갖다줄까?"

총각무보다는 크고 큰 무보다는 작아서 중간 무인 걸까, 그게 사람들이 자주 쓰는 말인 걸까 경윤은 생각했었다. 이재는 단어를 고르는 감각이 가끔 색다른 편이었다.

곧 이재가 왔고, 이재가 차 뒷자리 바닥에서 들어올린 유리병에는 평범한 간장 무 장아찌가 들어 있었다. 경윤은 병을 들여다보곤 정말로 중간 사이즈의 무네, 하고 받아들었다. 그러고 나선 장아찌에 대해서는 잊어버렸다. 이재가 집에 올라와 차를 마시고 갈 때까지 열어보지도 않았다.

그날 저녁 식탁에 그 굵게 썰어 절인 장아찌를 어울릴 만한 투박한 그릇에 담아 올려두었는데, 먼저 한입 베어문 남편이 이상한 소리를 냈다. '으허으'에 가까운 소리였다.

"왜?"

"이거 어디서 났어?"

"이상해? 아까 이재가 갖다줬는데."

"먹어봐."

이번엔 경윤이 감탄했다. '흐어흐' 하고 작지도 크지도 않은 소리로. 달고, 시고, 짠데 짜지 않았다. 깨물면 얼음 같은데 또 적당히 물렀고 수분이 잘 빠졌는데도 질기지 않았다.

"뭐가 이렇게 말도 안되게 맛있어?"

"그러게. 그냥 무잖아. 어째서지?"

장아찌 병에는 양파도 고추도 들어 있지 않았다. 무만 들어 있었다. 다른 것이 첨가되지 않은 맑은 맛이 나기도 했다. 두 사람이 몇 개씩 집어먹으며 논의를 계속하자, 그때까지 별 관심이 없던 네살짜리 아이가 자기도 달라고 했다. 경윤은 가위를 가져와서 작게 잘라주었다.

"나 이거 또 주세요."

큰 장아찌 병을 일주일 만에 비웠다.

그후 이어진 경윤의 장아찌 탐구는 눈물겨웠다. 아무리 만들어봐도 도무지 그 맛이 나지 않았다. 실패할 때마다 이재에게 물어보았다. 간장은 어디 거 써? 식초는? 설탕은? 역시 무가 문제일까? 이재는 경윤을 귀찮아하지 않고 그다음 겨울, 지리산 근처로 귀농한 부모님에게서 간장과 무를 얻어다주었다. 그럭저럭 비슷한 맛까지는 났지만 결코 같은 맛이 나지는 않았다.

"그럼 그냥 내가 만들 때 네 것도 만들어줄게. 그거 먹어."

"미안해서 어떻게 그래?"

"너도 나 맛있는 거 많이 해주잖아."

그런 일이 또 한번 반복되었다. 이번엔 이재의 새우젓 고추장찌개였다. 새우젓과 고추장, 애호박밖에 들지 않는데 경윤은 그 맛을 재현할 수 없었다.

"그거 또 먹고 싶어요."

아이가 말하고 아이를 안은 남편도 입맛을 다셨을 때, 경윤은 헛된 노력을 기울일 생각을 신속히 버리고 이재에게 전화를 걸었다. 맞교환할 만한 자신있는 요리가 있을까 궁리하면서.

그래서 이재의 남편에게 다른 사람이 생겨서 이혼하게 되었다고, 다른 친구들보다 먼저 들었을 때 믿을 수가 없었던 것이다. 물론 결혼은 장아찌와 고추장찌개로는 유지시킬 수 없는 아주 복잡한 합의의 상태라는 걸 충분히 이해하고 있었다. 그렇지만, 그럼에도, 그것과 별개로…… 경윤은 바쁜 하루를 보내고 잠들기 전마다 이재에 대한 생각을 멈출 수 없었다. 이재에겐 여러 면에서 다른 사람이 흉내 낼 수 없는 부분이 있는데, 흉내 낼 수 없이 탁월한 부분이 있는데, 대체 그런 사람을 놓치고 모든 걸 망쳐버리는 바보가 어디 있단 말인가? 밤마다의 생각은 이재보다 이재의 남편에 대한 것이었는지도 모르겠다.

"내가 내 친구라서 너무 후하게 생각하는 걸까?"

경윤이 남편에게 물었다. 남편은 말없이 장아찌 병에 남은 양을 가늠하고 있었다.

아영은 이재와 경윤이 가까운 동네에 사는 걸 질투했다. 다 함께 모였을 때, 두 사람만 아는 이야기를 하는 게 싫었다. 게다가 그 내용이라는 게 반찬 만들기에 대한 시답잖은 정보들인 것도. 평소에 그렇게 질투가 심한 편은 아닌데, 고등학교 때 아영과 가장 친했던 이재가 결혼 후에 조금 멀게 느껴져서 속상했었다. 한 그룹 안에서도 한층 더 친한 친구였으면 했다. 그래서 이혼을 하게 되었다고 연락이 왔을 때, 몇번째 순서로 말해주는 걸까 궁금해했고 그걸 궁금해하는 스스로가 약간 싫어지고 말았다.

어쨌든 가장 많은 정보를 알려준 상대는 아영인 게 틀림없었다. 직장에서 워크 와이프, 워크 허즈번드로 서로를 부르다가 그렇게 된 모양이라고 말하는 이재의 목소리는 무척 절제된 톤이었다. 아영이 자주 보는 자연 다큐멘터리의 내레이터 같았다. 도마뱀의 짝짓기 장면을 단조롭게 서술하는 그런 목소리였다. 어쩌면 쇼크 같은 것에 빠져 있는지도 몰랐다. 이혼 세일이라니, 역시 이상행동처럼 느껴졌다.

"그래서 뭘 살 거야?"

같은 싱글이라 몇년 새 더 가까워진 민희가 물었다. 두 사람은 종종 목요일 저녁쯤 만나 식사를 하거나 영화를 보았다.

"몰라, 걔 물건은 다 탐나지."

아영은 솔직히 말했다. 이재가 걸치면 평범한 카디건도 근사해 보였고, 남들 다 신는 생고무 밑창 스니커즈도 달라 보였다.

"235 신는 건 나랑 이재뿐이니까. 역시 신발을 살까?"

우리는 발 사이즈도 같아, 언젠가의 10대 시절에 서로 신을 바꿔 신으며 이재와 아영은 속삭였다.

"나는 적금 깰 기세야."

민희가 말해서 아영은 울컥하던 마음을 잊었다.

"뭘 또 그렇게까지?"

"솔직히 내가 여섯명 중에 취향이 제일 없잖아. 무색 무미 무취하지."

"아니, 뭐…… 너 나쁘지 않아."

"나쁠 만큼도 취향이 없으니까. 내가 봐도 그래. 위로해주려 하지 마. 마네킹 입은 거 싹 사듯이 사버려야지."

아영은 민희의 솔직함에 어쭙잖은 시도를 멈추었다. 이재는 늘 흉내 내고 싶은 대상이었다. 그런 이재를 질투한 적이 있었던가? 고등학교 시절을 떠올렸다. 남녀공학이었다. 이재는 앞머리 모양을 유행시키고, 양말 접는 방식을 유행시켰다. 학기 초엔 아무도 이재를 알아채지 못하다가 여름방학이 될 때쯤엔 반 남자애들 반쯤이 이재를 좋아하고 있었다. 더 예쁜 아이들은 얼마든지 있었는데도. 어쩌면 다들 이재보다도 이재가 이끌고 다니는 공기 같은 것을 좋아했는지도 모른다. 함께 있으면 심장이 약간 느리게 뛰게 되는 감미로운 공간 장악 능력 같은 것 말이다. 이재의 반경에선 모든 모서리와 테두리가 달라졌다. 둘러싼 사람들의 스트레스 수준을 떨어뜨리는 희한한 아이였다. 아영은 이재를 좋아했고, 이재와 함께 있는 자신을 좋아했다. 질투하진 않았다. 경윤을 질투하기 전에, 이재의 대학 친구들과 직장 친구들을 질투했다는 건 인정할 수밖에 없지만.

"역시 난 결혼 같은 건 하지 않을래. 그 이재도 실패하는데 내가 해낼 수 있을 리 없어."

참고 있던 탄식을 해버렸다.

"그래? 나는 그래도 결혼하고 싶어. 요즘 들어 더 하고 싶어."

민희는 생각이 다른 모양이었다. 아영은 민희가 말을 잇길 기다렸다.

"사는 게 너무 무서워서. 다음 휴직은 휴직이 아니라 퇴사가 될지도 몰라."

근무환경이 열악하기로 유명한 회사에 들어간 민희는 몇년 지나지 않아 지병이 생겼다. 쉬었다 복귀했다를 벌써 몇번 반복했다. 회사에서 이런저런 압박이 있는 모양이었다.

"근데 파트너가 있으면 내가 다른 직장을 찾을 때까지 바통 터치를 할 수 있잖아. 요즘 주변에 많이들 그러던데. 서로 이직할 때 버텨주고. 나는 혼자 버텨야 해. 이러다 더 아파지면…… 혼자는 서럽고 무서워."

"음, 그런 문제는 나라가 해결해줄 문제 아닌가?"

아영이 망설이다가 반문했다.

"나라는 별로 믿음이 안 가고, 40대가…… 50대가 보이질 않아. 선배들 다 어디로 사라졌지? 우리 업계는 특히 더 심해."

민희가 아픈 몸을 주무르며 말했다. 아영이 테이블 너머로 민희의 손을 잡았다. 손이 차서 깜짝 놀랐다.

"이재 꼬드겨서 우리 셋이 살까? 실직하면 서로 밥 먹여주면서?"

"그럴까? 정말 그럴까?"

떠오르는 대로 말했을 뿐이지만, 나쁘지 않을 것 같다고 아영은 생각했다.

애가 안 생겼던 게 천만다행이다, 애가 있었으면 어쩔 뻔했어, 하고 지원은 이재의 이혼 소식을 듣고 생각했다. 생각만 했다. 그런 말들을 입 밖으로 하지 않으려고 노력하고 있었다.

세살 첫째, 막 돌 지난 둘째를 키우면서 지원은 한쪽 얼굴에 마비가 왔었다. 아들 둘이었다. 두 아이가 다 예민하고 난했다. 시아버지가 성격이 불같고 어려운 어른이었는데, 하필 아이들이 시아버지를 빼닮았다. 잠이 얕았고 입이 짧았고 무엇보다 예고 없이 폭발하는 공격성이 그랬다. 부모와도 사이가 좋고 동생과도 사이가 좋아 4인 가족을 만들고 싶었던 지원은 자주 자신의 선택을 되돌아보곤 했다. 한 가족의 행복이 불쑥 끼어드는 유전자에 이토록 영향을 받아도 되는 것인가 싶기도 했다.

"아침에 일어났더니 얼굴이 이상하더라고. 의사가 입원치료 받으라는데 그럴 수도 없고. 겨우 놀아왔는데 아직도 피곤하면 이상하게 얼얼해져."

지원이 말했을 때 친구들은 뜨악해하는 눈치였다. 여섯명 중에 아이가 있는 사람은 지원과 경윤뿐이었는데, 경윤의 딸은 지원이 보기에 다섯명이라도 키울 수 있을 것 같았다. 비교하지 않으려 해도 비교하게 되었다. 다른 사람들의 삶은 근사하고 자신만 지옥에 버려진 듯한 날들이 이어졌고, 짓무른 마음을 들키지 않으려 애썼지만 종종 들켰다. 친구들이 하는 말들이 죄 배부른 소리처럼 들려 가끔 모나게 반응해버렸던 것이다. 그럴 때 친구들이 잠깐 짓는 아연한 표정에 지원은 더욱 비참해지고 말았다.

"사람을 부르는 건 무린가?"

성린의 말에 지원은 고개를 저었다.

"응, 사정상 무리고 이미 불러봤는데 다들 오래 있지 못하고 관두더라. 내가 우리 애들 힘들다고 말하는 게 과장이 아니야. 베테랑들도 도망친다니까?"

"그럼 부모님이나 시부모님한테 좀더 도와달라고 하면 안돼?"

아영이 이어 물었다.

"우리 엄마 아빠한테 맡겼다가 얼마나 싸웠는지 몰라. 일관성이 생명인데 해선 안되는 행동을 해도 잘한다, 더 해라, 뛰어도 돼, 밀어도 돼, 집어던져도 돼, 아무거나 먹어도 돼, 잘 시간에 자지 않아도 돼…… 그러면 내가 그다음 날 두배로 힘들어."

"맡아주시는 건 감사해도, 그러시면 안되는데."

경윤이 말했다.

"아들 둘이라 그런 것 같아. 손자들의 랭크가 딸이나 며느리 랭크보다 높은 거야, 어른들 마음엔."

"금방 커서 의젓해질 거야. 조카들 보니까 순식간이더라."

민희가 위로했지만 지원은 그 말에 더 기분이 상했다. 조카 잠시 보는 것과 같을 리가 있나, 이해받지 못하는 기분이었다. 친구들에 대한 섭섭함이 점점 더 쌓였던 것은 만나는 빈도가 줄어들어서이기도 했다. 한두번 지원 쪽으로 찾아와주었던 친구들은 발길을 뚝 끊었다. 아직 아이가 없는 친구들은 기겁을 한 것 같았고, 큰애가 경윤의 딸을 때리는 바람에 경윤도 피하는 기색이었다. 친구들 중에 가장 커리어가 잘 풀린 성린은 지원의 애들을 보며 더더욱 결혼의 반대방향으로 걷기로 마음먹은 듯했다.

이재만 드문드문 계속 와주었다. 무슨 생각을 하는지 알 수 없는 애였고, 무리 내에서 특별히 친한 것도 아니었는데 와서 함께 시간을 보내주었다. 아이들이야 이재가 있다고 해서 덜 유난스러워지진 않았지만 어른 손이 한쌍 더 있다는 게 무척 도움되었다. 이재는 아이들을 무심하게 잘 견뎠다.

"너는? 재작년쯤 임신 준비한다고 하지 않았었나?"

지원은 이재도 아이를 낳아서 자주 함께 외출하면 좋겠다고 생각했다.

"아, 우리는 아이 없이 살려고."

"왜? 나 사는 꼴 보니 낳기 싫어졌니?"

목소리가 뾰족하게 나오고 말았다. 이재는 잠깐 지원의 얼굴을 바라보더니 털어놓았다.

"남편이 어렸을 때 볼거리를 앓았는데 그때 불임이 된 모양이야. 모르고 있다가 작년에 알았어. 그런데 그렇게 되고 보니, 내 안에 막 간절한 부분은 또 없어서…… 나한텐 자연스러운 일이었어."

편하게 생각해서 선을 넘어버렸다는 것을 깨닫고, 지원은 허둥댔다. 사과하기도 뭣했고 하지 않기도 뭣했다. 변명 반 한탄 반을 이어나가고 있으니 오히려 이재가 지원을 안심시켜주었다.

"너무 걱정하지 마. 아영이가 다큐멘터리 보고 말해줬는데, 인간의 뇌는 스물다섯에서 서른 무렵에 완성된대. 그러니까 애들 성격은 계속 변할 거야. 이대로 고정되지 않을 거야. 너는 게다가 보기 드물게 일관적인 양육자니까."

들을 때는 별 도움 안되는 소리를 한다 싶었지만, 그후 지원은 이상하게 이재의 말을 자주 떠올렸다. 고정되지 않았어, 고정되지 않았어, 하고 주문처럼 되풀이했던 것이다. '보기 드물게 일관적인 양육자'라는 말에 대해서도 마찬가지였다. 어떤 날에는 '보기 드물게' 쪽에 방점을 두어 스스로를 칭찬하고, 어떤 날에는 '일관적인 양육자' 쪽에 방점을 두고 스스로를 다잡았다. 그랬기에 지원은 어떻게든 아이들을 맡기고 이재의 이혼 세일에 가야겠다고 마음먹었다. 가서 무언가 근사한 말을 돌려줘야 했다. 주문 같은 말을.

성린은 이재에게 대뜸 전화를 걸어 제안했다.

"너 우리 회사에 올래?"

전화기 너머에서 이재가 놀라는 게 느껴졌다. 성린은 친구들을 놀라게 하는 게 좋았다. 대기업 계열의 무역회사에 다니다가 일찍이 독립해 원두 로스팅 기계를 수입하는 사업을 시작했는데, 제법 잘되어서 확장세였다. 회사를 그만두었을 때도, 사업을 시작했을 때도, 사업이 잘되기 시작했을 때도 친구들은 성린을 놀라워했다. 성린은 대수롭지 않게 성공을 받아들였다. 따지고 보면 그렇게 놀라울 일도 아닌 것이, 한국의 커피 소비량은 세계 6위이고 카페인으로 돌아가는 나라라 해도 과장이 아니었다. 성린은 조금 먼저 움직였을 뿐이었다.

"내가 너희 회사에서 할 수 있는 일이 있을까?"

"와서 찾으면 되지. 너 일 필요하지 않아?"

결혼해서 그만두기 전에, 이재는 조그만 애니메이션 회사에서 기획 일을 했었다. 그 이후로 그 회사는 여러 작품을 성공시켜서 수출도 많이 하고 규모가 꽤 커졌다. 이재가 계속 일했으면 어땠을까 성린은 늘 안타까워했다. 명민한 친구이니 성린의 회사에 오면 금방 자리를 잡을 거라 판단하기도 했고 말이다.

"나 사실 몇년 전부터 프리랜서로 일을 하고 있었어."

이재가 약간 부끄러워하며 말했다.

"정말? 왜 말 안했어? 프리랜서는 힘들지 않나?"

이번엔 성린이 놀랄 차례였다.

"어디에서? 언제부터? 뭐 하는데? 괜찮게 벌어?"

성린은 놀라면 질문이 많아지는 편이기도 했다.

"회사 사람들이랑 연락은 계속 하고 있었거든. 내가 기획했던 애니가 씨즌이 길어지면서 시나리오도 많이 필요하게 되었는데, 작가들이 부족했어. 그래서 이년 전쯤인가 나한테 제안이 와서, 망설이다가 해봤는데 잘 맞더라고."

"그런 걸 하고 있었구나."

"응, 캐릭터도 주제도 다 정해져 있고…… 이야기를 그냥 뜨개질처럼 뜨고 있어. 여기서부터 저기까지 가닿으면 돼. 순서대로. 규칙을 지켜가며."

"돈은 잘 줘?"

"영상 오분에 팔십만원, 십분에 백삼십만원 좀 넘게 줘."

"와, 세다."

"그런데 그걸 한번에 쓰는 건 아니고 삼고, 사고 고쳐야 하는데 기간이 짧아. 이주 내에 그 과정을 끝내야 해서 쉽진 않아."

"충분히 벌고 있는 거야?"

"그때그때 다른데, 한번은 한달에 몇개까지 쓸 수 있나 최대한으로 해봤어. 그랬더니 회사 다닐 때보다 낫더라고. 불안정하고 몸 상하기 십상이라 그렇지."

"괜찮다. 너 계속 그거 하면 되겠다. 그래서 그렇게 상큼하게 이혼할 수 있었구나?"

성린이 신나서 말했다.

"상큼한 이혼이 어딨겠어?"

이재가 웃었다.

"여자한테 일이 최고다, 돈이 최고다, 그치?"

"나는 운이 좋았지만……"

성린은 안심한 나머지 이재가 끝맺지 않은 말에 대해서는 더 생각하지 않았다.

이혼 세일 날, 친구들이 찾아갔을 때 문을 열어주는 이재는 평소와 그리 달라 보이지 않았다.

일단은 차부터 마셨다. 아름다운 물푸레나무 6인용 식탁에서. 아영은 그 식탁을 볼 때마다 이재가 친구들을 위해 산 식탁이라고 생각했었기에, 손가락으로 모서리를 쓸어보았다. 이재가 냉장고에서 유자청을 넣고 구운 파운드케이크를 꺼내왔다. 모두가 먹어본 맛이었지만 입안에 침이 고였다.

"나 얼마 전에 건강검진에서 종양이 발견되어서 뗐잖아."

경윤이 착잡한 얼굴로 말했다. 악성은 아니었지만, 안심해도 되는 종류 역시 아니었다. 가만히 두었다면 십수년 후에 위험해졌을지도 몰랐다. 암보다 천천히 자라긴 해도 전이되면 암이나 다름없는 그런 종양이었다.

"나도 얼마 전에 가슴에 뭐가 잡혀서 맘모톰 했는데, 야, 그거 진짜 드릴이더라."

성린이 자기 경험을 보탰다.

"무섭지 않니? 우리를 죽일지도 모르는 것들이 우리 몸에서 돋아나고 있어. 종유동굴이라도 된 기분이야. 의사가 이제 치즈, 바나나, 초콜릿, 아보카도를 먹지 말래."

"망할, 맛있는 것만 못 먹게 됐네?"

민희가 '망할'을 너무 구성지게 발음해서 친구들이 웃었다. 민희도 건강 때문에 못 먹는 게 많았다. 쇠도 씹어먹을 것 같았던 예전이 조작된 기억처럼 느껴질 정도였다.

"시어머니 수술이 얼마 전이었거든. 하필 시기가…… 마음이 안 좋더라고. 시부모님은 조금 보고 싶을지도."

다들 애써 이재의 화제를 피했는데, 이재가 스스로 말을 꺼내 친구들은 잠깐 굳었다.

"한번도 나를 못마땅해하신 적이 없는 분들이었어."

경윤과 지원이 그러기 쉽지 않다는 듯 고개를 끄덕였다.

"아, 딱 한번 있었나? 어머님이 과일가게에서 자두를 사주시겠다 했는데, 내가 몇개 고르니까 영 굵어 보이지 않았는지 다 꺼내고 다시 담으신 적은 있다. 근데, 그건 자두일 뿐이었고."

이재가 웃었다. 자두라니, 아영은 고개를 저었다.

"그런 좋은 분들이 왜 그런 새끼를 낳았을까?"

성린이 찌푸린 채 투덜거렸다.

"야, 자식은 완전 랜덤이야. 더 윗대의 유전자들이 막 튀어나온다고. 분명 바람둥이 유전자가 있었을 거야."

지원이 성린에게 말했다.

"그게 아니었어."

이재가 중얼거렸다. 평소의 목소리와는 달랐다. 무언가 지워져 나간 목소리였다.

"불륜이 아니었어. 불륜으로 알고 있었는데 아니었어. 얼마 전에야 누가 나한테 전해줬어. 나는 그 일이 있고 남편이 바로 털어놓기에, 그래도 솔직하기는 하구나 생각했거든. 그런데 내가 진짜 무슨 일이 벌어졌는지 알게 될까봐 그랬나봐. 아니면 스스로 그렇게 믿고 싶어서 그랬는지도 모르지만. 아무도 나한테 말해주지 않다가 이제야 말해줬어. 남편이 회식 끝나고 직장 동료를 업고 갔다는 거야, 다들 데려다주려는 건 줄 알았는데…… 오래 친하게 지냈으니까…… 그 사람은 의식이 없었어. 그건 불륜이 아니었어. 그 건…… 나는 여기 더 머물 수가 없어."

물 한방울이 떨어지는 소리가 났다. 이재는 찻잔의 금박 가장자 리를 손가락으로 더듬어 만졌다.

"찻잔, 가져가고 싶은 사람 있어?"

이혼 세일이 시작되었다.

찻잔은 민희가 가져갔다. 영국, 일본, 중국, 체코에서 온 섬세한 도기들이 충전재에 쌓였다. 민희는 이재의 옷 3분의 1쯤과 가방들 도 샀다.

"너 보관할 데가 있긴 있어?"

아영이 반쯤 걱정스레 물었지만 민희는 개의치 않았다. 그렇게 물은 아영도 신발과 모자, 고데기, 러그, 커튼, 세탁기를 샀다.

"이제 고데기도 안 쓸 거야?"

"응, 손질 필요 없는 머리로만 살 거야."

경윤은 잘 길든 무쇠팬 두개와 다육 화분들을 골랐다. 그것만 가 져가려다가 마음을 빼앗겨 조명 스탠드와 쿠션도 샀다.

지원은 침대 매트리스와 무선 청소기, 식기세척기, 화장대를 선 택했다. 매트리스는 트램펄린 대용으로 아이들 노는 방에 넣어줘 서 마음껏 뛰게 해줄 생각이었다. 다른 친구들은 무의식적으로, 지 원의 두 아이라면 악마도 밟아 없앨 수 있을 거라고 고개를 끄덕였 다. 일종의 정화의식에 가까울 거라고 말이다.

포스터 액자들, 식탁과 소파, 블루투스 스피커, 냉장고, 책상과 프린터는 성린이 회사에서 쓰기로 했다. 안 그래도 회의실이 너무 텅 비어 있어서 이것저것 필요했다면서. 성린은 큰 짐들을 옮기기 위해 트럭을 빌리기로 했고, 다른 친구들 것도 하는 김에 함께 옮겨주겠다고 제안했다.

물건마다 덧없이 싼 가격을 포스트잇으로 붙여놓은 채, 이재는 더 주겠다는 제안들에 고개를 저었다.

"근데 이렇게까지 다 없앨 필요 있나? 혼자 살아도 필요한 물건들이지 않아?"

지원이 물었다. 그 물음에 불안해진 네 사람이 동시에 이재를 쳐다보았다.

"사실은…… 내가 보여줄 게 있어."

이재는 친구들을 지하주차장으로 데리고 갔다. 그러곤 아주 작은 캠핑 카라반 앞에 섰다. 카라반은 아직 차에 연결되어 있지는 않았다. 거짓말, 하고 아영이 자기도 모르게 입 밖으로 말했다.

"이걸 끌고 어디로 가게?"

"일단 좀 다녀보게."

친구들은 드디어 이재가 이혼의 충격을 드러내는구나 생각했다.

"그냥, 결혼이 부동산으로 유지되는 거란 생각을 했어. 도무지 감당이 안되는 금액의 집을 사고, 같이 갚으면서 유지되었을 뿐인 게 아닐까. 그래서 한동안 동산만 가지고 살아보고 싶어서."

성린이 가장 먼저 고개를 끄덕였다.

"위험하지 않을까?"

경윤이 너무 염려를 담아 말하지 않으려 애쓰며 물었다.

"야, 여자는 어디서나 위험해. 어떻게 살아도 항상 위험해."

성린이 이재 대신 대답했다.

"이 안에서만 살 건 아니야. 돌아다니다가 마음에 드는 숙소 있으면 그런 곳에서도 묵을 거야."

"좋겠다. 그렇게 게스트로만 지내면."

지원도 이재의 아이디어를 받아들였다.

"구경해도 돼?"

민희가 물었고, 이재가 문을 열어주었다. 여섯 사람이 들어가 앉자 카라반은 꽉 찼다.

"나도 데려가. 따라갈래."

아영은 이재가 혼자 갈 걸 알면서도 그렇게 조르며 이재의 팔짱을 꼈다. 여섯 사람은 팔과 다리가 교차된 채 30분쯤 카라반 안에 머물렀다. 오래전에 자주 비슷한 식으로 앉아 있곤 했다는 걸 떠올리면서.

"나 한달 만에 울면서 돌아올 수도 있어."

이재가 천장을 올려다보며 중얼거렸다.

"그럼 또 어때."

경윤이 이재의 무릎에 기대며 말했다. 이재는 가져갈 짐을 이미 카라반에 옮겨둔 상태였다. 너무나 적은 짐이었다. 스테인리스 식기가 몇점, 면과 리넨과 겨울 옷가지가 약간, 부츠와 운동화와 슬리퍼, 담요 두장, 노트북과 태블릿이 거의 전부였다. 마음이 저려왔고, 다리도 저려오기 시작했기에 여섯 사람은 다시 집으로 올라왔다.

"그럼 이제 사은품을 줄게."

친구들이 웃었다. 이재는 아영에게 뜯지 않은 화장품들을 주었다. 두 사람은 피부 톤이 가장 비슷했다. 홍차 몇 박스와 티타월은 민희에게 주었다. 아마도 남편과 함께 쳤을 배드민턴 채 한쌍과 작은 난로를 지원에게, 미니벨로 자전거를 경윤에게, 문서파쇄기를 성린에게 주었다.

"정말 고래처럼 해체해버렸네."

아영은 물건들이 제자리에서 조금씩 어긋나 있는, 아직 차 있지만 곧 비게 될 집을 둘러보며 말했다. 존재하지 않는 점선을, 절단을 위한 선을 그릴 수 있었다.

"언제나 이런 집에서 살고 싶었는데."

민희가 다시 한번 방마다 돌아다녔다.

시스템 옷장에 기대서 있던 성린이, 열린 서랍에서 이재의 수면 바지를 꺼냈다. 알록달록하고 두꺼운 그 인조섬유 바지는 온통 돼지 무늬였다. 웃고 있는 돼지 얼굴이 흩뿌려져 있었다. 성린이 바지를 꺼내 이리저리 말아보았다.

"그거 줄까? 추위 타?"

이재가 물었다.

"아니, 고사를 지내자."

친구들은 성린이 무슨 이야기를 하는지 곧 알아들었다.

"옛날 사람처럼 무슨 고사야?"

아영이 망설였다.

"사장님들은 꼭 저러더라."

민희가 어이없어했다.

"이제 먼 길 가잖아."

성린은 물러설 기색이 아니었다.

"그래서 수면바지에 대고 절하자고?"

다들 떨떠름해하는데도 성린은 집을 뒤져 가향 꼬냑 한병과 이불 실을 찾아냈다. 여기저기 열어보는 데 거침이 없어서 다른 친구들은 놀랐지만, 또 여기저기 열어봐도 깔끔하게 정리가 되어 있어서 이재는 별로 불편해하는 기색이 아니었다. 경윤은 은근슬쩍 성린에게 동조하며 마트에 가서 북어와 떡을 사왔다.

"절 같은 건 안할 거야."

이재의 카라반 앞에 서서 짧은 치마를 입은 아영이 선언했다.

"그래, 그럼 이렇게 하자."

성린은 수면바지를 선반 위에 올리고 그 앞에 실을 감은 북어, 떡을 차리고 혼자 절했다. 그리고 술잔에 술을 조금 따라 친구들이 손끝을 담그게 했다. 술에서 달콤한 향이 났다. 체리와 초콜릿 향이.

"바퀴에 뿌려. 그리고 이재가 잘 다녀오라고 마음속으로 빌어."

그 정도야 다들 거부감 없이 받아들였다. 손끝에 술을 묻혀서 뿌리면서 친구들은 어렸을 때처럼 웃었다. 떡을 한입씩 베어물었다.

"누가 CCTV로 보고 있을까봐 걱정이네. 쟤네 뭘 하나 싶을 거 아냐?"

지원이 CCTV 쪽을 힐끔힐끔했다. 쳐다보지 마, 더 수상해 보여, 하며 민희가 지원의 팔을 잡았다. 누가 먼저랄 것도 없이 다들 이재를 껴안았다. 주로 운에 대한 말들을 귓가에 속삭였다.

"완성된 뇌가 내린 판단을 믿어. 믿고 가."

지원은 어색하게 말하지 않으려 연습해왔는데, 어쩔 수 없이 어색했다.

경윤은 집에 갈 때 아영의 차를 얻어 탔다. 차가 아파트 단지를 막 빠져나가려 할 때였다. 이재에게서 전화가 왔다.

"나 뭐 두고 갔어?"

얼른 받으며 물었다.

"아직 근처지?"

"단지 안이야."

아영이 차를 입구 쪽에 잠시 세웠다. 멀리서 이재가 가볍게 뛰어오는 게 보였다. 손에 뭔가 둥근 걸 들고 있었다.

"뭐야, 그게?"

"장아찌 돌. 누름돌."

경윤은 그 묵직한 돌을 받아들고, 차가 출발하고도 한참을 웃었다.

이마와 모래

대식국과 소식국 사이의 평화에 위기가 찾아온 것은 첫번째 전쟁 후 정확히 30년 만의 일이었다. 29년도 31년도 아니고 30년이었던 것은 휴전 30년 기념 전쟁 재현 행사에서, 소식국의 배우가 대식국의 장군을 살해했기 때문이다. 그 자리에 있던 사람들은 모두 연기가 실감난다고 생각하며 다음 장면을 기다렸는데, 소식국의 배우가 목을 가다듬고 극단적인 내용의 성명을 발표하기 시작해서야 일이 잘못되었다는 걸 깨달았다. 배우의 이름은 '호수'였다. 소식국 말로 더 정확히는 '파문 없이 잔잔한 호수'를 뜻해서 당대에도 후대에도 많은 사람들을 허탈하게 만들었다.

대식국과 소식국의 '식'은 흔히 쓰는 것처럼 나라 이름을 가리키거나(郞), 불꽃을 의미하거나(熄), 번성함의 정도(殖)를 말하는 식이 아니라 먹을 식(食)이었다. 두 나라의 문화가 극단적으로 많이 먹는 것과 적게 먹는 것으로 쉽게 요약될 수 있기에, 다른 나라들이 두 나라를 두고 부르는 이름이었다. 물론 대식국과 소식국이 스스로를 칭하는 이름들은 따로 있었지만, 그다지 본질을 담고 있지도 못했고 자주 바뀌었으므로 이제는 거의 잊히고 말았다.

소식국의 식사에는 확실히 독특한 측면이 있었다. 소식국의 주식은 완벽한 도형 모양의 다식(茶食)이었다. 정다각형으로 모서리 수가 늘어날수록 특별한 날에 먹는 것이었다. 정구각형을 최고로 쳤는데 아홉개의 협곡을 뜻해서이기도 했고, 그 이상 각이 많아질 경우 거의 원으로 보이기 때문이기도 했다. 두께는 자로 깎은 듯이 일정했고, 계절별로 입히는 가루의 재료에 따라 색깔이 달라졌다. 꽃과 열매, 잎과 뿌리로 만든 서른두가지 종류의 가루를 입혔다. 차와 다식에 더해 산양과 염소 젖을 가공한 몇가지 음식이 소식국 사람들의 주식이었다. 많이 먹지 않는 것, 완벽한 도형 몇점을 입안에서 오래 녹여 먹는 것이 최상의 경지에 다다른 식사이자 수양이라고 소식국 사람들은 생각했다. 공복감이야말로 정신적 고양을 가져오는 데 제일이라고 말이다.

고원에 위치한 소식국에 비해, 대식국은 항구도시와 그 주변부로 이루어져 있었다. 항구 사람들은 땅과 바다에서 나는 거의 모든 것을 먹었다. 흉측한 심해 물고기가 해변에 떠밀려와도 신나게 요리를 했다. 이국의 향신료를 두려워하지 않아서 공기에선 늘 매운 냄새가 났다. 구하기 어려운 재료를, 따라 하기 어려운 과정으로 조리하여, 풍성한 가짓수로 식탁에 올리는 것을 최고의 자랑으로 삼는 이들이었다. 처음에는 상류층 사람들만이 그런 호사를 누렸지만 사정이 나아지면서 대식국 대다수의 사람들이 미식을 위해 살기 시작했다. 대식국은 정치·경제적으로 타국에 비해 평등한 편이었는데 그 기저에는 '네놈이 먹는 거 나도 좀 먹자' 하는 심리가 깔려 있었다.

두 나라는 사실 그렇게 가깝지 않았다. 명확한 국경 개념이 생기기 이전이라 복속된 성, 도시, 마을로 경계를 지어야겠지만 어쨌든 두 나라 사이에는 사막이 있었다. 사막은 누구의 땅도 아니었다. 아무도 사막을 탐내지 않았다. 쉽게 도식화하자면 서쪽의 소식국-초원-사막-초원-동쪽의 대식국으로 그려볼 수 있겠다. 가깝지도 않은 두 나라 사이에서 전쟁이 일어난 것은 사막을 둘러싼 초원에 자라는 떨기나무 한종 때문이었다. 그 나무를 두고 관목인지 교목인지 아교목인지 후대의 학자들이 논의를 벌였지만 쉽게 판가름나지 않았다. 그 나무가 오직 두 나라 사이의 초원에서만 자라서였다. 바늘 모양의 잎은 고기를 삶을 때 바닥에 깔면 누린내를 잡아주었는데, 사실 바닥에 깔 만한 것들은 흔했으므로 굳이 멀리 나와 꺾어갈 필요는 없었다. 줄기에도 뿌리에도 식용이나 약용으로 쓸 부분이 별로 없었지만, 5년에 한번 피는 꽃만은 아주 독특한 향기를 가지고 있었다. 여리고 작게 피는 꽃은 처음에 희게 피었다가 절정에서 형광에 가까운 노란색이 되고, 다시 색이 빠지기 시작해서 마지막에는 거의 푸른빛을 띠는 흰색이 되어 송이째 떨어졌다.

소식국에서는 그 송이째 떨어진 꽃들을 주워 신전에서 피웠다. 귀한 향이기에 국경일에만 피웠는데 국경일이 1년에 32일이나 되어서 다음 수확기까지 떨어지지 않게 분배하여 쓰는 것이 중요했다. 그 일에 실패하여 정치적 실각을 겪는 종교인들도 많았다. 소식국이 섬기는 신은 '간명한 것들의 신'이라고 번역할 수 있다. 인격도 신화도 없는 신이라 대체 어떻게 섬기는 건지 외부인들로서는 이해하기 어려웠는데, 소식국 사람들이 종교 문제에 굉장히 엄격하고 예민하다는 것만은 충분히 알 수 있었다. 소식국에서는 문제의 꽃을 '가장 간명한 꽃' 혹은 '가장 귀한 가루'로 불렀다.

그에 반해 대식국에서 그 떨기나무 꽃을 부르는 이름은 '황달에 걸린 애기 젖꼭지'로, 자극적이고 원색적인 편이었다. 원래 식용으로 쓰이긴 했지만 특유의 떫은맛 때문에 아주 인기있지는 않았는데, 떫은맛을 감칠맛으로 바꿔주는 기름이 보급되어 갑자기 수요가 폭발적으로 늘었다. 대식국에서 요리의 유행만큼 절대적이고 파괴적인 것도 없어서 채집 인파가 사막을 넘어 소식국 주변의 초원에까지 진출했던 것이다. 대식국 사람들은 손이 크고, 남겨가며 뒷일을 도모한다는 의식 같은 것이 없었다. 정말로 씨가 마르도록 모조리 따버렸다. 이 표현이 과장이 아닌 것은 대식국의 종교인이나 다름없는 요리연구가들이 꽃이 연노란색일 때 가장 맛있다고 말하는 바람에, 말 그대로 씨가 맺힐 겨를이 없었기 때문이다.

떨기나무 꽃에서 시작된 작은 분쟁이 회오리처럼 커지는 데는 그렇게 오래 걸리지 않았다. 소식국의 어린 정찰병이 살해당하고,

대식국의 채집가들이 사막에서 실종되었으며, 혼인외교가 처참하게 실패했고, 사신들의 목이 잘려 광장에 걸린 다음에, 서로의 가축 떼를 빼앗고 배를 불태웠다.

30년 전의 첫 전쟁은 길고 소모적이었다. 두 나라 모두 휘청였을 정도였다. 국력이 월등한 대식국이 이길 거라고 점친 사람들이 많았지만, 보급이 쉬운 소식국의 국지전 능력은 무시할 게 아니었다. 평소에 고기를 거의 먹지 않는 소식국의 병사들이 전쟁 중에는 매일, 매끼 말린 고기를 먹어서 잘 싸웠다는 우스갯소리가 돌았다. 아주 우스갯소리는 아니었는지 전쟁을 통해 전파된 소식국의 산양 육포는 대식국 사람들의 입맛도 사로잡았다. 2백여건의 전투 끝에, 두 나라 모두 진 거나 다름없다는 판단이 더디게 찾아왔다. 전쟁에 비해 화약(和約)은 순식간이었다.

재현 행사에서 암살이 일어난 지 보름 만에, 양국은 거병했다. 대식국이 진격해왔고 소식국은 간발 차로 대응했다.

양쪽은 진을 쳤지만 맞부딪치지는 않은 상태로 신중하게 머물렀다. 아직 첫 전쟁을 기억하는 이들이 살아 있었고, 그들 대다수는 두번째 전쟁을 원하지 않았다. 비록 묵은 증오가 느린 걸음을 옮기는 군인들 몸속에서 출렁거렸지만 말이다. 목책 안에 6만여명이 머무는 대식국 진영과, 조금 더 높은 지대를 차지한 4만 8천여명의 소식국 진영 사이에 긴장감이 돌았다. 초원과 사막의 경계였고 다행히 더위는 한풀 지나간 계절이었다. 소식국에 가까운 지점이었지만, 대식국과 달리 소식국 병사들은 목책을 치지 않았다.

"두려운 게 없어 보이는군."

대식국의 보초병이 소식국 쪽을 건너다보며 말했다.

"그래서 내세를 믿는 나라랑은 싸우는 게 아니야. 우리는 죽으면 비료가 된다고 생각하니 두려운데 저쪽은 아주 태연해 보이잖아."

"죽으면 어디로 간다고 믿는 거래?"

"어디라더라, '가장 간명한 세계'라던데 잘은 모르지만 나도 가고 싶군."

"하지만 음식은 맛이 없겠지."

"그렇지. 굶기겠지. 다시 생각해보니 그 말은 취소할래."

그때 30년간 얼마나 사정거리가 늘었는지 자랑하며 소식국 쪽에서 화살 하나가 날아올랐다. 긴 띠로 격서가 매달린 세전(細箭)이었다. 보초병들이 섬찟해할 정도로 가까이, 위협하듯 내리꽂혔다.

도살자들아, 너희의 하수구 동네로 돌아가라.

짧고 강렬한 편지는 곧 대식국 대신들의 천막으로 배달되었다. 대신들은 사실 누구의 신하도 아니었고 대식국 권력의 정점에 선 정치인들이었지만, 옛 왕정의 자취가 남은 그 호칭을 그대로 썼다. 다소 겸손하게 들리기도 했고 '내가 나라의 신하요' 하고 멋들어지게 말할 수도 있었기 때문이다. 대신들의 천막, 커다란 의자에는 왜소한 소년도 하나 앉아 있었는데 소식국 말에 능하다 해서 불려온 참이었다. 소년보다 소식국 말이 유창하고 문자를 체계적으로 이해하는 이들은 불행히도 전쟁 재현 행사에 참여했다가 그대로 소식국의 고원도시에 억류되어 있었다. 소년은 그 자리에 있을 자격이 없는데 다른 사람들의 불운 때문에 있게 된 걸 잘 알고 있어서 의기소침해했다. 그의 이름은 '모래'였다. 정확히는 사막에 드물게 비가 온 후 하루이틀 말라서 발이 빠지지 않게 된 쾌적한 상태의 모래를 가리키는 이름이지만, 대식국에만 있는 단어라 옮기기 어렵다. 모래의 가족은 사막을 가로지르는 상인들로, 대식국과 소식국 사이를 매년 수차례 오가곤 했다. 특히 지난 전쟁 이후 대식국에서 인기가 높아진 산양 고기와 유제품을 취급했다. 고기는 사막을 가로지르기 전에 훈제 처리가 필요했는데 그 고기 꼬치를 뱅글뱅글 돌리는 것이 모래의 일이어서 어깨만은 유독 단단했다. 모래는 소식국에 인질로 잡힌 다른 가족들이 걱정되었고, 하필 배탈이나 혼자 남았다가 자신 없는 일을 맡게 된 스스로의 처지가 불안했다. 상업활동으로 언어를 익히면 대개 그렇듯이 모래의 회화는 유창했지만 문자 독해력은 그만큼 훌륭하지 못했다. 모래는 그 자리에서 까무러치고 싶다고 생각하며 소식국의 격서를 집어들었다.

"오려내는 자들이여, 당신들의 운하도시로 돌아가시오…… 그런 뜻인 것 같습니다."

"쉽게 돌아갈 거면 여기까지 오지도 않았지."

모래가 일부러 비하의 뉘앙스를 걷어낸 것은 아니었다. 식문화가 발달한 대식국에서는 도축업자를 굉장히 높이 샀다. 축제 때는 갖가지 가축을 거꾸로 매달아놓고 누가 더 말끔히 손보느냐 겨룰 정도였다. 그렇게 주변의 인정을 받은 도축업자는 '오려내는 자'라는 칭호를 받았다. 하수구를 운하로 바꾼 것은 빈약한 어휘력으로 얼추 끼워 맞춘 결과였다. 실제로 대식국은 항구 주변의 운하로 유명했다. 대식국 사람들도 곧 답장을 써 화살에 꿰었다.

배우와 그 무리들을 포승에 묶어 우리 진영에 보내라. 그들을 받기 전에는 돌아가지 않겠다.

답장은 아홉 협곡을 대표하는 가문장들이 모여 있던 모닥불가, 제사장이 된 남동생을 대신해 자리한 '이마'의 손에 배달되었다. '이마'는 소식국에서 흔한 여자 이름이었다. 축제 때 머리를 뒤로 틀어올린 여성의 이마에 귀한 가루들로 도형을 그리곤 했는데, 그래서 미인의 기준 중 하나가 넓고 깨끗한 이마였다. 막상 '이마'는 그 기준에 한참 못 미칠 정도로 좁은 이마를 가지고 있었다. 갓 태어났을 때는 머리숱이 없었기에, 부모가 실제 외모와 간극이 있는 이름을 지어버렸던 것이다. 이마도 다른 부분도 대단히 아름답지는 않았지만, 30년 전 일촉즉발의 상황에서 전쟁을 막기 위해 마지막으로 시도되었던 혼인외교의 당사자였다. 이마는 그러니까, 대식국에서 2년 동안 살다 온 유일한 소식국인이었다.

"보석과 다른 보석들을 줄에 꿰어 달라는데요? 구슬 목걸이를 받기 전에는 돌아가지 않겠답니다."

이마는 모래에 비해 상대국의 문자에 능한 편이었는데도 착각하고 말았다. 하필 대식국 말에서 배우와 보석이 동철이의어였던 것이다. 여기서는 분명히 장군을 암살한 배우 호수와 동료들을 가리키는 것이었으나, 주변국에서 소식국의 귀금속 광산을 수백년 동안 노려왔으므로 소식국 사람들은 피해의식이 깊었다. 이마도 마찬가지여서 즉각적으로 보석을 떠올린 다음 단어의 다른 뜻을 생각하지 못했다. 두 나라 중 한쪽이라도 상대의 문자를 병기하여 보냈다면 없었을 오해들이 연이었지만, 한창 자존심을 겨룰 때라 선택지가 아니었다.

"이 와중에 보석을 요구하다니, 탐욕스럽기 그지없군."

"많이 먹는 사람들이라 그래요. 한 탐욕의 끝은 다른 탐욕의 시작과 닿아 있지 않습니까."

"어쨌든 우리 쪽의 미치광이가 저쪽의 장군을 죽였으니, 보상을 해주긴 해줘야 할 겁니다."

"보석 목걸이를 어떻게 준비할까요?"

"가문마다 한줄씩 준비합시다. 가장 빛나는 돌들을 아낌없이 주고 물러가라 합시다."

이마는 자기 천막에 돌아와 목걸이를 꿰면서 30년 전 실패했던 결혼생활을 떠올렸다. 그때 이마는 고작 열다섯이었지만, 나라를 위해 무언가 중요한 일을 한다고 믿으며 사막을 가로질렀다. 항구에 도착해서야 낯선 냄새에 뒤늦게 두려움을 느꼈던 기억이 났다. 오수(汚水)로 뒤덮인 대식국의 수도는 머릿속으로 상상하던 것과는 거리가 있었다. 이마보다 열살 많은 남편은 나쁜 사람이 아니었으나, 이마가 아버지에게 배운 대로 정갈하게 음식을 만들어주었더니 날름 한입에 다 넣고는 "전식은 이제 됐고 본식은?" 하고 뚱하니 쳐다보았다. 그게 다라고 대답하자 거의 화를 낼 듯하며 이마를 시장통에 끌고 나가 열몇가지 음식을 억지로 맛보게 했다. 강한 향신료 때문에 입술이 따가웠고 이마의 고운 형겊신은 음식찌꺼기로 더러워졌다. 모든 음식이 하나같이 자극적이어서 첫해 내내 속병을 앓으며, 자기 자신은 먹을 수 없는 음식을 만들기 위해 하루종일 기름 연기 자욱한 부엌에 머물러야 했다. 만인이 맛있는 음식을 먹고 싶어해서 귀족도 노예도 없는 나라가 되었다는 대식국을 내심 동경했던 이마는, 어느날 눈떠보니 부엌 노예가 되어 있는 자신을 발견했다. 애 터지게 요리를 해봐야 한끼에 다 먹어치우는 남편이 괴물처럼 보였다. 남편의 허리띠에 달린 고래 장식을 보고는 '꼭 저 같은 걸 달았구먼' 속으로 욕을 했던 기억도 났다. 두번째 해를 채 넘기지 못하고, 이마는 요리도 외출도 말을 배우는 것도 다 포기해버렸다. 적막하게 혼자 머물던 방은 너무나 덥고 습했다. 차양을 올리나 내리나 소용없었다. 이마가 고원을 그리워하며 마르고 말라갈 때, 끝내는 전쟁이 터졌고 가까스로 탈출하여 귀국할 수 있었다. 그때 만약 전쟁이 나지 않았더라면 그 화덕 위 뜨거운 방에서 죽어버렸으리라, 속을 태우는 음식들을 먹고는 일찍 타버렸으리라…… 더이상 스스로를 애국자로 부를 수 없게 된 이마는 가끔, 실제로는 일어나지 않은 자신의 이른 죽음을 떠올리곤 했다.

갖가지 색으로 빛나는 목걸이를 소식국의 가장 빼어난 병사들이 하나씩 받쳐들고 대식국 진영에 전했다.

"호리호리한 것 좀 봐."

"일부러 호리호리한 녀석들을 보냈겠지."

"너무 호리호리해서 찌를 곳도 없어 보이는군."

"하지만 찌르면 딱딱한 똥이 쏟아질 거야. 저 나라는 온 백성이 변비랬어."

대식국 사람들이 소식국 사람들을 구경하며 수군거렸다.

의식주 중 식에만 집중하다보니 장신구 문화가 발달하지 않은 편이라, 대식국 사람들은 불행히도 목걸이의 가치를 잘 알아보지 못했다. 살해당한 장군의 부인과 딸 목에 즉시 걸어주고는 당황해서 회의를 했을 뿐이었다.

"왜 이런 걸 보냈지? 대충 꾸미개 몇개 받고 가라는 건가? 뭐라고 답장을 보내? 우리가 원한 건 목걸이가 아니라 목이었다?"

"달라고 한 건 아니지만 그래도 선물을 받았는데 우리 쪽도 조금 부드럽게 나가야 하지 않을까요?"

"그럼 코나 혀 정도에서 협상을 할까?"

대식국 사람들이 가장 두려워하는 형벌은 사형이 아니었다. 혀를 자른 다음, 코를 베어 코 맨 안쪽의 엄지손톱만 한 후각신경까지 제거해 음식맛을 아예 보지 못하게 하는 것이었다. 당시 해부학적 지식이 형편없었던 것에 비해 후각신경의 위치만은 정확히 알고 있었다는 점에서 대식국다웠다.

"저쪽에서 딴청 부리지 못하게 의사가 확실히 전달되는 답례품을 보냅시다."

"긴코돼지의 코와 혀를 요리해서 보내도록 하죠."

"몇인분이나?"

"50인분 정도면 윗선들은 돌아가며 맛을 보지 않겠습니까? 고급 요리 따위 없는 나라 사람들 호강 한번 시켜주지요."

긴코돼지는 대식국에서만 사육하는 식육용 동물로, 개미핥기와 돼지의 중간쯤 되는 작은 포유류였다. 육지 동물이면서 고래 고기와 같은 향미가 있는 살코기와 쫄깃하게 주름진 코, 부드럽고 긴 혀를 비롯해 거의 모든 부위가 식용 가능했다. 대식국 진영의 요리사들이 이틀 동안 달라붙어 50인분을 요리해냈다. 요리사들은 몸에서 기름과 초 냄새를 지우기 위해 깨끗이 목욕한 다음, 성장을 한 채 직접 은쟁반을 받쳐들었다.

"털 없는 인간들이 걸어오는군."

소식국 쪽 사람이 중얼거렸다. 대식국의 요리사들은 남녀를 불문하고 체모를 모조리 없애는 게 전통이었다. 머리카락도 수염도 팔다리의 털도 없었다. 극단적인 제모가 유행의 정점이었을 때는 눈썹까지도 밀었으나, 흘러내리는 땀 때문에 곤란해졌으므로 곧 눈썹은 예외로 하게 되었다. 눈썹만 색색으로 염색한 요리사들이 우아하게 쟁반들을 내려놓고 자기 진영으로 돌아갔다.

"세상에, 흉측하게도."

"우리는 정중하게 보물을 보냈는데 뭐 이런 괴이한 것을 가져왔

단 말입니까?"

"누가 한번 먹어보시오."

한두 사람이 입에 억지로 넣었다가 다시 손수건에 뱉어냈다.

"대체 어떤 동물의 무슨 부위지?"

이마가 긴코돼지에 대해 설명하고 코와 혀 요리라고 말해주려는 찰나, 저쪽 탁자에서 '첨봉(尖峯)'이 숟가락을 큰 소리 나게 내팽개쳤다.

"생식기입니다! 짜고 맵고 시게 요리했지만 형태가 딱 생식기입니다!"

사람들이 웅성거렸다. 저 인간, 하고 이마는 한숨을 쉬었다. 사람 이름을 지을 때 뾰족함을 뜻하는 글자는 넣으면 안된다고 덕분에 늘 생각했었다. 첨봉은 이마보다 열댓살 정도 많았는데 나이 차에도 불구하고 어른 대접을 해주는 게 영 내키지 않았다. 세상을 떠난 이마의 아버지와 숙적이었고, 모든 사안에 있어 강경파 중의 강경파였다. 어디서 그런 비틀린 공격성이 끝없이 솟는지 알 수 없었다. 이마와 마주칠 때마다 '되바라진 여자가 감히' '더러운 실패가 감히' '이마도 좁은 게 감히'라고 들릴락 말락 하게 멸시의 말들을 흘렸으므로, 이마는 노년의 초기에 진입한 그가 얼른 은퇴하기를 기다려왔다. 급사도 그렇게 나쁠 것 같지 않았지만 소식국 사람들은 오래도 살았다.

첨봉이 전쟁 재현극 때문에 방문했다가 포로가 된 대식국 사람들을 전부 거세시켜 돌려보내자고 사람들을 선동할 때, 이마가 조용히 뒤에서 끼어들었다.

"생식기가 아닙니다. 코와 혀입니다."

첨봉은 이마의 말을 부정하며 더 흥분해서 입을 열었는데, 이마는 그의 옹색하고 치열이 나쁜 입에서 폭언이 쏟아져나오려는 찰나라는 걸 깨달았다. 그래서 얼른 아까 전달받은 51번째 은쟁반의 뚜껑을 열었다. 그 안에는 서한이 들어 있었다.

코 하나. 혀 하나. 원하는 것은 그것뿐.

이번에는 이마도 달리 해석하지 않았다. 달리 해석할 수 없는 문장이었다. 이마는 가만히 서서 탁자에 모여 앉은 사람들을 바라보았다. 몇몇 실험정신이 투철한 이들이 그 낯선 요리를 다시 먹어보려 애쓰고 있었다. 이마는 짧게 아버지를 추도하는 말을 했다. 온건파의 수장이었던 아버지가 지난번 전쟁을 막으려 했던 모든 노력들을 상기시키기 위해서였다. 죽은 아버지를 빌려서밖에 말할 수 없는 게 답답했지만, 어쨌든 충분히 겪은 전쟁의 참상을 식도를 거슬러오르는 요리와 함께 곱씹게끔 하고 싶었다.

"재밌는 사람이었지. 자네 부친은."

늙은 가문장 한 사람이 입을 열었다.

"지혜로운 분이었다고 말씀해주시면 안되겠습니까?"

"그 친구는 재밌다는 말을 더 좋아했을걸."

이마는 오래 연습한 우아한 미소를 지었다.

"코와 혀라니…… 먹을 만한 음식은 아니지만, 모욕도 아닌 것 같군. 저들이 원하는 게 명확하다면 그걸 주기로 합시다. 범인을 내일 정오에 두 진영 가운데에 데려가 코를 베고 혀를 자릅시다. 목숨을 붙여두는 건 우리로서도 자비 아니오?"

상황이 그쯤에서 마무리될 줄 알았는데 그날 장군을 찌른 배우, 호수가 간이 감옥에서 탈주한 것은 노회한 이마로서도 뜻밖이었다.

대식국의 경우, 정치적인 색깔을 막론하고 이 사태가 얼른 해결되어 운하도시로 돌아가기만을 모두 간절히 원하고 있었다. 대식국의 대군은 사실 절반쯤 운송 인력으로 개미떼처럼 끊임없이 초원과 사막을 가로질러 식자재를 운반해 오고 있었다. 소식국 쪽은 가루약 같은 것만 먹고 얼마든지 버틸 테지만 대식국은 그랬다간 전쟁보다 내부 봉기가 먼저 일어날 게 뻔했다. 사력을 다해 식자재를 실어 와도 애초에 실어 올 수 있는 종류에 한계가 있었다. 불만이 강 하구의 퇴적물처럼 조용히 쌓여갈 것이었다. 그래서 약속된 시간에 원하던 암살자도 억류된 포로들도 없이, 노인 한명과 소식국 사람치고 풍채가 좋은 중년의 여자 한명만 중앙으로 걸어나오자 여기저기서 한숨 쉬는 소리가 들렸다.

"불만스럽게도, 귀국의 귀염둥이를 살해한 반역자가 어제 탈옥했습니다."

이마는 '불만'과 '불미'를, 그리고 '귀염둥이'와 '장군'을 헷갈리고 말았다. 30년은 대식국 말을 잊기에 충분한 시간이었다. 두 사람을 맞으러 간 대식국 대신들과 모래는 머릿속에서 그 당황스러운 말을 잠시 꿰어 맞춰야 했다.

"그래서 제안하는바 함께 추론을 합시다."

"……추격을 하자는 말씀이지요? 편하게 소식국 말로 하시면 제가 전하겠습니다."

소식국 말로 모래가 말을 걸자, 이마는 자리에 걸맞지 않아 보이지만 그럭저럭 총명한 듯한 소년을 마주 보았다.

"제가 귀국 말을 하는 것보다 그게 낫겠군요. 어디서 협곡 말을 배웠나요?"

"산양 고기를 교역하러 자주 다녔습니다."

"아."

"제 가족은 아직 소식국에 있습니다."

모래가 이마의 심기를 거스르지 않기 위해 애를 쓰며 말했다.

"간명한 것들의 신께서 그분들이 편안히 계시다가 돌아가시도록 돌봐주실 거요."

소식국의 늙은 가문장이 모래를 안심시켰다.

"추격은 어떻게 하고 싶으십니까?"

"건조하고 바람이 심해 발자국이 남아 있지 않습니다. 어느 방향으로 갔는지 알 수 없어도 말을 가져가지 않은 것만은 분명합니다. 두 나라가 모두 받아들일 수 있도록 공정하게 처리하려면 그자를 발견하는 즉시 이곳으로 붙들어와야 합니다. 그러니 각국에서 백명씩 추격대를 선발해 열명씩 스무묶음으로 출발시키되, 한묶음 안에는 다섯명의 소식국 병사와 다섯명의 대식국 병사가 들어가는 게 좋겠습니다. 대식국의 의견은 어떠한지 여쭤봐주시지요."

모래는 한눈에도 고귀해 보이는 이마가 끝까지 자신에게 경어를 쓰는 데에 감탄했다. 평등한 분위기의 대식국에서도 못 받아본 대접이었다. 모래는 몇번 다시 확인해가며 말을 옮겼다.

"그럼 지휘관은 누가 되는 겁니까? 분명 마찰이 생길 텐데요."

"수색 방향에 따라 두 나라 중 더 가까운 쪽이 맡게 합시다. 길을 아는 자가 맡는 거지요. 묶음 안에서 큰 갈등이 생길 만큼 오래 걸리진 않을 겁니다. 걸어서 도망쳤으니 분명 금방 찾을 수 있으리라 생각됩니다."

"찾아서 이곳으로 데려오면?"

"모두가 보는 곳에서 원하시는 대로 코와 혀를 잘라 가십시오. 먼저 해코지를 하거나 죽이면 나중에 다른 말이 나올 수 있으니, 무조건 온전하게 데려오는 걸로 합시다."

몇시간 후, 추격대가 스무 방향으로 출발했다. 몸집이 크고 빠른데 오래 달리지는 못하는 대식국 말과, 땅딸하고 털이 두꺼워 느리지만 경사에 강한 소식국의 말들이 지켜보기에 걱정되는 보조로 흩어졌다.

추격대가 보이지 않는 곳까지 멀리 나아가고 나서도 모래와 이마는 바빴다. 한자리에서 바쁠 때도 있었고 따로 떨어져 바쁠 때도 있었다. 식사시간이 되어서야 일에서 놓여난 두 사람은 공동 회의장으로 쓰는 천막 앞 모닥불가에서 만났다. 모래가 솜씨 좋게 주머니오리 고기를 발라내 이마에게 덜어주었다. 존경의 의미로 주머니오리의 주머니 부분을 특별히 골랐지만, 사실 이마는 '그 부분 말고 살코기, 그 부분 말고 살코기' 하고 속으로 외고 있었다. 모래는 품에서 조그만 기름병을 꺼내더니 그것도 이마에게 권했다.

"무슨 기름인가요?"

"향기 나는 버섯 기름입니다."

그거라면 이마가 좋아하는 몇 안되는 대식국 음식이었다. 선뜻 모래에게 그릇을 내밀었다. 이마는 답례로 아침에 만들어 종이상자에 싸두었던 오색다식을 모래에게 주었다. 떫고 쓴 맛이 희미하게 나는 다식을, 모래는 거절하지 못하고 받아 퍽퍽함이 사라질 때까지 씹었다. 가루가 자꾸 기도로 넘어가서 기침을 하지 않으려 노력해야 했다.

"부인께선 어떻게 대식국 말을 할 줄 아십니까?"

모래가 이마에게 물었다. 이마는 군이 자신의 실패한 결혼 이야기를 다시 꺼내고 싶진 않았지만, 문득 전남편의 근황이 궁금해졌다. 대상이자 대신이었던 그의 이름을 모래에게 말하니 약간 불편해하는 얼굴로 작고한 해를 알려주었다.

"많이 먹어 병이 났나요?"

"아뇨. 대취하여 운하에서 실족하셨습니다. 그렇게 취하지 않으셨다면 수영을 잘하셨을 테지만 그날밤은 그러지 못하셨습니다."

"고래 같은 양반이…… 뜨기만 떴어도. 제가 사는 곳에서는 그렇게들 절벽에서 떨어집니다."

"소식국 사람들도 대취하는군요!"

"몸에 든 피가 적어 그런지 빨리 취합니다."

"운하도 절벽도 보기에는 아름답지만 골치 아픈 것 같아요."

"보다 골치 아픈 건 전쟁이지요. 모래씨가 전쟁을 겪지 않으면 좋겠네요."

이마의 그 말이 진심이라고 판단한 모래는 다른 사람들을 위해 주머니오리를 더 굽기 시작했다. 이마는 식사를 끝내고도 빙글빙글 모든 면을 고르게 굽는 모래의 솜씨를 구경했다.

간이 감옥에서 탈출한 호수는 소식국의 가장 바깥쪽 마을, 버려진 제분소에 숨어 있었다. 원래 개울 위에 지어져 물레방아로 온갖 가루를 빻던 곳이었지만, 개울이 마르자 그대로 방치돼 폐가나 마찬가지였다. 걸어서 도망쳐서는 붙잡힐 게 뻔했다. 산 위 동료들에게 어떻게든 연락을 하지 못하면 하루이틀 내에 죽은 목숨이나 다름없다고, 호수는 반쯤 포기한 상태였다.

더 일찍 탈출할 수 있을 줄 알았다. 수레바퀴가 달린 덜컹거리는 간이 감옥에 그토록 오래 갇혀 있어야 할 줄은 몰랐다. 첨봉은 호수의 알려지지 않은 후원자였다. 어렸을 땐 매년 전쟁기념일에 한 번 정도 얼굴을 볼 수 있었다. 첨봉은 전쟁고아들의 집에 찾아와 언젠가 복수를 이뤄주겠다는 짧은 연설을 해마다 조금씩 바꾸어 하고, 새 옷과 신발을 주었다. 어느 해엔가 고아들의 집을 떠날 즈음 첨봉이 호수를 따로 불렀다. 그동안 호수를 눈여겨보고 있었다고 말해와서 놀라고 말았다. 얼굴이 깨끗하고 목소리가 들을 만하니 극단에 자리를 알아봐주겠다는 제안에는 놀라움을 감사함이 대신했고 말이다. 그게 벌써 10년도 더 된 일이었다. 첨봉은 그후 지속적으로 무대 뒤를 찾아와 어떻게 지내느냐고 묻곤 했다. 호수가 어떻게 지내는지 궁금해하는 사람은 세상에 첨봉 한 사람뿐인 것 같았다. 전쟁 재현 행사 때 사소한 문제를 일으켜줘야겠다고 넌지시 지시해왔을 때는 당연히 따르겠다고 대답했다.

호수는 정말로 사소한 문제를 일으키려고 했었다. 살짝 선을 넘은 연기, 심각하지 않은 상해, 멱살잡이 정도의 혼란을. 그저 두 나라 사이가 약간 소원해질 정도의 장면을 연출하는 것, 어렵지 않은 일이었다.

그런데 칼을 드는 순간 한번도 자각한 적 없는 복수심이 호수를 압도했다. 안쪽에 그런 걸 가지고 있는지도 몰랐던 타오르는 감정이었다. 기억나지 않는 부모를 위한 것만은 아니었다. 간명한 것들의 신을 향하고, 소식국에서 지금껏 태어나고 죽은 한 사람 한 사람 모두를 향하는 마음이었다. 격한 감정이 머릿속을 하얗게 태우고 나자, 오히려 명료하게 깨달을 수 있었다. 인생에 앞서 일어난 일들은 오로지 그 순간에 다다르도록 호수를 이끌어온 궤도였다.

"구슬은 결국 하나의 길로만 미로를 빠져나갈 수 있지."

대본에 없는 말을 하자 주변의 배우들이 호수를 돌아봤다. 호수는 자아를 넘어서는 거대한 존재에게 부름을 받았고, 태어나서 처음 느껴보는 충만감에 몸을 맡겨버렸다. 연습 내내 고원지대에서 지내는 게 피곤하다며 투덜거렸던 대식국 장군의 굵은 목을 찔렀을 때, 증오도 혐오도 역겨움도 느끼지 않았다. 일어나기로 되어 있던 일을 일어나게 했다는, 역사의 한 장을 쓰는 도구로 화했다는 평온한 만족감만이 찾아왔을 뿐이었다. 그러고 나서 호수가 지껄인 말들은 사실 그 자신의 것이라기보다는 첨봉이 매해 했던 비밀 연설의 짜깁기에 가까웠다. 호수는 채 깨닫지 못했지만 말이다.

쓰러진 장군의 몸 위에 서서 얼마 떨어지지 않은 관중석의 첨봉을 바라보았을 때, 그는 시선을 피했다. 나중에 사람을 보내 자신에 대해선 한마디도 발설하지 말 것을 당부했고, 그러면 구해줄 거라고 했다. 대단한 탈출을 기대하진 않았지만 결국 찾아온 것은 다른 전쟁고아 한명이었다. 슬쩍 감옥 문을 열어줬을 뿐이었다. 말도 없었고 식량도 없었다. 반쯤 든 물병을 받은 게 다였다.

당신이 약속했던 복수가 그것이 아니었습니까? 당신이 원했던 '간명한 신의 진정한 전사'는 내가 아니었습니까? 다시 첨봉을 만나게 된다면 묻고 싶었다. 더 걸어야 하는데. 밤새 걸어야 하는데. 더 걷지 못하면 붙잡히고 말 텐데. 그렇게 생각하면서도 갈증과 엉망이 된 발 때문에 호수는 괴로운 잠 속으로 미끄러졌다.

버려진 제분소의 문이, 소식국 병사 다섯명 대식국 병사 다섯명의 손에 세차게 열어젖혀졌을 때도 금세 깨어나지 못했다. 호수는 말 등에 굉장히 불편한 자세로 얹혀 다시 사막으로 끌려가는 내내, 고원으로 돌아가는 꿈을 꾸었다. 사막이 아니라 산으로. 꿈결에 맑은 물이 흐르는 소리를 듣기도 했다.

허기 때문에 깨어났을 때는, 오랜만에 부드럽고 기름진 것이 먹고 싶다고 생각했다. 간명한 음식이 생각나지 않는 게 이상한 가책으로 다가왔다.

대식국 쪽에서 '오려내는 자'가 걸어나왔고 그는 바로 작업에 착수하고 싶어 했다. 10만여 명이 지켜보는 앞에서 오려내는 솜씨를 선보이는 것은 명예로운 일이었다. 완벽하게 오려내서 비열한 암살자가 평생 향도 맛도 없는 삶을 살아가게 해주겠다고 마음먹었다.

"피도 별로 나지 않을 겁니다."

모래가 이마에게 그 말을 전해주었다.

"잠시만요, 잠시만요. 이자에게 혀가 있을 때 마지막으로 한번만 더 배후세력을 묻겠습니다. 기다려주세요."

피가 튈 걸 걱정했는지 어두운 색을 입고 나온 이마가 오려내는 자에게 부탁했다. 대식국의 대신들이 허락의 고갯짓을 했다.

"당신은 전쟁을 기억하는 나이가 아닙니다. 누가 당신에게 지시를 내렸습니까? 누가 부추겼습니까?"

호수는 겁에 질려 있었고, 여전히 아무것도 이해하지 못했다. 만약 그가 그 모든 일이 사실 소금 때문에 벌어졌다는 걸 알았더라면 당장 고백했을 수도, 애초에 그런 일을 저지르지 않았을 수도 있었을 것이다. 첨봉의 가장 큰 재산은 은 광산과 암염 동굴이었다. 십수년 전, 광산의 은이 바닥나자 암염 동굴의 중요성이 커졌다. 동굴에서 캐낸 소금에는 불순물이 많아서 좋게 표현하면 독특한 향취가 있었고 나쁘게 표현하면 잡맛이 셌다. 음식에 다량 첨가할 수 없는 종류의 소금이었지만, 어차피 소식국 사람들은 짜게 먹지 않아 큰 불평 없이 소비했다. 그런데 대식국과 평화로운 분위기가 조성되며 질 좋은 염전 소금이 유입되기 시작한 게 문제였다. 첨봉의 독점은 순식간에 무너졌다. 도저히 그냥 두고 볼 수 없는 일이었다.

"사실 저는……"

호수는 이해하지 못했지만 뭐라도 말하고 싶었다. 그러면 코와 혀 중에 한쪽 정도는 보전할 수 있을지도 모른다는 희망에 입을 열었을 때였다. 입에서 말 대신 피가 쏟아졌다.

호수의 목에 화살이 박혀 있었다. 아무도 시위 소리를 듣지 못했다. 화살이 살을 찢는 소리는 들었지만 말이다. 멀리서 날아온 화살이었다. 누군가는 엎드리고 누군가는 뛰었다. 이마는 제자리에, 호수 바로 옆에 서 있었다. 호수의 잔잔하지 않은 얼굴이 곁에 선 사람들을 훑다가 첨봉에게 다다라 오래 머물렀다. 죽는 순간까지 호수가 이해하지 못한 것을, 그 시선을 따라가던 이마는 바로 이해했다. 두번째 화살이 이마를 향해 날아왔지만 모래가 본능적으로 이마의 옷깃을 재빨리 잡아당겨 빗나갔다. 양국 궁병들이 다급하게 반격했다. 화살이 날아온, 보이지 않는 언덕 너머를 향해 수천개의 화살이 일제히 날아올랐다.

"고슴도치가 됐겠네요."

모래가 여전히 거의 엎드리다시피 한 자세로 말했다.

"아뇨, 이미 도망쳤을 거예요."

이마의 말대로였고 두 나라의 병사들은 사이좋게 화살을 주우러 가야 했다.

목숨값을 원하는 방식대로 받지 못한 대식국 사람들은 심기가 불편했으나 그렇다고 전쟁을 하고 싶을 만큼은 아니었다. 어쨌건 살인자는 죽었고, 소식국의 내부는 엉망이라는 걸 확인한데다가, 가문장들이 모래에 물을 뿌려 질게 만든 다음 그 위에 이마를 댄 채 굴욕적인 자세로 사죄해왔으므로 체면은 차렸던 것이다.

"남은 세력을 색출하는 데 우리 도움은 필요 없겠습니까?"

대답을 알고 있으면서도 대식국 대신들은 마지막으로 약 올리며 물었다.

"감사한 제안이지만 괜찮습니다. 남은 세력을 꼭 색출해내 그 수급(首級)을 소금에 절여 보내드리겠습니다. 꼭 소금에 절여서요."

이마가 일부러 큰 소리로 말했다. 대식국 사람들은 그 격한 표현에 별로 신경 쓰지 않았지만 첨봉이 서둘러 자기 전막으로 돌아갔다.

"가족 분들을 곧 돌려보내드릴 겁니다. 덕분에 여기서의 일이 아주 수월했습니다."

이번에는 모래를 보며 말했다. 정중한 이마의 인사에 모래는 기뻤다.

"그리고……"

이마가 차고 있던 팔찌를 빼서 건넸다. 원주(圓柱) 모양으로 깎은 두개의 푸른 돌을 정교하게 세공한 금으로 연결한 아름다운 팔찌였다.

"저한테 왜 이런 귀한 것을, 괜찮습니다."

모래가 놀라서 사양했지만 이마는 사양을 받아들일 기색이 없었다.

"목숨을 구해주셨으니까요. 하지만 그래서 드리는 것만은 아니고 그전부터 계속 드리려 했습니다. 이럴 줄 알았으면 장신구를 많이 하고 오는 건데…… 지금 가진 건 이것밖에 없네요. 제가 보기에 아주 간명하게 명민하셔서 좋은 교육을 받는다면 앞으로 하실 일이 많을 겁니다. 그 교육에 보탬이 되고 싶네요. 일단 이 팔찌를 처분해서 공부하시는 데 쓰세요."

간명하게 명민하다는 말은 대체 무슨 뜻인가, 얼떨떨해하며 모래가 팔찌를 받아들었다.

"아 참, 제대로 된 값을 받으려면 꼭 타국 상인과 거래하세요. 귀국의 상인들은 가치를 모릅니다."

"네, 그러겠습니다. 귀하게 쓰겠습니다. 정말 감사해요."

"올해 안이든 내년이든 소식국에 오시게 된다면 꼭 저희 집에도 들러주세요. 오시지 않으면 매우 섭섭할 겁니다."

"꼭 그러겠습니다."

"빈말이 아닙니다."

"빈말 같은 거 하시지 않는 분인 거 압니다."

모래는 정말로 그후 수차례 소식국의 이마를 방문했다. 이마는 모래를 넉넉하게 후원했는데, 이마 사후에 다시 악화된 양국관계를 모래가 진정시킨 걸 알았더라면 매우 뿌듯해했을 것이다. 이마가 아버지의 이름을 빌려 이야기했듯이, 모래는 이마의 이름을 빌려 이야기했다. 이마의 미소를 모사하고, 이마의 썩 나쁘지 않았던 삶을 축약하여 인용했다. 이마는 첫 결혼에 실패한 것 말고는 오점 없는 인생을 살다 갔으며, 그 오점에 대해선 별로 기억하는 사람이 없었다.

그 와중에 모래는 이마의 두번째 결혼에서 얻은 손녀, 세번째 결혼에서 얻은 막내딸과 그만 가벼운 삼각관계에 빠지고 말았는데 결국 딸 쪽과 이루어졌다. 시간이 한참 흐른 후, 함께 가장 간명한 꽃을 따러 나가서 햇빛이 아내의 코끝에 맺힌 걸 보았고, 그제야 모래는 젊은 날 그이를 선택한 이유를 깨달았다. 이마와 더 닮았던 것이다.

소소한 것들의 커다란 속삭임

허희

1997년 부커상은 『작은 것들의 신』에게 수여됐다. 인도 작가 아룬다티 로이의 첫 소설이었다. 이 작품이 명시적으로 문제 삼은 것은 두가지다. 하나는 불가촉천민 등 계층화된 신분을 규정하고 그에 대한 차별을 당연시하는 카스트제도의 잔혹성, 다른 하나는 이 안에서 여성에게 가해지는 가부장제하 젠더 폭력성이다. 인도 여성은 이중 구속 상태에 처해 있다. 한데 그들만 그럴까. 한국 여성도 마찬가지다. 구체적 양태는 달라도 한국 여성 역시 이중 구속 상태에 처해 있다. 하나는 자본을 가진 자·못 가진 자로 신분을 규정하고 그에 대한 차별을 당연시하는 신자유주의의 속물성, 다른 하나는 이 안에서 여성에게 적용되는 가부장제하 젠더 억압성이다. 전자는 공통항이니 차치해도, 후자의 입장에 대해서는 반론이 나올 법하다. 한국 남성도 가부장제하 젠더 폭력성·억압성에 시달린다는 것이다.

맞는 말이다. 이른바 '상남자'라는 남성성 이데올로기는 나 같은 상남자 아닌 남자를 지금 여기에서 살아가기 어렵게 만드니까. 그래서 남성이 싸워야 할 대상은 명확하다. 유무형적으로 남자다움 혹은 여자다움을 강요하는 가부장제의 작동이다. 여성과 남성은 서로의 적이 아니다. 『작은 것들의 신』의 주인공이 쌍둥이 남매이듯이, 여성과 남성은 이중 구속 상태에서 함께 해방돼야 하는 결사체다. 이런 메시지가 『옥상에서 만나요』에 담겨 있다. 정세랑은 한 인터뷰에서 『작은 것들의 신』을 필독서로 추천하며 "첫 소설을 어떻게 이렇게 쓸 수 있는지 읽고 나서 며칠 동안 충격에 빠졌던 책"이라고 밝힌 적이 있다. 어떤 독자에게는 그의 첫 소설집이 그렇게 느껴질 것이다. 이중 구속 상태를 세개의 범주에서 다루고 풀어내는 문학적 솜씨 때문이다. 하나씩 짚어보자.

1. "내게 자유를 줄 필요는 없어, 스스로 자유로워질 테니까": 「웨딩드레스 44」 「이혼 세일」 「효진」

먼저 이 소설집의 주요 테마가 결혼과 이혼임을 눈여겨볼 필요가 있다. 혹자에게는 결혼이 행복, 이혼이 불행으로 자동인식될지도 모르겠다. 그렇지만 정세랑 소설은 그런 단순한 고정관념을 재생산

하는 문학과는 한참 거리가 멀다. 예컨대 「웨딩드레스 44」가 그렇다. 이 소설은 같은 드레스를 빌려 입고 결혼했거나 결혼할 여성들의 이야기를 짧은 에피소드 형식에 담아냈다. 마흔네개 장에는 결혼 담론의 현실태가 모자이크처럼 새겨져 있다. 작가는 일부러 미화하지도, 폄하하지도, 숨기지도 않은 결혼(준비)생활의 맨 얼굴을 그대로 드러낸다. 그리고 여기에 거대한 그림자가 짙게 드리운다. 바로 제도로서의 결혼이다. 열다섯번째 여자가 말한다. "남편이 문제가 아니야. 내가 제도에 숙이고 들어간 거야. 그리고 그걸 귀신같이 깨달은 한국사회는 나에게 당위로 말하기 시작했지."(18면)

열여덟번째 여자도 생각한다. "결혼은 겉의 포장을 걷어내면 결국 법의 문제, 제도의 문제, 보호의 문제이니 말이다."(20면) 제도는 거기에 속한 사람들을 강제한다. 열다섯번째 여자와 열여덟번째 여자는 자신들에게 씌워진 '마땅히 ~ 해야 한다'는 속박을 민감하게 의식하고 있다. 그런데 남자들은 도통 느끼지 못한다. 제사 때 아내만 직장에서 조퇴해 음식을 차리고 일하는데도 남편은 아무런 위화감이 없다. 그러면서도 그는 본인이 가부장이 아니라고 의기양양해한다. 이를 서른여섯번째 여자가 지적한다. "그게 가부장제야. 당신 눈에는 안 보여도 내 눈에는 보여. 내 눈에만 보이는 게 아주 많아."(30면) 위에 언급한 대로 남성도 가부장제에 압박을 받는다. 하지만 여성과 다르게 제도의 수혜를 누리는 경우도 일상다반사다. 남성이 여러 사안에 둔감할 수 있는 것은 실상 젠더적 특혜다.

그러니까 제도를 어떻게 전유할지로 초점이 모인다. 제도는 소여(所與)가 아니라 픽션이다. 우리에게 이미 주어져 바꿀 수 없는 관습이 아닌, 얼마든지 새로 써나갈 수 있는 텍스트라는 뜻이다. 「웨딩드레스 44」에도 불합리한 틀에 종속되지 않고 새길을 개척하는 여성과 연인이 등장한다. "결혼을 한다고 해도 내 몸은 내 거야."(14면) 하고 선언한 후 목덜미의 타투를 당당하게 공개한 채 결혼식을 올린 여섯번째 여자, "맨살과 맨살 사이의 온기"(23면) 말고는 같이 사는 데 아무것도 필요하지 않았던 스물두번째 연인이 대표적이다. 이것에 심각하게 제한이 가해진다면 굳이 결혼을 하거나 그 생활을 유지해야 할까? 이 작품에서 웨딩드레스를 마지막으로 입은 여성이 고등학생들임을 떠올린다. 미래에도 이들이 "깔깔 웃으며"(39면) 부디 현명하게 선택하기를. 그러는 데 「이혼 세일」이 도움이 될 것이다.

이혼을 결심한 사람은 이재다. 그는 용서가 불가능한 남편과 헤어지기로 하고, 자신이 쓰던 물건을 친구들에게 싸게 내놓는다. 그야말로 이혼 세일이다. 이 속에는 이재를 비롯한 여성들의 독신·결혼 라이프가 녹아 있다. 가만 보면 싱글로도 커플로도 살기는 녹록하지 않다. 둘 중 어느 쪽을 고른다 해도 그 나름의 장단점이 있어서다. 이때 중요한 것은 삶의 가중치를 어디에 두느냐다. 이재가 토로한다. "결혼이 부동산으로 유지되는 거란 생각을 했어. 도무지 감당이 안되는 금액의 집을 사고, 같이 갚으면서 유지되었을 뿐인 게 아닐까."(222면) 결혼이 사랑 아닌 부동산으로 지탱된다는 진실. 그것을 깨달은 그는 이제 이전으로는 돌아갈 수 없다. '결혼의

진실 다음에 오는 인생의 진실은 내가 직접 찾거나 만들어가겠다.'
이재가 구입한 캠핑 카라반은 이와 같은 의지의 표명이다.

그런 한에서 결혼은 행복, 이혼은 불행이라고 쉽사리 단정할 수
없다. 재차 강조하지만 삶의 가중치를 어디에 두느냐가 핵심이고
이것은 저마다 다르다. 「효진」의 사례를 참고할 수 있을 테다. 주인
공 효진의 자기평가를 들어보자. "혹시 나의 특장은 도망치는 능력
이 아닐까? 누구나 타고나게 잘하는 일은 다르잖아. 그게 내 경우
에 도주 능력인 거지. 참 잘 도망치는 사람인 거야."(62면) 그는 이
름대로 효도를 다하라는 아버지의 강압으로부터, 인격 살해나 다
름없는 행동을 저지른 전 애인·대학원 후배와 얽힌 관계망에서 벗
어나고자 일본으로 떠났다. 효진은 '도망'이라고 표현하나 그렇지
않다. 그는 탈주했다. 꽉 짜인 이쪽 제도의 픽션을 넘어, 저쪽 제도
에서 새로운 픽션을 쓰기 위해서다. 다행히 효진은 많이 나아진 듯
하다. 그는 영상통화 하는 친구에게 묻는다. "(내) 얼굴 좀 괜찮아
졌지?"(66면) 그러게 말이다. 타인에게 자유를 허락받지 않은, 스스
로 자유로워진 사람의 얼굴답다.

2. "환상적인 것이 정치적이다": 「영원히 77 사이즈」「해
피 쿠키 이어」「옥상에서 만나요」

정세랑은 2010년 장르문학 월간지 『판타스틱』에 소설 「드림, 드

림, 드림」을 발표하면서 작품활동을 시작했다. 이런 사실은 그의 문학적 베이스에 장르문학 특유의 환상성이 자리하고 있음을 방증한다. 알다시피 잘 그려진 환상성은 소설의 리얼리티를 해치지 않는다. 그렇기는커녕 오히려 소설의 리얼리티에 다층성을 부여하고 그것이 가진 실재적 의미를 증폭시킨다. 세련된 환상성은 정치성과 연동한다. 이를 적재적소에 쓰는 것이 정세랑의 특기다. 이 소설집에서는 세편의 작품을 거론할 수 있다. 첫번째는 「영원히 77 사이즈」. '그것'이라 부르는 상대에 의해 뱀파이어가 된 여자의 사연을 담은 소설이다. 뱀파이어라고 해도 그는 현대인이다. 피를 빨기 위해 인간을 마구 사냥하지 않는다. 여자는 헌혈팩 유통망을 이용해 손쉽게 흡혈한다. 그래도 한가지 실수를 저지르긴 했다. 좋아하는 남자와의 섹스 도중에 그의 피를 모조리 삼켜버린 것이다.

남자의 목이 아니라 성기에서 피를 취했으니 여자의 엽기성이 두드러진 소설이라고 볼 수도 있겠다. 나는 좀 다른 것을 보았다. 이를테면 뱀파이어가 되기 전 애초에 그가 왜 죽임을 당했는가 하는 점이었다. 소설에는 이렇게 쓰여 있다. "서울시는 여자의 죽음에 상당 부분 책임이 있었다. 만약 서울시가 시민 편의를 위해 횡단보도를 추가 설치하고 나서, 쓸모없어진 인근의 지하도를 폐쇄했더라면 여자는 죽지 않았을지도 모른다."(144면) 그는 을지로의 오래된 지하보행로에서 누군가의 습격으로 사망했다. 이것은 한국 여성이 겪는 진짜 공포의 실례다. 2016년 강남역 화장실 살인사건이 시사하듯이, 한국 여성은 강력범죄에 매 순간 노출돼 있다. 뱀파이어가 되지 않는 이상 강간당하거나 살해당할지도 모른다는 위협에 떨어야 한다. 누구보다 강인한 여자가 주인공인 이 소설은, 역설적으로 현재 한국 여성의 안부를 묻게 만든다.

두번째는 「해피 쿠키 이어」. 제목처럼 이 소설은 잘린 귓바퀴에서 과자가 자란다는 기묘한 설정을 취한다. 여기에서 주목해야 할 단어는 '해피'다. 과자 귀가 됐는데 행복하다니 무슨 소리인가 싶지만, 그것으로 내 여자친구를 기쁘게 해주니까 '과연 그렇구나.' 하고 고개를 끄덕이게 된다. 그렇지만 과자 귀는 여자친구에게 즐거움을 선사하는 부차적인 요소에 지나지 않는다. 그보다 훨씬 소중한 것이 이 작품에 내포돼 있다. 「해피 쿠키 이어」는 『옥상에서 만나요』에 실린 1인칭 시점 단편들 중에서 남성 화자가 주인공인 유일한 소설이다. 이 시대의 남성성은 어떠해야 하는가? 한마디로 그 범례를 작가가 집약한 캐릭터가 이스마일인 셈이다. 무엇보다 그는 전체성의 압력에 자기를 굴복시키지 않는 인물이다. 이스마일은 다짐한다. "덩어리가 되고 싶지 않았다."(173면)

개별자로서 이스마일은 한국에서 살고자 애쓴다. 가령 그는 연수과정을 밟는 병원에서 아랍 네이션(nation)의 일원이 아닌 단독적 개인의 위치를 고수한다. 그런 노력이 이스마일의 곰살궂은 남성성을 형성했을 테다. 콩 알레르기가 있는 여자친구를 위한 요리와 처방, 회사 비리를 고발한 여자친구의 결단을 "옳은 불화"(196면)로 긍정하는 태도, "내 귀를 먹여서라도 여자친구의 살이 오르기를 바랐다"(197면)는 살가움은 오늘날 요구되는 바람직한 남성성-인간성의 규준이라 할 만하다. 그는 이별을 고한 여자친구에게 어떤 형태의 폭언·폭행도 하지 않았고, 불법 촬영물로 협박하지도 않았다. 다만 안녕히 지내길 기원했을 뿐이다. 공주를 구원하는 왕자가 아니라, 여성을 사랑하는 남성으로서, 인격체를 존중하는 또다른 인격체로서.

세번째는 「옥상에서 만나요」. 이 소설집의 표제작이다. 비급서로 남편을 소환했는데 희한하게도 괴물이 출현했고, 그가 뭇사람의 절망을 양분 삼는 장승이 되었다는 내용에 슬며시 웃음이 나오는 작품이다. 그러나 마냥 웃을 수는 없다. 이런 구절 때문이다. "부디 발견해줘. 나와 내 언니들의 이야기를. 너의 운명적 사랑을. 그 지옥에서 벗어날 수 있게 해줄 기이한 수단을."(116면) 다시 말해 이는 『규중조녀비서』 같은 기이한 수단 없이 '너'는 절망의 지옥에서 벗어나기 어렵다는 반증이다. 따라서 정말 발견해야 하는 것은 비급서보다는, 여자가 회사 옥상에서 뛰어내리지 않게 막아준 언니들 같은 존재다. "다정하게 머리를 안쪽으로 기울이고 엉킨 실 같은 매일매일을 어떻게 풀어나갈지 함께 고민해주었"던(95면) 사람들. 이들이야말로 '나'를 살아 있게 한 근원적 힘이다. 그러기에 '너'에게도 전하려 한 것이다. 혼자가 아니라는 연결의 동력 말이다.

3. "우리는 서로의 용기다": 「보늬」「알다시피, 은열」「이마와 모래」

분명히 해두고 싶은 것이 있다. 아직 상론하지 않은 세 작품을 중심으로 정세랑 소설집의 공동체성을 해명하긴 할 테지만, 실은 이제껏 그가 쓴 거의 모든 작품의 이면에 공동체성이 자리함을 말이다. 조직성과 공동체성은 다르다. 조직성이 각양각색의 구성원을 획일화하려는 권력이라면, 공동체성은 각양각색의 구성원이 자의적으로 연합해 뭐라고 명명하기 어려운 모양새로 나타나는 움직임의 총체다. 정세랑은 당면한 이중 구속 상태에 공동체성으로 맞선다. 앞에서는 가부장제하 젠더 억압성을 깨뜨리는 양식을 주로 상술했으니, 지금은 신자유주의의 속물성에 저항하는 방법에 집중해보자. 「보늬」를 맨 앞에 두고 싶다. 이 소설은 보늬가 갑자기 세상을 떠난 뒤 남겨진 사람들——동생 보윤과 그 친구인 규진과 매지의 이야기다.

누군가의 죽음에 세 사람은 가만히 있지 않았다. 그들은 돌연사.net이라는 커뮤니티 싸이트를 제작하고 운영한다. 급작스럽게 생을 마감한 사람들을 "모으고 모아서 연결해보면 뭔가 답이 보이지 않을까"(124면) 하는 마음에서다. 이런 가운데 "과로, 스트레스, 인격모독, 열악한 작업환경, 경쟁에서 시작해 착취로 끝나는 업계의 분위기"(131면) 등 돌연사의 공통 요인이 포착된다. 작가는 신자유주의 기조 아래 행해지는 (비)물질노동의 자기소외 현상을 그냥 지나치지 않는다. 또한 거기에 포함되지 않는 "그냥 죽어버린 사람들"(132면)을 공백으로 놔두지 않는다. 죽음을 이들의 불운 탓으로 돌리는 게 아니라 구조적인 원인을 파악하고, 느닷없이 떠나버린 이들을 애도하며, 나아가 이들과 같은 죽음이 되풀이되지 않도록 뭔가를 바꿔보려 한다.

이것의 무게가 너무 무거워져 돌연사.net 관리에서 보윤이 손을 뗀다 해도 괜찮다. "우리들의 그 아픈 네트워크에 하얀 점들이 등록되는 소리"(142면)를 그가 여전히 듣기 때문이다. 무력할지언정 타인의 고통에 무감하지 않겠다는 충실성의 윤리다. 역사학도였던 정세랑은 이를 「알다시피, 은열」에서 (가상) 역사와 접속시키기도 한다. 조그마한 것들에 대한 관심과 애정에 바탕을 둔 미시사로의 착목은 은열 무리에 관한 다음과 같은 해석으로 이어진다. "은열은 유구한 혁명정신의 계승자이자 시대를 앞서간 여성 영웅에 아나키스트였다고. 은열들의 독특한 범아시아적 우정을 재현하는 게 우리 세대의 목표가 되어야 한다고."(87면) 그런 주장을 담은 논문을 쓴 정효는 과거의 그때를 현실에서 구현한다. 다국적 밴드 '알다시피'에서다.

"역사는 그 순간을 살았던 그 사람들만의 것"(83면)이라는 정효의 생각을 타케루가 풀이한다. "우리가 언젠가 뿔뿔이 돌아가고 '알다시피'에 다른 멤버들이 들어온다 해도 지금 이 순간은 우리들 것이라서 아무도 가져가지 못한다는 거. 다른 사람에겐 지분이 없다는 거. 효짱 얘기가 그 얘기 아니야?"(84면) '그 얘기'는 결국 역사란 섬광처럼 스쳐 지나가는 지난날의 상(像)을 붙잡는 거라고 했던 벤야민의 역사철학테제와 일맥상통한다. 논문이 통과되지 못했다 한들 어떤가. 정효는 망각에서 은열을 건져 올리면서 그가 이뤘던 공동체까지 아울러 구제했다. 동시에 빼앗긴 자들의 과거를 문학적 역사로 탈환해 자신이 사는 현재에 겹쳐놓았다. 시간과 상관없이 조우하는 서로가 서로의 용기다. 그것이 정세랑이 공적 사실을 분석하는 역사학자가 아니라, 사적 진실을 탐색하는 소설가가 된 연유에 가닿는다.

「이마와 모래」도 다르지 않다. 이 소설은 소식국과 대식국 간 평화가 깨진 일촉즉발의 위기를 이마와 모래가 함께 수습하는 상황을 그린다. 식습관을 포괄해 사고방식이 전혀 다른 국가의 갈등을 두 사람이 중재할 수 있었던 까닭은 뭘까. 이마와 모래가 본인이 태어난 나라에서만 살지 않아서다. 그들은 트랜스 내셔널리즘의 상징이다. 반면 분쟁을 일으킨 호수와 첨봉은 내셔널리즘의 상징이다. 이는 사적 진실을 추구하는 공동체성과 공적 사실을 신봉하는 조직성의 충돌과 다름없다. 물론 정세랑은 전자 편이다. 이마와 모래가 양쪽을 경험하며 쌓은 이해가 한쪽의 처지만 고집하는 오해를 이긴다. 그가 주창하는 공동체성은 특정한 민족이나 젠더를 초월하는 다정함의 역동적 교류를 전제로 한다. 열린 엮임이다.

*

"작은 사건들, 평범한 것들은 부서지고 재구성된다. 새로운 의미를 부여받는다."(아룬다티 로이『작은 것들의 신』, 박찬원 옮김, 문학동네 2016, 53면) 이 문장이『옥상에서 만나요』를 읽는 내내 머릿속을 맴돌았다. 두 소설 모두 '작은 것'이 소위 '큰 것'이라 간주되는 가치보다 더 커다란 울림을 낸다는 점을 증명하고 있어서다. 세간에서 정세랑 소설은 대개 소소하고 귀여운 서사라는 평을 받아왔다. 그러나 이것을 만만하거나 하찮다는 뜻으로 받아들이면 안된다. 여태 살펴본 대로 그는 '작은 사건들, 평범한 것들을 재구성해 새로운 의미를 불어넣는' 재능을 발휘해왔다. 나는 세개의 범주로 정리했으나, 정세랑 소설에서 '작은 것'의 함의는 이보다 광대하고 심원하다. 독서의 흥미와 의의는 이 책에서 그것을 조금씩 알아내면서 늘어가리라.

　예를 들어 이중 구속 상태를 다루고 풀어내는 작가의 경향과 페미니즘을 연관 짓는 것도 자연스럽다. 실제로 이 글에 단 각 장의 제목은 페미니즘 구호를 살짝 변형해 인용한 것이다. 한데 의외로 페미니즘을 잘못 알고 있는 사람이 많다. 그들은 페미니즘의 다양한 실천적 갈래 중 몇가지 양상만을 얼핏 보고, 여성 상위 시대의 도래를 바라며 남성을 적대하거나 배제하는 운동으로 페미니즘을 곡해한다.『옥상에서 만나요』는 우선 이런 편견에 사로잡힌 사람에게 권하고 싶다. 전술했듯이 아홉편의 작품은 여성과 남성이 이

중 구속 상태에서 함께 해방돼야 하는 결사체임을 피력하고 있으니까 말이다. 대체 언제까지 천박한 물신을 숭배하고, 누가 정했는지도 모르는 여성성·남성성의 투박한 잣대에 휘둘려야 하나. 당신이 이와 같은 문제 제기와 더불어 세계와 자신을 변화시켜야겠다는 결의를 다졌다면, 참으로 그렇다면, 정세랑 소설에 제대로 응답한 것이다.

許熙 | 문학평론가

처음 정세랑 작가의 소설을 만났던 몇년 전, 습관적으로 문장을 읽어내리다 문득 내가 얼마나 신선함에 목말라 있었는지 깨달았다. 이런 자유롭고 경쾌하고 발랄한 상상력이라니! 스스로 인지하지 못할 정도로 오래된 갈증이 단번에 해소되는 기분이었다. 바짝 메마른 혀끝에 닿는 차가운 물 같은 시원함, 그뒤로 정세랑은 나에게 설레는 이름이 되었다.

그런 그의 새책 『옥상에서 만나요』를 만난다. 두근거리는 마음으로 책장을 넘기며 처음에는 아끼는 마음으로 천천히 읽으려 했지만 어느새 정신없이 다음 페이지를, 다음 이야기를 궁금해하며 단숨에 읽어버리고 말았다. 벌써 다 읽어버렸다니, 아쉬움에 마지막 페이지를 놓지 못하며 이번에는 진심으로 궁금해졌다. 도대체 작가의 어느 곳에서 이 이야기들이 흘러나오는 것일까? 어디서 어떻게 만들어지는 것이기에 한 사람이 이렇게 다양한 이야기들을 재미있게 들려줄 수 있는 것일까?

내 설렘을 충분히 보상받을 만큼 역시 이 책에서도 정세랑의 이야기는 신선하다. 그것도 다채롭게 신선하다. 그리고 밝다. 즐겁다. 하지만 이야기하고 있는 세계가 외계 어느 먼 곳이 아니라 우리가 살고 있는 지금 바로 여기이기에 마냥 밝고 즐거울 수만은 없다. 그보다는 작가가 우리에게 보여주는 태도가 밝고 즐겁고 긍정적이다. 문장 하나하나가 쌓여 이야기를 만들어가는, 소설이라면 당연한 과정을 편하게 따라가다보면 작가가 우리의 세계를 얼마나 사랑하는지, 그 사랑 때문에 얼마나 걱정하고 있는지 느낄 수 있다. 쉽게 힐난하는 것이 아니라 애정을 가지고 우리가 가진 문제들에 대해서 함께 고민하고 또 들어주고 싶어하는 마음이 느껴진다. 그래서 책을 읽다보면 이 세계에 속한 내가 그에게서 다정한 위로를 받게 된다. 시니컬한 시선이 멋짐으로 포장되는 세계에서 정세랑의 다정함은 너무나 고맙고 소중하다.

옥상에서 만나자니, 다른 사람이라면 몰라도 정세랑이 만나자는 옥상은 따스한 햇빛이 비치는, 사방이 탁 트여 살랑거리는 바람을 맞을 수 있는, 기분 좋은 냄새가 나는 그런 곳이다. 그곳이라면 오랫동안 그리워했던 친구를 만날 수 있을 것 같다. 만약 그가 처음 만나는 사람이라면 앞으로 내가 살아가는 동안 다정한 위안이 될 그런 사람일 것이다.

다정하고 유쾌하고 재미있는 이야깃거리가 끊이지 않는 친구를 만나고 싶다면 우리 옥상에서 만나요!

이언희 | 영화감독(「미씽: 사라진 여자」「탐정: 리턴즈」)

단편소설로 글을 쓰기 시작했는데 소설집이 조금 늦었다. 9년 가까이 여섯권의 장편소설을 쓰고 나서야 이렇게 묶을 수 있었다. 어떤 말을 덧붙여야 할까 고민했는데 그저 이야기의 뒷면, 어디서 조각조각들이 왔는지에 대해 즐겁게 털어놓는 편이 좋을 듯싶다.

소설이 링크를 타고 퍼져나가는 시대에, 예상치 못했던 큰 반응을 얻는 이야기들이 있다. 나에겐 「웨딩드레스 44」가 그랬다. 처음 쓸 때부터 문장 웹진에 게재하기로 정해져 있었으므로 스마트폰으로 읽기 좋은 형식을 고민했다. 가벼운 마음으로 신나게 썼던 기억이 나는데, 그렇게 순식간에 많이 읽히게 될 줄은 몰랐다. 덕분에 정말 여러 사람과 악수를 했다. 발표 며칠 후 다른 회의에서 만난

웹진 관련 분들과, 인터뷰를 위해 만난 여러 기자님들과, 동시대의 수많은 여성들과 반갑게 손을 잡고 흔들었다. 호응만 있었던 건 아니고 문학계 안쪽에서는 이런 건 소설이 아니라고 혹평도 많이들 하셨다. 그런 혹평에 특별히 상처를 받진 않았다. 기득권을 가진 사람들을 좀 도발하고 낡고 거슬리게 해야 좋은 소설이 아닐까 싶다. 무엇보다 내겐 소설가가 소설이라고 여기고 썼으면 다 소설이라는 확신이 있다.

「효진」은 표제작으로 삼고 싶었을 만큼 좋아하는 단편이다. 검색이 도무지 안 될 거란 의견에 납득하고 포기할 수밖에 없었다. 화자인 효진의 모델은 대학 시절 누구보다 가깝게 지내고 잠시 룸메이트이기도 했던 친구다. 내가 자주 쓰는, 사랑스러운 동시에 쓰디쓴 유머를 구사하는 여성 캐릭터는 모두 이 친구를 닮았다. 작년에 받았던 문학상 시상식에 꽃다발을 들고 왔는데, 그때 이런 대화가 오갔을 징도다.

친구: 안녕하세요? 전 대학 때 친구예요.
B 작가님: 아, 그럼 어느 소설에 나오시나요?
친구: 여기저기 흩어져서 계속 나오는 것 같아요.
B 작가님: 무척 친한 친구 분이시군요!

지나치다가 엿듣고는 정말 크게 웃었다. 친구의 매력에 대해서는 앞으로 수십년 동안이라도 쓸 수 있을 듯하지만, 지금까지 쓴 것 중 가장 잘 농축해 담은 소설은 「효진」인 것 같다. 그래서 쓸 때도, 고칠 때도 함께 있는 것 같아 즐거웠다. 스무살에 처음 만났을 때부터 언제나 나를 가장 완벽히 이해해주는 사람이다. 그 한 사람이 있어 다른 사람에게는 그런 이해를 구하지 않을 수 있었고 자유로웠다.

역사교육학을 전공했다고 말하기가 좀 부끄러울 때가 있는데, 퀴즈쇼에 나오는 역사 문제를 매번 틀리기 때문이다. 그렇지만 역사를 공부하면서 익힌 도구들은 소설을 쓸 때에도 매우 유용했다. 「알다시피, 은열」은 전근대 한일관계사를 공부할 때 접한 '가왜'에서 출발한 소설이다. 가왜가 있었다는 것 말고는 전부 지어낸 것이다. 은열이라는 이름은 좋아하는 후배의 호를 허락받고 빌렸다. 과거의 공기를 열심히 재현한 다음, 있었을 법한 옛날 사람들을 그 안에서 살아나가게 하는 이야기를 자주 쓰고 싶다. 역사는 항상 내 믿는 구석이다.

「옥상에서 만나요」는 여기저기 여러번 수록되고 라디오 드라마로도 제작되어서 여러모로 큰 보탬이 되어준 단편이다. 그런데 라디오 드라마가 될 줄은 모르고 썼기 때문에, 남편 역의 성우 분이 한시간 동안 제대로 된 대사 한줄 없이 신음만 하셔야 했다…… 아마 맡으셨던 중 제일 황당한 배역이지 않을까 싶은데, 지금이라도 죄송한 마음을 전한다. 한참 회사생활이 힘들 때 좋아하는 사람들과 옥상에서 타르트를 먹었던 부분만은 실화다.

함께 일하던 사람들을 여러 방식으로 잃었다. 죽은 사람들의 나이를 눈금처럼 지나쳐 계속 살아가는 일이 가끔 아득하게 두렵다. 「보늬」는 잃은 사람들을 위해 썼다. 그래서 해답이 뭐냐고 물어온다면 무력해지지만, 앞으로도 답이 없는 질문에 더더욱 매달릴 수밖에 없을 것 같다. 매지는 회사에서 도시락을 함께 먹던 친구의 별명을 빌린 것이다. 아끼는 사람들이 할머니, 할아버지가 되는 모습을 보고 싶다.

「영원히 77 사이즈」는 「드림, 드림, 드림」 대신 데뷔작이 될 뻔했던 소설이다. 스물여섯살에 쓴 이 단편은 늘 나를 웃게 한다. 실연과 실직이 하필 겹쳐 어질어질한 와중, 새벽에 갑자기 "곶감은 사실 언데드야!" 외치고는 그 말도 안되는 발상 위로 나머지를 다 쌓아올린 소설이기 때문이다. 지금 생각하면 마음의 균형을 상당히 잃은 상태가 아니었나 싶지만 때로는 곶감을 위해 80매를 써도 괜찮지 않을까?

『익명소설』의 기획자 중 한 사람으로서, 그 앤솔러지는 훨씬 더 사랑받았어야 했다고 분하게 여기고 있다. 정말이지 좋은 작품들이 가득 모여 있었는데 말이다. 우리가 예상하지 못했던 건 작가 이름을 휘감은 거품이 판매로 바로 이어진다는 사실이었다…… 그때 기획자들을 믿고 참여해준 다른 작가 분들을 여전히 최고의 동료로 여기고 있다. 「해피 쿠키 이어」는 오로지 작가의 성별을 속이기 위해 쓴 소설이었고 어느정도 성공했다. 많은 사람들이 남성 작가가 썼을 거라고 확언했는데, 그 확언들을 보며 큰 즐거움을 느꼈다. 작가의 성별 때문에 작품에 대한 평가가 달라지는 일이 여전히 잦다. 여성 작가들에게 수식어를 붙일 때 고민을 깊이 해주면 좋겠다. 더하여 한참 한국이 정치적으로 암울할 때 쓰인 것도 이 단편에 영향을 미쳤다. 당시 인터넷에서 "그래도 중동보다는 낫잖아"라는 말이 자주 보였는데 정말 나은가, 의심하는 마음으로 화자를 중동지역 남성으로 정했다. 화자의 국적은 요르단을 염두에 두었다. 언젠가 꼭 한번 가보고 싶다. 식품 알레르기에 대해선, 피망과 생강 알레르기가 너무 힘들어서 쓴 것인데 소설 속에 나오는 주사제는 존재하지 않는다. 식품 알레르기가 있는 모든 사람들이 지치지 말고 위험 음식을 잘 피하면 좋겠다. 계형은 오랜 친구의 이름이다. 잘 웃는 사람이란 점도 빌렸다. 「보늬」와 「해피 쿠키 이어」를 합치면 『피프티 피플』이 된다는 걸 뒤늦게 깨달았는데, 역시 한 주제에 대해 계속 다른 각도로 쓸 뿐인 것 같다.

동시대의 많은 사람들을 위해서 소설을 쓸 때도 있고, 한 사람을 위해서 쓸 때도 있다. 「이혼 세일」은 이혼을 한 후 훨씬 건강해지고 즐거워진 한 사람을 축하하기 위해서 썼다. 비현실적인 이야기이지만, 천천히 독을 뿜는 결혼이 존재하니 해독으로서의 이혼도 존재할 것이라는 생각에 코팅을 입혀 써보았다. 이제부터 더욱 빛나는 날들 되길.

「이마와 모래」는 아이디어를 선물받아 쓰게 되었다. 저 앞에 나오는 B 작가님이 배명훈 작가님인데 동료 작가들에게 그렇게 이타적인 분이 또 없다. 처음 활동을 시작했을 때부터 도움되는 정보, 좋은 기회, 주목받을 만한 지면 등을 기꺼이 나눠주시다가 어느날 단편 소재까지 주신 것이다.

"화살 편지가 오가면서 점점 오해가 커지는 두 나라 이야기를 써보시면 어때요? 왠지 잘 쓰실 것 같으니 선물할게요."

그 아이디어에 2년 정도 다른 내용을 더 쌓아서 완성했다. 언젠가 배명훈 작가님 버전의 화살 편지 이야기가 나올지도 모르겠다. 이마를 만들어낸 것은, 전근대의 혼인외교가 목적을 이루지 못하고 어그러질 때도 있었을 텐데 그 이후 관련된 여성들은 어떤 삶을 살았을까 상상해보고 싶어서였다. 이마에게 한 나라의 전문가로서 파국을 막는 중요한 역할을 주는 게 목적이었다. 모래도 여자아이로 할까 고민했는데, 겉으로 평등해 보이는 대식국이 여성은 부엌에 가두고 있다고 강조하려면 남자아이인 게 일관적일 듯해 그렇게 두었다. 요리 소설로 읽어도 되고 전쟁 소설로 읽어도 되고 미니멀리즘과 맥시멀리즘에 대한 비유로 읽어도 되고…… 가끔은 읽는 사람마다 다른 출구로 나가는 미로 같은 소실이 쓰고 싶은데 「이마와 모래」가 그런 소설이다.

박지영 편집자님께 감사한다. 덕분에 얼마나 큰 부분이 나아졌는지 모른다. 책을 세상과 연결해주실 출판사의 다른 여러분께도 인사드리고 싶다. 수신지 작가님께는 작가님의 해석이 소설 가운데를, 소설을 썼던 때의 외로움 가운데를 관통하고 있어 울어버렸다고 고백해야 할 것 같다. 정확히 읽어주고 호명해주는 평론가가 작가에게 얼마나 힘이 되는지 알게 해준 허희 선생님과, 좋아하고 좋아해서 닮고 싶은 이언희 감독님께도 감사를 전한다.

　오래 읽어주신 독자 분들께도, 언제나 이어져 있는 느낌이라고 꼭 말하고 싶었다.

2018년 11월

정세랑

| 수록작품 발표지면 |

웨딩드레스 44 …… 문장 웹진 2016년 8월호

효진 ……『창작과비평』 2014년 겨울호

알다시피, 은열 ……『1/n』 2010년 가을호

옥상에서 만나요 ……『문예중앙』 2012년 여름호

보늬 …… 문장 웹진 2013년 6월호

영원히 77 사이즈 ……『묘생만경: 2010 환상문학웹진 거울 중단편선』
                              (거울 2010)

해피 쿠키 이어 ……『익명소설』(은행나무 2014)

이혼 세일 ……『현대문학』 2018년 8월호

이마와 모래 ……『문학동네』 2016년 여름호

옥상에서 만나요

초판 1쇄 발행 • 2018년 11월 30일
초판 24쇄 발행 • 2024년 9월 24일

지은이 / 정세랑
펴낸이 / 염종선
책임편집 / 박지영
조판 / 박아경
펴낸곳 / (주)창비
등록 / 1986년 8월 5일 제85호
주소 / 10881 경기도 파주시 회동길 184
전화 / 031-955-3333
팩시밀리 / 영업 031-955-3399 · 편집 031-955-3400
홈페이지 / www.changbi.com
전자우편 / lit@changbi.com